U0665630

最美的风景在路上

北美篇

于丽黎 杨泉福 / 编著

北京师范大学出版集团
BEIJING NORMAL UNIVERSITY PUBLISHING GROUP
北京师范大学出版社

图书在版编目（CIP）数据

最美的风景在路上. 北美篇 / 于丽黎，杨泉福编著. —北京：北京师范大学出版社. 2014，10

ISBN 978-7-303-17650-2

Ⅰ.①最… Ⅱ.①于…②杨… Ⅲ.①游记–作品集–中国–当代 Ⅳ.① I267.4

中国版本图书馆CIP数据核字（2014）第155382号

营 销 中 心 电 话 010-58805072 58807651
京师心悦读新浪微博 http://weibo.com/bjsfpub

出版发行：北京师范大学出版社 www.bnup.com
北京新街口外大街19号
邮政编码：100875
印 刷：北京强华印刷厂
经 销：全国新华书店
开 本：170 mm × 240 mm
印 张：15
字 数：230千字
版 次：2014年10月第1版
印 次：2014年10月第1次印刷
定 价：48.00元

策划编辑：谢雯萍 责任编辑：薛 萌
美术编辑：袁 麟 装帧设计：红杉林文化
责任校对：李 菡 责任印制：陈 涛
营销编辑：张雅哲 zhangyz@bnupg.com

最美的风景到底在哪里

序言标题如此设问，似乎让人觉得有点荒唐。书名不是已经明白无误地点透了吗？最美的风景在路上。

的确，最美的风景真的在路上。要不，你无法理解，为什么发达国家的人们，将旅游出行、观赏各国各地的风土人情、名胜古迹，列为自己日常生活中的即使不为首要目标，至少也为重要目标。这些热爱旅游的人大概觉得，窝在家里，得闲时只能是一身慵懒的疲惫；出得门去，便是满眼的新奇和惊喜。所以在他们那儿，一个人，一家人，一拨人，如果假期闷在小窝里而不出去旅游，那真是不可思议之事。中国人认为：休息是为了更好地工作。西方人却认为：工作是为了更好地休息。两者的工作观和生活观如此迥然有别，两者工作的终极目标是如此的截然相左。德国总人口才8000多万，每年出国旅游竟达9000多万人次。而中国改革开放之前及之初，不甚了解出国旅游为何物，但2013年中国人出国旅游已逼近上亿人次。出国旅游的人，大多为“四有”之人——有愿望，有钱币，有时间，有体能。“四有”缺一不可，但“有愿望”这一条为“四有”之首，因为只要有了强烈的愿望，你就会铆着劲儿地创造、准备和使用好踏上旅途的其他条件。钱其实不是最主要的条件。一对新婚小夫妻，仅凭4万元，用一辆普通的摩托车，游遍了横跨欧亚大陆的15个国家；两位退休不久的花甲老人，凭仅有的一点退休金，而且完全不懂外语，竟然并不跟团，老两口自行转遍了五大洲40多个国家；还有两位仅靠打工、手头实在拮据的中国留学生，利用假日结伴而行，游历了欧洲的大部分国家。也许有人会说，当代电视业、网络业如此发达，电视中、网络上可以遍赏世界各地风貌，何必偏要浪迹四海自找苦吃呢？

其实你不了解，画面所视与实地所见，其感受恰如只用视频交流而不曾亲身晤面的恋人那般遗憾深深。第一次走进梵蒂冈的圣彼得大教堂内举目仰望，你会惊艳得半晌无语；第一次亲见罗马的“万神殿”教堂，你会惊奇得不知该如何表达；第一次目睹德国的科隆大教堂，你会为这座耗时600多年才建造成的宏伟大教堂瞠目不已；第一次脚踏埃及胡夫大金字塔的块块巨石，你会觉得不在人间；第一次踏上澳大利亚大堡礁的美丽小岛，你会惊叹地球上怎会有如此仙境……还有希腊爱琴海的圣托里尼岛，印度的泰姬陵，美国的科罗拉多大峡谷，马来西亚的云顶山，意大利的威尼斯水城，俄罗斯圣彼得堡童话般的多彩教堂，爱沙尼亚塔林古城，土耳其伊斯坦布尔整个城池……所到之处，所见之景，常给你震撼。那种惊喜，会让你连连后悔：为什么我没早些来到这里？你还会暗自打算：我还要去更多的地方，谁知道地球上还有多少让人顿觉“哪怕只去一次，一生便无他憾”的地方呢！

但是，最美的风景又不仅仅在路上。能到实地直观风物，是一种极为舒心的视觉盛宴；但若由景及史，你会觉得你的旅游将丰厚和丰盈得超出你的想象。所有的旅游景点，除了个别的由大自然恩赐之外，绝大多数景点都是由各种各样的历史人物、历史事件、历史故事等渐渐沉淀下来固化而成的。如果你想让你的旅游收获更多一些，旅游质量更高一些，旅游品位更雅一些，那么最好在动身前做点文化准备，就计划前往之地浏览一下它的历史和文化。换句话说，就旅游之便，知景点之史，或者叫“踩着景点学历史”——我们以往不曾有此体验，直到这次游历五洲多国景点，回来后再回溯景点历史之源后，才深切地感悟出：原来景点的历史天空里，有着如此的万般风光和万种风情！

什么叫踩着景点学历史？旅途中的历史浏览和历史阅读，其实并没有那么玄奥，因为普通人并非专业研读历史者，没有必要也不可能穷究旅游目的国和旅游景点的全部历史行踪。旅游者只需适度适量地将与景点、景物直接相关联的那些令人最为关心、最欲知晓、最感兴趣的历史人物、历史事件和历史典故引发出来，链接起来，让人们在即将前往、实地游览和游后回溯中，一点一滴地感受和体味相关景点里那依稀可见的历史典故的踪影，那如歌如泣的历史人物的倾诉声。你会无意中渐渐地体验到旅游之途的厚重感、韵味感和诗意感。于是，你的每一趟旅游，便不知不觉地变成了三度游甚至四度游——实地之游、历史之游、文化之游、精神之游。

无限风光的追寻中，你会获得无穷的意趣。比如，站在圣彼得堡叶卡捷琳娜二世的雕像前，你会好奇一个出生于德国的异国女性，缘何成为俄罗斯历史上最伟大的女王？出生于意大利的地理大发现的先驱者哥伦布，发现新大陆的最有力的推动者为何是西班牙的王后伊莎贝拉？印度泰姬陵里隐藏着怎样凄婉的爱情故事？美国历届总统的夫人中，哪些“第一夫人”独具特色和魅力，以及她们对总统、对白宫、对美国，做出了怎样的贡献？英国的莎士比亚在他令人目眩的戏剧创作之外，有着怎样的个人感情生活？希腊爱琴海的种种传说中，哪些传说最为撩人？欧洲各个国家为什么那样热衷于持续不断地建造那么多各具风格的教堂？置身于土耳其的伊斯坦布尔，你会体味出拿破仑为什么会对这座城市给予如此超群绝伦的评价？他说过：假如全世界为一个国家，需要选择一个首都的话，那么它就是伊斯坦布尔……当你检视若干名胜景点，又透视景点中的历史天空后，你不觉得这是一种美轮美奂的历史浏览，极真极致的文化熏陶，至深至纯的精神愉悦吗？你不觉得这种既横向读景点又纵向读历史的书中游，极大地丰富了你的旅游内涵，优化了你的旅游品质，提升了你的旅游品位吗？

如此看来，景点上的“横向游”，再加上由景及史的“纵向游”，真是妙不可言！著名历史学家钱穆说过：我们这一时代，是极需要历史知识的时代，而又不幸是极缺乏历史知识的时代。当然，我们常人不可能也不必要成为钱穆先生所言及的那种历史学者或史学专家，但多一些历史知识于旅游之中终归是一件好事，何况踩着景点学历史，乃是“薅草打兔子”，简便又快乐，愉悦又丰收，何乐而不为？

倘若你因诸事过于繁忙，因上路过于仓促，或因别种原因而耽于体会，未能来得及对所往目的地的相关景点的历史做一些文化准备，那么也并不要紧。一路上最美的风景饱过眼福之后，你再就着浏览景点之后的余兴，就着孩童般的好奇心和探究欲，去追寻这些景点的历史足迹，这种“追寻”中所搜寻到的历史美景会令你拍案称奇。这套丛书中的部分篇章，比如，游览美国、加拿大回国后，我们所写的旅游散记《洗出此山万丈青》，游览希腊、土耳其归来后写出的《古今苍茫接翠微》，持续数月发表在报纸上后，被几位曾经去过那些景点的几家大报的老总们阅读之后大叫“过瘾”，他们自我调侃：“说是我们去了美国，其实我们只是在‘镜框’里瞧了瞧美国的身影，你们的这些文字才让我们真正看到了美国的灵魂……”他们看完上一篇后，急切地等待着下一篇。他们说，看着你们就着美国景点说美国历史的散记，为我们节省了太多的时间。夜晚入睡前，选上一处我们曾经到达过却没有“消化过”的景点片段，细细阅读，慢慢品尝这些景点的历史风云，那才叫美的享受呢！

饱览各种最美风景的于丽黎，过去在校读书时，对历史课程常常是消极应付，至于兴趣更无从谈起，但在“横向”游风景加“纵向”游历史之后，她对历史的兴趣油然而生，现在几乎到了深恋、痴迷的程度。这般变化，不知是旅游之获还是心态之变，或是规律使然？

感谢各种版本、各种风格的历史著述，感谢发达便捷、似有温度的电子网络，感谢一切提供相关著作、相关文字的人员，倘若没有这些前提条件，《最美的风景在路上》这套丛书便无从形成。在这些文字搜集及文字写作的浩繁艰巨的劳动中，付出最多的当数于丽黎女士。多年前她在部队支援地方抗震救灾中为救人负伤，但在带着伤病的一次次旅游途中，她总是随身带着一个甚至多个小本本，一路走一路听一路看一路记，还拍摄了许多像模像样甚至逼近专业水准的照片。遇有必须弄清楚或兴味盎然的事物，她会向导游或相关人士问个不停，本来是休闲出门旅游，她反而更加紧张忙碌，以至于游伴中有人开玩笑说，于丽黎是带着采风任务来旅游的。每次旅游归来的资料归拢、文字整理及文章写作，全系她一人所为，我不过做了些文章审读、文字润色、标题的制作与推敲之类的辅助性、配合性工作。所以，两者之间的劳动投入是不均衡、不对等的，但这并不妨碍《最美的风景在路上》这套丛书的欢快问世。

还要特别感谢央视著名节目主持人、著名电影演员、著名作家、新锐画家倪萍女士；特别感谢中国文联副主席、中国曲艺家协会名誉主席、著名曲艺艺术表演家刘兰芳女士；特别感谢蜚声海内外的著名作家、宁夏影视拍摄基地董事长张贤亮先生；特别感谢解放军艺术学院教授、著名影视评论家、中国文艺评论家协会理事边国立先生。感谢他们热忱推介《最美的风景在路上》这套丛书，他们寥寥不多的优美文字，本身就是一道道闪亮夺目的风景线。

边国立教授是于丽黎女士的先生，他和我的夫人吴恒霞女士对我们合作著述非常支持，没有两位提供的写作环境和写作条件，没有两位的理解和配合，此套丛书也难以问世。

还要感谢《本溪晚报》总编辑、著名诗人孙承先生多次相伴出行及游记写作中的交流、沟通与指导；感谢湖北省石首市群众艺术馆吴恒健先生的精心校阅；感谢旅行社的郭梦和魏小西，尽管郭梦已升任部门经理，魏小西已远渡美国定居芝加哥，但正是在她们热心的帮助下，我们才得以顺利完成前后近40个国家的旅游行程和游后著述。

特别要感谢的，还有既热心又有人脉又有人缘的中国名家收藏委员会主席、收藏界杂志社社长、路遥文学奖总发起人高玉涛先生，是他把我们这套丛书与相关名人联系在一起，使这套本来平常的丛书，平添了许多不平凡的元素。

感谢北师大出版社和为本书出版付出辛劳的工作团队的每一位成员，正是他们的精心劳动，使这套丛书大为增色。

《最美的风景在路上》这套丛书的出版，如果对人们尤其对游人有所裨益，我们将不胜荣幸。

杨泉福

2014年1月4日于北京亚运村嘉铭桐城

目录

北美篇导语

神奇北美

整个地说来，北美虽没有欧亚那么多古老的文明，但却有今日领先世界的辉煌；虽没有那么多先贤先哲，却拥有众多的诺贝尔奖等世界级的领军人物；虽没有更多古典的发明创造，但近现代以来，许多高科技创新之举，常常从北美迸发出来，北美可谓神奇的北美。

北美神奇，是因为它所笼罩的神秘。你说一个美国建国才200多年，也就一个中国清王朝自始而终的年头吧，它怎么就发展到了如此发达的程度？过去总是说是它的疯狂侵略和掠夺，可这些在欧洲老牌帝国主义那里全部具备。但为什么美国好似轻易地就跨越了荷西英法德意奥等老牌“八国联军”呢？到了美国，你看看华盛顿，看看纽约，看看费城，看看芝加哥，还有旧金山、洛杉矶；你看看华盛顿纪念碑，看看总统山，看看林肯纪念堂；你再看看华盛顿等美国一代开国元勋们对国家制度的一整套架构和谋划，一系列承继和延续，甚至美国第一位财政大臣汉密尔顿的财政思想脉络一直贯穿至今……你就会从这些神秘中看到美国的历史，看到美国的智慧，当然还有与其随影相行的未必值得夸耀的其他种种历史进程。

北美神奇，是因为所显现的神气。世界上第一辆汽车，是从底特律开出来的；世界上第一股电流，是从爱迪生手中开发出来的；世界上第一架飞机，是美国的莱特兄弟驾驶升空的；世界上第一台计算机，是在美国费城开始运转的；世界上第一台电视机，是从美国发明的；世界上第一座规模巨大的电影城，是在洛杉矶开启的；世界上互联网上的第一个信号，是从美国那里发出来的；世界上第一次登上月球的登月舱，也是从美国大地发射升空的……数不清的“第一”常常是高调亮相，同时却又低调行事。你看硅谷里一个个世界级的“总部”，其楼层也就两三层高，其标识不走到跟前都看不清文字和图徽。你说，美国总统办公和居住的白宫才两层之高，“世界第一”的诸多总部有必要比白宫更加显鼻露眼吗？

北美神奇，是因为它所焕发的神采。上苍赋予北美的神采，在加拿大的五大湖区，在美加交界的尼亚加拉大瀑布，在美国西部的科罗拉多大峡谷，在横贯美国东西的密西西比河……人工装点的北美神采，在“现代世界七大奇迹”的多伦多西恩塔尖，在纽约湾供人游览的“无畏号”航空母舰上，在拉斯维加斯赌城里，在胡佛水库中……据说如果这一带连续50年滴水不降，也能保证拉斯维加斯全市有充足的水源供给；就连夏威夷珍珠港湾那座纪念美国殉难官兵的亚利桑那纪念堂，也是一个焕发历史神采的历史性坐标，因为从珍珠港事件开始，美国代表正义力量对日宣战，从此开始扭转战局，最后彻底打败了国际法西斯力量……

北美神奇，还因为它所创造的神话。北美仅仅一座斯坦福大学校区内，从1953年开始，这里就进驻了鼎鼎大名的世界顶级的柯达公司、通用公司、夏克利晶体管公司、仙童集成电路公司、洛克希德公司、惠普公司，由此渐而形成了后来举世闻名的硅谷；美国“常青藤”上的每一所大学，恐怕都有一串神话或近似神话的神话。

总体而言，北美是人类最晚发现和开发的一块大陆，不到实地你无法领略它的神秘和神奇。

chapter 1

洗出此山万丈青

——美国散记

今天是赴美国和加拿大旅游的日子。

无论从什么角度讲，美国都是世界上最强大的国家之一，虽然美国建国的历史很短，但为什么能迅速发展成世界头号经济大国、军事强国，在全世界称王称霸？带着种种好奇和疑问，我们踏上了令人神往的美加之旅。

过完安检，我们直奔候机大厅候机，准备迎接飞往华盛顿13个半小时的旅途劳顿，离登机的18时25分，还有65分钟的休息时间。

我们乘坐的是日航的飞机，座位是按姓氏排序，所以，熟悉的人都坐得很分散。20点30分开始送饮料，之后是晚餐鸡肉饭，下半夜两点左右又送了一次方便面，在北京时间早5点开始早餐，每人一份鸡肉面，虽然有点咸，但还符合中国人的口味，而且都是热的，并不像人们传说的那样，飞机餐很难吃，没有热水热饭。日航的飞机比国航的飞机宽大舒适一些，服务人员很敬业，整夜地端水送茶忙个不停。

与我们邻座的是一位美籍华裔老太太，家住华盛顿，今年78岁了，姓刘，老太太举止文雅，思维敏捷，因患有糖尿病，吃饭都是单独的时间表。看见她，我们不由地想念起自己的母亲。

北京时间10月29日7点30分，飞机到达华盛顿杜勒斯国际机场。我们是由北京28日的傍晚，伴着晚霞起飞，经过13个半小时的飞行，在华盛顿的28日，也是在晚霞中降落，透过飞机的窗口看到华盛顿，已经是灯火璀璨。

入关大厅很宽敞，尽管入口很多，但并不是全部开放，只有五六个窗口有人办公，而且美国海关官员办事效率的确不敢恭维，似乎他们都是新手，边干活边咨询旁边的人。一个人的出入关程序居然要花那么久，交护照、按手印、拍照片、网上查询、问话，等等，每个环节中间还要间隔好一会儿，不知他们在等些什么？但不管怎么说，比到埃及时进入海关还是好多啦！别看速度缓慢，起码在美国还能让我们排在等候的行列中。而埃及则干脆不给中国游客办手续，几拨中国游客都在大厅里一坐就是两三个小时。因而，我们挤在长长的队伍中并不心烦。

我们的团队终于在不到两个小时的时间内，全部完成美国入境手续。

接待我们的导游姓代，来自中国辽宁的铁岭，已经在美国打拼了12年。他介绍说，杜勒斯机场是以曾任美国国务卿的杜勒斯的名字命名，因为杜勒斯对美国贡献很大。

★ 神奇的美利坚

在大巴开往酒店的路上，导游向我们简略地介绍了美国的概况。

美国全称美利坚合众国，位于北美洲中部，领土还包括北美洲西北部的阿拉斯加和太平洋中部的夏威夷群岛。北与加拿大接壤，南靠墨西哥和墨西哥湾，西临太平洋，东濒大西洋。国土面积937.26万平方公里。

除了我们中华人民共和国的旗帜外，世界上最好辨认的便是美国的星条旗，从美国的国旗中我们可以看出美国发展的脉络。由13道红白相间的宽条组成，代表最早发动独立战争并取得胜利的13个州；旗面左上角蓝色的长方形中排列着50颗白色五角星，代表美利坚合众国全国的50个州。1818年美国国会通过法案，国旗上的13道红白宽条数目是固定的，但五角星数目是可以随时变动的。每增加一个州，国旗上就增加一颗星。

美国是一个移民国家，大部分是欧洲移民的后代，还有约占全国人口百分之十几的黑人，以及印第安人、墨西哥人、波多黎各人、中国血统美国籍人和华侨等。美国的首都是华盛顿。美国原为印第安人聚居地，15世纪末，西班牙、荷兰、法国、英国等开始向北美移民，英国后来居上，到1773年，英国在北美已建立了13个殖民地。1775年爆发了北美人民反对英国殖民者的独立战争。1776年7月在费城召开了第二次大陆会议，组成“大陆军”，由乔治·华盛顿任总司令，通过了《独立宣言》，正式宣布建立美利坚合众国。1783年独立战争结束，1787年制定联邦宪法，1788年乔治·华盛顿当选为美国第一任总统。1812年后完全摆脱英国统治。1860年反对黑奴制度的共和党人亚伯拉罕·林肯当选总统。1862年9月宣布《解放黑奴宣言》后，南部奴隶主发动叛乱，爆发了南北战争。1865年，战争以北方获胜而结束，从而为资本主义在美国的迅速发展扫清了道路。

19世纪初，随着资本主义的发展，美国开始对外扩张。在1776年之后的100年内，美国领土几乎扩张了10倍。第二次世界大战后，美国国力大增，成为世界第一军事强国，在世界数十个国家和地区设有数百处军事基地。

按照行程安排，我们今天上午游览华盛顿的白宫、华盛顿纪念碑、国会山、林肯纪念堂和航天博物馆。

华盛顿——全称华盛顿哥伦比亚特区，是为纪念美国开国元勋乔治·华盛顿和发现美洲新大陆的哥伦布而命名的。华盛顿在行政上由联邦政府直辖，不属于任何一个州。

华盛顿位于马里兰州和弗吉尼亚州之间的波托马克河与阿纳卡斯蒂亚河汇流处。市区面积178平方公里，特区总面积6094平方公里。

华盛顿原是一片灌木丛生之地，只有一些村舍散落其间。1789年，美国联邦政府正式成立。当国会在纽约召开第一次会议时，建都选址问题引起激烈争吵，南北两方的议员都想把首都设在本方境内。国会最后达成妥协，由总统华盛顿选定南北方的天然分界线——波托马克河畔长宽各为16公里的地区作为首都地址，并请法国工程师皮埃尔·夏尔·朗方主持首都的总体规划和设计。新都尚未建成，华盛顿便于1799年去世。为了纪念他，这座新都在翌年建成时被命名为华盛顿。

华盛顿是美国的政治中心，白宫、国会、最高法院及绝大多数联邦政府机构均设在这里。华盛顿面积最大的建筑是美国国防部所在地五角大楼。

美国总统官邸——白宫

白宫是一座白色大理石建筑，是华盛顿之后美国历届总统办公和居住的地方。

美国总统官邸——白宫

华盛顿市政府行政大楼

椭圆形的美国总统办公室设在白宫西厢房内，南窗外边是著名的“玫瑰园”。白宫正楼南面的南草坪是“总统花园”，美国总统常在这里举行欢迎贵宾的仪式。白宫的附近有政府行政大楼，国会大厦和白宫之间有“联邦三角”建筑群，其中包括联邦政府机构、国家美术馆、国家档案馆、泛美联盟、史密森国家博物馆和联邦储备大厦等。

白宫位于华盛顿市区中心宾夕法尼亚大街1600号。明媚的阳光挥洒在一座白色的两层楼上，绿色的草坪、茂密的树木、秋日的红叶映衬着神秘的小白楼。四周静悄悄的，只见一个穿警服的人正和一个穿黑色工作服的人在交谈。放眼望去，恰似一幅静止的图画。

这座美国总统官邸，北接拉斐特广场，南邻爱丽普斯公园，与高耸的华盛顿纪念碑相望，始建于1792年，从1800年以后成为历届总统的官邸，它是美国总统在任期内办公并和家人居住的地方。

1902年美国总统罗斯福首先正式使用“白宫”一词，后成为美国政府的代名词。其实，白宫从前并不是白色的，也不称白宫，而被称做“总统大厦”“总统之宫”，初建时是一栋灰色的沙石建筑。但是在1812年发生的战役中，英军入侵华盛顿。1814年8月24日英军焚毁了这座建筑物，只留下了一副空架子。

1817年重新修复时为了掩饰大火烧过的痕迹，门罗总统下令在灰色沙石上漆上了一层白色的油漆。此后这栋总统官邸便一直被称为“白宫”。因为白宫是美国总统办公所在地，所以人们对白宫总是充满了神秘感。根据白宫支出由全体纳税人担负的原则，白宫的一部分，在规定时间内向全世界公民开放，因此成了游人观光的热点。

在200多年的岁月中，白宫风云深深影响了整个世界的历史，白宫建筑群也成了历史性建筑。它带有浓厚的英国建筑风格，又在随后的主人更替中一层层融入了美国建筑的风格。朴素、典雅，构成白宫建筑风格的基调。白宫的基址是美国开国元勋、第一任总统乔治·华盛顿选定的，1800年基本完工。有趣的是，第一位入主白宫的总统并不是第一任总统华盛顿，而是第二任总统约翰·亚当斯。

白宫的设计者是著名的美籍爱尔兰人建筑师詹姆斯·霍本。他根据18世纪末英国乡间别墅的风格，参照当时流行的意大利建筑师柏拉迪的欧式造型设计而成，用弗吉尼亚州所产的一种浅色石灰石建造。

白宫建筑方案出台之前，乔治·华盛顿对未来的美国总统官邸就早有定见：它绝不能是一座宫殿，绝不能豪华，因为在这里工作的主人是国家的仆人。他提出了建造总统官邸的三点要求：宽敞、坚固、典雅，给人一种超越时代的感觉。他相信自己的国家会很快富强起来，扩展疆域，在世界上占有越来越重要的地位，建造总统官邸含糊不得。对于即将开始设计和建造的总统官邸，华盛顿执意认为无须高大，有3层高就足够了。

从各地送来的设计方案不少，选择余地相当大。一位名叫詹姆斯·霍本的年轻人前来费城拜会了华盛顿，他告诉总统说，他准备亲自到首都看过地形后再做设计。果然，霍本赶到乔治镇住下，用20天时间画出了设计图，实际上他一定是早有腹稿了。很快，华盛顿也来到乔治镇，于次日召集杰斐逊等人选定设计方案。詹姆斯·霍本的设计脱颖而出，成为首选。

大规模的施工从1793年开始，霍本亲自担任施工建筑师。首先是在今天白宫北面的草坪一带垒造了3个砖窑，烧制砖块，供国会大厦和白宫建筑的需要。建筑师对施工的质量要求极高，建筑材料有许多来自美国各著名产地，所以施工期拖得较长，以致首任总统华盛顿没能来得及住进这里。

为美国写下《独立宣言》的美国第三任总统杰斐逊，吩咐每天早晨打开总统官邸大门，公民可以在不影响总统办公的前提下参观官邸。这是杰斐逊民主思想的一个具体体现。“人生而平等，造物主赋予他们若干不可让与的权利。”这是杰斐逊在修订他家乡弗吉尼亚州的法律时，在悠久的文明史上首次宣布宗教自由和政教分离并不仅仅是理想，而且是绝对要素。这是一项了不起的创新，后来写进了美国宪法，而且自那时以来，已经成为许多国家的法律。在欧洲的经历告诉了他，社会公众对政府首脑的办公室都很感兴趣。那时，前来参观的人不少，杰斐逊本人也会在某一休息时刻走出办公室，与素不相识的客人握握手，表示欢迎。消息传开，有更多的人远道赶来，就是为了见见杰斐逊。杰斐逊有时仅凭一封友人的介绍信就会请陌生的来客共饮下午茶。

白宫共占地7.3万多平方米，由主楼和东、西两翼3个部分组成。主楼宽51.51米，进深25.75米，共有底层、1楼和2楼3层。

底层有外交接待大厅、图书室、地图室、瓷器室、金银器室和白宫管理人员办公室等。外交接待大厅呈椭圆形，是总统接待外国元首和其他外宾的地方，铺着天蓝色底、椭圆形的花纹地毯，上面绣着象征美国50个州的标志，墙上挂有描绘美国风景的巨幅环形油画。图书室约60多平方米，室内的桌、椅、书橱和灯具等均为古典式。藏有图书近3000册，其中不乏美国各个时期著名作家的代表作。此外，这里还存有美国历届总统的有关资料。在藏书壁柜旁的墙上挂着5幅印第安人的画像，这是当年美国总统在白宫会见过的印第安部落代表团的成员。

地图室珍藏有各种版本的现代地图集和一幅名贵的18世纪绘制的地图。第二次世界大战期间，这里曾是罗斯福总统研究战争形势的密室。从1970年起，此处已改为接待室，室内挂着本杰明·富兰克林的画像和美国19世纪哈德逊河画派的风景画，如哈特作于1858年的名画《山间湖水》等。金银器陈列室藏有各种精致的英、法式镀金银制餐具和镶金银器。瓷器室收藏有历届总统用过的瓷制餐具，其中有一套是从中国进口的名瓷。

白宫是美国政要名流的舞台，也是全世界最好客的元首官邸，两个世纪以来40多位白宫主人在这里工作与生活。它的每个房间都有说不完的故事。新的主人为了显示其统治权，总喜欢改变原有的装潢或摆饰，以表明新主人的不同品位，白宫总是以新的面貌迎接它的主人。

从正门进入的国家楼层，共有5个主要房间，由西至东依序是：国宴室、红室、蓝室、绿室和东室。东室是白宫最大的一个房间，可容纳300位宾客，主要用作大型招待会、舞会和各种纪念性仪式的庆典。历史上许多重要事件先后在此发生：这里曾经停放过7位总统遗体，这里也曾举行过许多位总统女儿们的婚礼，罗斯福在此观赏过日本相扑表演，肯尼迪则在此欣赏优美的交响乐演奏……

总统办公的椭圆形办公室最让人好奇，可能是因为国家最高领导人在那里治理国家大事而使人感到神秘吧！椭圆形办公室位于西厢的旁边位置，对面是总统专属的玫瑰花园。相传，肯尼迪的子女常在花园和办公室之间跑来跑去地游玩，年轻的总统常在办公的闲暇时与他们玩耍，留下许多温馨的画面。在肯尼迪时代，他曾邀请过各种音乐大师、诗人作家、演员歌者等到白宫来表演，白宫又成了这些人展示才艺的舞台。

东厢前花园是杰奎琳花园，杰奎琳恐怕是对白宫最有贡献的第一夫人了。她为了将白宫变成一座极有价值的博物馆，开始有系统地收集与白宫相关的历史文物，并四处搜寻古董真迹。在白宫历史学会成立后，她请来史密森博物馆的专家将白宫所有收藏重新审视整理编目，赋予了白宫历史的内涵。现在许多房间里陈设的精致古董，大半是门罗总统时期的收藏，尤其是蓝室充满了法国皇家气派。

蓝室内以蓝色为主饰以金边花纹的墙壁，衬托出蓝室豪华的风格，因此这个房间经常用来招待贵宾，其中包括1878年到访的第一位清朝中国使节。克利夫兰总统的婚礼也是在蓝室举行的，每年白宫圣诞树也固定在这里闪耀。蓝室之下是外交使节接待室，是专供各国大使呈递到任国书之处。

蓝室的阳台面对南院草坪，是总统与贵宾经常向民众挥手露面的地方。南草坪上许多树木也是总统或夫人亲手种植，这可能是名垂青史的一种形式吧。当年杰克逊为纪念亡妻而种的一棵木兰花，至今已成枝叶茂盛的百年老树，它和这个国家一起茁壮成长。南草坪正位于整栋大楼中央位置，与上下楼层共3个房间同属椭圆形。

蓝室之上的椭圆房间，曾经是总统办公室，还做过内阁室和签约室，现在则属于家庭楼层，不对外开放。林肯曾在这个房间签署了著名的《解放黑奴宣言》，因而爆发分裂国家的南北战争，也埋下日后林肯遭到暗杀的导火索。

蓝室左右两旁的红室和绿室都是小型接待室，以不同色调装饰各有不同用途：绿室在杰斐逊时期是他的私人餐室，门罗总统则用来玩牌。内战时林肯爱子在绿室病死，这里成为林肯夫人的伤心之地，从此再不肯踏入绿室一步。

红室是第一夫人们最喜爱的房间，红室布置成19世纪30年代早期形式，摆设在大理石壁炉上的一座18世纪法制音乐钟，是法国总统在1952年所赠送。从多莉的时代起，每周三晚在这里举办盛会。红室之旁的国宴室，摆放一张门罗时期的13尺长桌，其上镂刻精致的纹饰成为令人赞叹的杰作，是白宫的精品之一。国宴室可容纳130位宾客用餐，在大理石壁炉上方铭刻着第一位白宫主人亚当斯在1800年11月2日写给夫人信中的一段话："我祈求上苍赐予最大福分给这所房屋和所有此后居住的人，但愿只有诚实和智慧的人住在此屋檐下"。

主楼二层为总统全家居住的地方，主要有林肯卧室、皇后卧室、条约厅、总统夫人起居室和黄色椭圆形厅等。林肯卧室是林肯办公和召开内阁会议的地方。以玫瑰色和白色为主调加以装饰的皇后卧室，曾接待过英国伊丽莎白女王、荷兰女王等贵宾。

白宫西翼由西奥多·罗斯福总统主持修建，于1902年建成；东翼由富兰克林·罗斯福总统主持修建，于1941年建成。其中最主要的厅室是西翼内侧的椭圆形总统办公室。它宽敞、明亮，地上铺着一块巨大的蓝色地毯，地毯正中织有美国总统的金徽图案：50颗星排列成圆形，环绕着一只鹰。办公室后部两侧分别竖立着美国国旗和总统旗帜。正面墙上是身着戎装、威容凛然的华盛顿油画像，两边摆着两只雅致的中国古瓷花瓶。办公室左边墙架上陈设的外国贵宾赠送的礼物中，有中国1979年赠送的"马踏飞燕"仿古青铜器。总统的大办公桌上放置着这样一则座右铭："这里要负最后责任。"

白宫的南面，是一个由粗大的乳白色石柱支撑的宽大门廊，正面四根，旁边各两根。门廊的正前方就是有名的南草坪，总统的直升机可在此起落。由于白宫是坐南朝北，因此南草坪就成了白宫的后院，通称为总统花园。园内灌木如篱，绿树成荫，草坪中有一水池，池中喷泉喷珠吐玉，高可数丈。池塘四周的花圃里，姹紫嫣红。南门前两侧八棵枝繁叶茂、生机勃勃的木兰树，已有150年树龄。

国宾来访时，一般都要在南草坪举行正式欢迎仪式。每年春天的复活节时，总统和夫人都要在这里举行传统的游园会。白宫现在供游人参观的部分主要是白宫的东翼，包括底层的外宾接待室、瓷器室、金银器室和图书室，一楼的宴会厅、红厅、蓝厅、绿厅和东大厅。它是世界上唯一定期向公众开放的国家元首的官邸。

白宫“家庭逸事”

国家楼层之上是总统和家人居住休息的地方，也用来招待重要贵宾，世界各国领袖或王公贵族都以住过白宫为荣。1943年蒋介石的夫人宋美龄访问白宫时，曾是小罗斯福总统的座上嘉宾，并在此住宿过，蒋夫人的许多中国式的规矩也让美国人大开了眼界。

据说，从海斯夫人开始，在各个房间悬挂总统及夫人画像成为白宫新旧主人的共同爱好。目前在蓝室挂有4位早期总统画像：亚当斯、杰斐逊、蒙罗和泰勒，国宴室则悬挂林肯画像，东室有华盛顿画像——这是喜爱社交的麦迪逊夫人多莉对白宫唯一的功绩。200多年时光弹指流逝，只有华盛顿的画像一直屹立在这里，注视着由他一手创立的国家。

1799年12月14日，华盛顿溘然辞世，成为唯一没在白宫办公的总统。1800年5月15日，第二任总统约翰·亚当斯下令政府各部从临时首都费城迁往新首都华盛顿。

落成伊始的白宫，生活条件显然不能与今天同日而语，以至于到现在还流传着一个笑话：由于当年这座办公建筑物里“连最起码的栅栏、院落或者其他可以使用的东西都没有”，亚当斯夫人只好在东大厅里拉起晾衣绳，将洗好的衣服晾在那里阴干。对于搬进这座“光秃秃的、巨大而丑陋的建筑”，亚当斯夫人心有不快，在写给女儿的信中，她牢骚满腹地说：“这座房子经过修整，看上去是可以住人了……但在这座巨大的建筑中，居然连一个召唤仆人的铃铛都找不到。”由于没有足够的人手去砍伐和搬运木材，在这座刚刚落成、尚有潮气的宫殿里，取暖成了大问题。直到1853年安装了水暖设备后，白宫才告别寒冷的冬天。

20世纪之前，白宫是完全向公众开放的，这是第三任总统托马斯·杰斐逊民主思想的具体体现。第四任总统詹姆斯·麦迪逊和夫人多莉沿用了杰斐逊的做法。入住白宫期间，他们每周都要为外交使团中的高级代表举办一次国宴，使白宫成为上流社会的娱乐场所。麦迪逊执政时期，英美两国爆发战争。1814年8月，总统夫妇在英军进入华盛顿的最后一刻才撤离。临走时，机智的多莉还不忘从墙上摘下了华盛顿的肖像，带走了《独立宣言》的原件和一批历史档案。在发出最后通牒后，英军纵火焚烧了白宫。大火将官邸的墙壁熏得黝黑，只是由于暴雨突至，白宫才没有化为灰烬。战争结束之后，麦迪逊请来当年的设计者霍本重修白宫。

有人曾说：“白宫是一幅不完整的画。”白宫楼上的两层各有几间房屋是供第一家庭使用的。每位总统和他的家庭都按自己的喜好和审美品位布置白宫。麦迪逊夫人喜欢用鲜黄色的帷幕和装饰品来布置总统住处，表现了活泼可爱的个性；海斯夫人将卧室的墙壁粉刷成浅蓝色，体现出其稳重大方的特点。

目睹一个又一个家庭搬进搬出，使访客们一踏入白宫便能亲身感受到不同主人的鲜明特色：律师出身的塔夫脱带来了大批法律书籍；矿山工程师出身的胡佛带来了他翻译的矿业著作；喜好音乐的杜鲁门带来了3架钢琴和女儿收藏的大量唱片；军人出身的艾森豪威尔在书房里摆满了军功章……肯尼迪时代，第一夫人杰奎琳制订了一项计划：使白宫成为美国的博物馆。为此，她协调有关各方任命了一个委员会，在全美各地搜罗各式家具和工艺品。

1834年，泉水被自来水管引入白宫，结束了白宫外出拉水的历史；1848年，煤气灯进入白宫；1877年海斯总统入住白宫后，建立了图书馆；1882年，第一架电梯在白宫内使用；不久，人们在白宫里架设了电线，白宫的夜晚从此灯火通明。

杰弗逊总统之后的一段时期，所有希望见到总统的人，哪怕只想握一下总统的手，都可以大摇大摆地走进白宫。据记载，林肯曾在一次晚会上与6000多人握手。1901年9月，麦金利总统出席布法罗泛美世界博览会，在与民众握手时遇刺身亡。从此，白宫结束了总统随时与常人见面的历史。

1902年，西奥多·罗斯福总统下令修建白宫西翼，将办公区与生活区分开。据说，胡佛夫妇曾在1923年大发怀旧情结，在新年第一天打开白宫大门，邀请所有愿意进入白宫的民众参加新年联欢会，但第二年元旦他们再也不敢标新立异，双双躲到城外享清福去了。

伍德罗·威尔逊这位常人看来冷若冰霜的学者总统，为白宫留下了一段佳话。他在第一任妻子爱伦去世后，难以摆脱丧妻之痛，一度沉沦，终日待在白宫内深居简出。没想到，在电梯里，他结识了第二位妻子伊迪斯，二人随即陷入热恋中，并于1915年成婚。

第一次世界大战期间，威尔逊夫妇带头节衣缩食，用实际行动支持前方。威尔逊夫人在白宫内架起了缝纫机，为前线将士赶制救护用品。她还在白宫的草坪上养起了一群成天“咩咩”叫的小羊，这一来可以节省修剪草坪的开支，二来可以剪羊毛增加收入。羊群在白宫周围草坪上悠闲地走来走去，使白宫看上去更像一座乡间别墅。

第二次世界大战期间，为保护富兰克林·罗斯福总统的安全，白宫东翼修建了空袭庇护所。白宫在罗斯福执政时期添建的设施还有游泳池、健身房、地下车库、影剧院和专供第一家庭使用的南阳台。

1948年夏，杜鲁门的女儿玛格丽特发现钢琴下的地板开始下沉。于是，美国国会成立了修缮委员会。为便于施工，杜鲁门一家搬到了白宫对面的布莱尔大厦，其他机构也迁移至此。修缮工程前后共进行了两年多，直到1952年3月，杜鲁门一家才喜气洋洋地搬回白宫。

白宫的主人们虽然彼此出身不同，有着各式各样的爱好，但同普通家庭一样，在这座房子里体会着为人子女、爱人和父母的各种感受。唯一不同的是，由于一串串机缘巧合，使他们的名字与美利坚合众国的历史连到了一起，成为这个国家受人景仰的人物。

生活在这里的家庭，在享有极度荣耀的同时，也失去了一般家庭所拥有的轻松和自由，以至于被称做“白宫的囚徒”。尼克松因在女儿订婚当晚抽不出时间参加仪式，心中充满了愧疚之情。加菲尔德的儿子哈里回忆说：他17岁时爱上了一位姑娘，很想跟父亲说说心里话，但父亲公务缠身，他足足等了一个月才找到与父亲交谈的机会。

富兰克林·罗斯福夫人在回忆录中写道：孩子们想见父亲竟然要预约。有一次，罗斯福正在埋头批阅一份文件，儿子进来向父亲诉说一件私事。说了许久，才发现父亲根本没有注意自己，于是他只得悻悻地转身走了。这个渴望父爱的儿子不禁感叹道：“我们亲密无间的家庭生活受到了多么大的影响！”

尽管如此，白宫的一些主人仍忙里偷闲，与家人分享天伦之乐。林肯入住白宫时带来了3个孩子。他在百忙之中经常同孩子们进行体育比赛，还鼓励他们饲养小动物。他经常疼爱有加地说：“让孩子们快快乐乐地玩吧！”于是，孩子们经常在白宫无拘无束地奔跑。儿子塔德还拦住前来拜见总统的客人，要他们在自己的义卖摊上买零食，为战火中的慈善事业捐款。还有一次，内阁正在开会，塔德用玩具火炮轰开了会议室的大门，但总统对此一笑了之。

林登·约翰逊一家搬来后，第一夫人为自己划出了一块舒适的工作区。孩子们的小天地设在大厅的另一端，那里曾是肯尼迪家孩子们居住的地方。后来尼克松和卡特的孩子也住在这间屋子里。埃米是卡特最小的孩子，她在白宫南草坪那棵弯弯曲曲的老松树上搭起了鸟窝，还秉承林肯家和老罗斯福家孩子的特点，在白宫养起了小动物。

1893年，克利夫兰携妻带子，开始了第二个总统任期。出于对总统家3个学龄前小女儿的喜爱，人们从全国各地寄来许多礼物，还纷纷写信告诉总统夫妇如何教育孩子。有一次，两岁的露茜和保姆在院子里活动，被一群好奇者围住。一位妇女抱起露茜，在众人手中传来传去。每一个路人都赶过来拍拍她、抱抱她，亲亲这个“小公主”。这让克利夫兰夫人十分不安。从此以后，通向南草坪的大门就不再向公众开放。

卡特总统酷爱跑步。如果天气不好，他就在白宫里上上下下地跑楼梯。每到这时，他都要求把白宫内所有的大门打开，以便可以从顶楼毫无障碍地跑到一楼，甚至直接跑入草坪和花园。

演员出身的里根总统看重情调和娱乐。在里根时代，人们经常可以在白宫舞会上见到里根和南希这对老夫老妻翩翩起舞的情景。里根夫人还经常举办社交宴会和其他社会活动，来推行自己的社会事业计划，如解决青少年吸毒问题。

肯尼迪夫人杰奎琳

一般说来，第一夫人的装扮常常领导时尚或时装潮流。肯尼迪夫人为自己设计的裙装和发型成了全世界妇女争相效仿的对象；尼克松夫人喜好的长裙也风靡一时；富兰克林·罗斯福夫人埃丽诺就曾抱怨自己不是在穿衣服，“而是在装饰某件公共文物”。

200多年来，白宫一直是美国最高行政长官的官邸，也是美国所有家庭和住宅的代表。正因为如此，入住白宫的男主人都充满了责任感和使命感。正如富兰克林·罗斯福在一次讲话中提到的：“我从未忘记，我住在一幢属于全体美国人的房子里，我受到他们的信任。”

白宫的历历往事，随着一代代白宫主人的更替，也被一代代传颂下来。白宫和白宫里这些鲜为人知的故事，深深地吸引着人们。透过他们生活的细节和言行话语，展现在人们面前的美国政治领袖及其第一夫人们，他们具有独特的思想情操和高度的责任意识，牢记总统的职责，永远把国家利益放在首位。他们之所以能当选美国的总统，想必都有超常的人格魅力和过人之处！

华盛顿的无字碑

华盛顿有许多纪念性建筑。在总统官邸白宫的正南方向，华盛顿纪念碑是华盛顿市举目可见的第一地标，位于美国国家草坪的中心点。

华盛顿纪念碑是华盛顿市的最高点。无论你以何种交通工具，从任何方向来到华盛顿时，首先映入眼帘的就是这座用来纪念华盛顿伟业的纪念碑。华盛顿的这座标志建筑，整个碑身上没有任何文字，好像在向世人昭示，华盛顿一生的伟业是难以用文字来表达的。

连接着建筑物之间的与其说是条形的马路，不如说是片状的草坪。因为草之青翠惹眼，我们不忍践踏，即使拍照时必须与草地亲密接触，我们人人都放松放缓脚步，生怕双脚着力太重会踩伤小草。避开草坪沿着洁净的马路信步，我们越来越接近华盛顿纪念碑。

华盛顿纪念碑

华盛顿纪念碑是一座石质的方尖碑，高高的正方体碑柱顶端为四面三角形的尖顶，抬眼望去锐气逼人。华盛顿纪念碑内部中空，其内壁上嵌有世界上各个国家、美国国内各州市、各大团体及各国各地名人所赠的石碑188块，其中包括中国清朝宁波府所赠的文言文石碑，碑上文字取自徐继畲的《瀛寰志略》。华盛顿纪念碑内有台阶和电梯，皆可到达碑顶。纪念碑顶部的8个观景窗，可纵览国家草坪的全景。1888年年初开放时，石碑内部的898级台阶上，留下了许多心怀崇敬的美国民众的足迹。尽管现在的台阶几乎已无人行走，但电梯中承载的来自世界各地的游客，对于这座纪念碑主人的崇敬之心，百年来并无改变。

乔治·华盛顿1732年生于美国弗吉尼亚州的威克弗尔德庄园。他是一位富有的种植园主之子，20岁时继承了一笔可观的财产。1753—1758年期间华盛顿在军中服役，积极参加了法国人与印第安人之间的战争，从而获得了军事经验和威望；1758年解甲回到弗吉尼亚，不久便与一位带有4个孩子的富孀——玛莎·丹德利居·卡斯蒂斯结了婚（华盛顿本人没有亲生子女）。

华盛顿在随后的15年中经营自己的家产，表现出了非凡的经营才能，1774年他被选为弗吉尼亚的一位代表去参加第一届大陆会议时，就已经成为美国殖民地中最大的富翁之一了。华盛顿不是一位主张独立的先驱者，但是1775年6月的第二届大陆会议却一致推选他来统率大陆部队。他军事经验丰富，家产万贯，遐迩闻名；他外貌英俊，体魄健壮，指挥才能卓越，尤其他那坚韧不拔的性格使他成为统帅的理所当然的人选。在整个战争期间，他忠诚效劳，分文不取，廉洁奉公，堪称楷模。

美国总统华盛顿

华盛顿于1775年6月开始统率大陆军队，到1797年3月第二届总统任期期满，他的最有意义的贡献就是在这期间取得的。1799年12月，他在弗吉尼亚的温恩山的家中病逝。首先，他是美国独立战争中一位成功的军事领袖。其次，华盛顿是立宪会议主席。虽然他的思想对美国宪法的形成没有起重要的作用，但是他的支持者和他的名望对各州批准这部宪法却起了重大的作用。最后，华盛顿是美国第一任总统。美国有华盛顿这样一位德才兼备的人作为第一任总统是幸运的。翻开南美洲和非洲各国的历史，我们可以看到即使是一个以民主宪法为伊始的新国家，也很容易堕落成为军事专制国家。华盛顿是一位坚定的领袖，他保持了国家的统一，但是却无永远把持政权的野心，既不想做国王，又不想当独裁者。他开创了主动让权的先例——一个至今美国仍然膜拜的无与伦比的先例。

华盛顿逝世后，随着时间的推移，美国人民日益认识到华盛顿的历史贡献。面对时光这块试金石，华盛顿的一生犹如日月经天，历时越久，伟人光芒愈显辉煌。伴随着为华盛顿建造纪念碑的呼声日益高涨，1833年，在首都成立了国家纪念碑筹建协会，协会的宗旨是为美国首任总统华盛顿建立大型国家纪念碑，并开始在全国范围内募捐。

1848年7月，当时的总统波尔克亲临开工典礼现场，以华盛顿在国会大厦奠基仪式所用的泥刀，为华盛顿纪念碑砌下了奠基石。为了这一工程的破土动工，国家纪念碑筹建协会已经连续15年在全国筹款。纪念碑建筑开工后，进度缓慢，1854年，由于美国南、北两方面临分裂的危险，已经建造了大约50米高的华盛顿纪念碑被迫停建，默默地注视着这场决定美国命运的南北战争。

以林肯为首的北方取得了战争的最终胜利后，象征着国家统一富强的华盛顿纪念碑续建工程再度被提上日程，并且国会为此拨款20万美元。1884年12月，一块重约1497千克的石块被安放在纪念碑的顶部，标志纪念碑的最后完工。1885年2月，呈正方形、底部宽22.4米、重约9.1万吨的华盛顿纪念碑全部落成。由于两段建设工程前后相隔22年的时间，纪念碑50米以上部分的白色大理石颜色略深于下方。建造纪念碑前后共耗资118万多美元。

1888年10月，华盛顿纪念碑正式免费向游人开放。100多年来，接待了无数来自世界各地的景仰华盛顿伟业的游人。进入21世纪，美国国会又专门拨款对纪念碑进行了修缮。修缮后的纪念碑风姿更健。在顶层，通过观览窗口，首都华盛顿全城风光一览无余，重要建筑物历历在目，波托马克河波光粼粼，远处的森林郁郁葱葱，城市美景格外迷人。在每年的7月4日美国独立日的夜晚，都要在华盛顿纪念碑周围燃放焰火，造型各异的焰火竞相绽放，美不胜收。

美国国会山

我们朝着国会山进发，视力好的团友，离老远就开始数弄着登临国会大厦的台阶数及国会大厦主体楼的层数，那神态和表情宛若孩童一般。

美国华盛顿国会山

未曾到过美国的人，或只在电影电视中见过美国国会大厦的人，常常误把国会大厦当做“白宫”，以至亲身亲眼现场感受后，才知道国会大厦与“白宫”完全是两个不同的处所，两种不同的建筑风格。

国会大厦建在被称为“国会山”的全城最高点上，它是华盛顿的象征。这座乳白色的建筑有一个圆顶主楼和相互连接的东、西两翼大楼，美国国会、参众两院都在国会大楼里办公。1793年，美国首任总统乔治·华盛顿亲自为它奠基，采用的是国会大厦设计竞赛中的第一名获得者、著名设计师威廉·桑顿的设计蓝图，于1800年落成并开始使用。1814年英美第二次战争时，英国军队曾将它付之一炬，1819年又重新修建直到1867年再次落成，以后又经不断修缮扩建，才达到目前的规模。国会大厦从它诞生之日起就是那么命运多舛，可贵的是，至今它仍能傲然挺立。

从远处望去，国会大厦是一座巨柱环立的建筑物，中间是皇冠形的圆顶式大楼，在华盛顿市内很多地方都能看到国会大厦的雄姿。国会大厦是华盛顿市最高点，所有街区以此为中心。美国人把国会大厦看做是民有、民治、民享政权的最高象征。正如美国开国政治家汉密尔顿的名言所言——“这里，人民在统治”。

现在的国会大厦，南北长约246米，东西宽115米，共有540个房间。国会大厦外墙全部使用白色大理石，通体洁白，建筑师力图使它给人一种神圣纯洁的感受。整幢国会大厦是一座3层平顶建筑，其中央是一座高高耸立的圆顶，高约94米，也分3

层。用白砂石和大理石建筑的国会大厦，中央穹顶和鼓座仿照罗马万神殿的造型，因采用了钢构架，外部轮廓显得十分丰美，在中心大圆顶的上面，竖有一座6米高的青铜像——“自由女神雕像”，她头顶羽冠，右手持剑，左手扶盾，永远眺望东方太阳升起的地方，成为华盛顿最引人注目的路标。

国会大厦内部正中是一个宽敞明亮的大厅，可容纳3000人，内高53米，大厅直径30余米。圆形的墙壁上，有8幅大油画，记载了美国历史上的8个重大事件。中央圆形大厅的南侧，是环立着形形色色人物雕像的雕塑大厅，有94尊铜像和石雕像，其中林肯、杰斐逊、华盛顿总统的雕像居于最正中。

大厦的北厢为参议院，大会场内悬挂着一面硕大的美国国旗，旗前面是议长的席位，再前面是记录席和发言席，美国总统通常在这里宣读国情咨文。大厦南厢为众议院，众议院的会场形式与参议院相差无几。两院还有小会议厅和国会领袖办公室。连接参议院与众议院的是长廊和雕像厅。在长廊两旁，意大利的名画家把全美国有代表性的花草树木、飞禽走兽组成图案绘成壁画，蔚为壮观；大厦的四周是草坪和树林，芳草如茵，树木常青。

根据美国宪法规定，首都华盛顿的建筑物都不得超过国会大厦的高度。站在国会大厦上向远处眺望，华盛顿市的各种景物尽收眼底。国会大厦开放时间为周二至周五，在国会大厦西南角的一座亭子前领取免费票，并接受安全检查。但如有活动举行则不开放。即使开放日参观，也得提前半年就要提出参观申请，相关机构要对申请者做出各种审查，获准后才有可能获得免费的国会大厦参观票。

国会大厦是美国的心脏建筑，与华盛顿的多栋重要建筑一样，亦未幸免于1814年英美战争的损毁。战后重建的100多年来，国会大厦由于进行了包括1851—1867年的浩大重建工程在内的多次扩建，最终形成了今日的格局。国会每年要开90天会议，讨论审议约2500件议案，能通过的大约只有600个。作为美国的重要标志性建筑，国会大厦伴随美利坚合众国历经了自己的沧桑岁月。

1793年9月，身为总统的乔治·华盛顿安放下奠基石，宏大的国会大厦建筑工程即告开始。1800年11月，整个国会迁入大厦，参议员、众议院在这座大厦首次举行参、众两院联席会议。1814年8月，入侵的英军一把火焚毁大厦南北两翼。幸好当夜一场大雨铺天盖地，才没使这幢大厦完全化为废墟。1819年12月，参众两院迁回重建的国会大厦。1824年10月，国会大厦中央圆顶大厅装修完毕，落成之际举行了一次盛大的欢迎仪式，欢迎法国将军拉斐特。1851年6月，国会大厦扩建南北两翼，并将拱形圆顶增高扩大。1863年12月的一天夜晚，随着近6米高的自由女神铜像被安上国会大厦的拱顶，代表35个州的35门礼炮轰鸣，国会大厦的扩建宣告完成。从那时起，国会大厦的外观基本确立，并保持到现在。

国会大厦的东阶通常是举行总统就职仪式的地方，从1829年杰斐逊总统就职之时起到20世纪末，大多数总统就职仪式都是在这里举行的。偶尔也有例外，里根总统和克林顿总统则在国会大厦的西阶举行就职仪式。

值得一提的是原最高法院即那个1/4球体状的屋子。1800年国会在这里举行迁都后的第一次联席会议，杰斐逊总统两次在这里宣誓就职，1810—1860年，美国最高法院就设在这里。1844年5月，电报发明者莫尔斯在这里当着国会议员和法官们的面，成功拍发了世界上第一封电报。

穿过雕塑大厅向南走就到了众议院会议大厅。参议院的会议厅在国会大厦北翼，与众议院会议厅相对称，设有100个席位。当参议院举行会议时，在国会大厦的北翼升起国旗；当众议院举行会议时，则在大厦的南翼升起国旗。“9・11”事件前，国会大厦向游人免费开放。参众两院举行会议时，有兴趣的公众也可前去旁听。在恐怖活动的阴影下，出于安全的考量，这一沿袭了多年的传统已有了调整。目前，国会大厦正在修建访客中心，以协调解决开放和安全的矛盾。

林肯纪念堂

林肯纪念堂

我们来到华盛顿国家大草坪的西端，在这碧波荡漾的波托马克河东岸上，一座用通体洁白的古希腊神殿式纪念堂进入人们的视线。远远望去，这座花岗岩和大理石建造的白色方形建筑，在蓝天艳阳的映衬下格外耀眼——这就是林肯纪念堂。纪念堂是为纪念美国第

16任总统亚伯拉罕·林肯而建，与东端的国会大厦遥遥相望。

亚伯拉罕·林肯领导了拯救联邦和结束奴隶制度的伟大斗争。尽管，他少年时代接受过一点儿初级教育，但担任公职的经验很少。然而，他那敏锐的洞察力和深厚而强烈的人道主义意识，使他成为美国历史上又一位最伟大的总统。

林肯于1809年2月12日黎明，出生在肯塔基州哈定县的一座小木屋里。用他自己的话说，他的童年是"一部贫穷的简明编年史"。小时候，他帮助家里搬柴、提水、做农活。9岁的时候，母亲去世，这对林肯来说是一个残酷的打击。幸而继母对他很好，常常督促他读书、学习，他和继母的关系很融洽。后来，长大的林肯开始独立谋生，他当过农场雇工、石匠、船夫等。

1830年，林肯一家迁居伊利诺伊州，在那里他第一次发表了政治演说。由于抨击黑奴制，提出一些有利于公众事业的建议，林肯在公众中开始有了影响，加上他具有杰出的人品，1834年他被选为州议员。两年后，林肯通过自学成为一名律师，不久又成为州议会辉格党领袖。1846年，他当选为美国众议员。

1854年，北方各州主张废奴和限制奴隶制的资产阶级人士成立了共和党，林肯很快成为这个新党的领导者。1858年，他发表了著名演说《家庭纠纷》，要求限制黑人奴隶制的发展，实现祖国统一。演说表达了北方资产阶级的愿望，也反映了全国人民的意愿，因而为林肯赢得了巨大声望。1860年，林肯作为共和党候选人，当选为美国第16任总统。

林肯上任后不久，南部奴隶主挑起了南北战争。在这场战争中，林肯肩上的担子之沉重，是以往绝大多数美国总统所无法比拟的。但是，他凭借自己的非凡毅力和决心履行了自己的职责，即使在遭到诋毁时，也从未动摇自己的方向：恢复联邦、废除奴隶制。1862年9月，林肯发布了著名的《解放黑奴宣言》，宣布废除奴隶制，解放黑奴。1864年6月，南北战争以北方胜利而告结束，它标志着奴隶制的彻底崩溃。

由于林肯的卓越功绩，1864年11月，他再次当选为美国总统。然而，还没等林肯把他的战后政策付诸实施，悲剧发生了。1865年4月14日晚10时15分，林肯在华盛顿福特剧院遇刺。凶手是一个同情南方的精神错乱的演员。1865年4月15日，亚伯拉罕·林肯去世，时年56岁。林肯去世后，他的遗体在14个城市供群众凭吊了两个多星期，后被安葬在普林斯菲尔德。

林肯逝世两年后，1867年，北方各州就提议为林肯建造纪念建筑物。但是该建筑坐落在什么地方？多大的规模？什么式样？这些问题一直没有定论。所以建筑林肯纪念堂一事被搁置下来。进入20世纪之后，建造林肯纪念堂的呼声再一次高涨。1911年成立了由前任总统塔夫脱为主席的林肯纪念委员会，委员会接受了一位名叫亨得·拜肯的大学生的建议，在华盛顿国会大厦遥相对应的地方建筑纪念堂，拜肯本人则被选为纪念堂的设计师，纪念堂的总预算是294万美元。

各种各样的设计方案提了出来，有人曾设想将纪念堂建成埃及金字塔式样及其他种种巍峨丰碑的样子，但是年轻的设计师拜肯拿出了自己的设计方案并坚信自己的设计是合理的，委员会同样坚决地支持了他。1911年2月，美国国会批准了这个设计方案。1914年，纪念堂正式动工。由于河滩地质松软，所以纪念堂地基工程建筑上花费了较多的材料和时间。1922年，林肯纪念堂落成。在纪念堂台阶下，向华盛顿纪念碑延伸，还配套建成了约610米长的倒影池。这样，在林肯纪念堂前东望，倒影池正好倒映出华盛顿纪念碑长长的碑身，看起来纪念碑更加顶天立地。从华盛顿纪念碑下西望，同样可以发现洁白的林肯纪念堂倒影在水中，更加玉洁冰清，神圣庄严。平日里，倒影池是野鸭、海鸥群集的地方，人鸥相嬉，充满了祥和的气息。

长方形的纪念堂矗立在一块相对独立、直径约400米的草坪中间，地表以上是近5米高的花岗岩基石。建造在石台上的纪念堂高约18.3米，加上基石，纪念堂有23米多高。纪念堂柱廊东西宽约36米，南北长约57米，是一个长方形建筑。纪念堂东门外，宽阔的石阶层层递进，将数不尽的游人引入圣洁的纪念堂。林肯纪念堂外廊四周共有36根石柱，柱高13.4米，底部直径2.26米。高大厚重的外廊石柱颇有希腊巴特农神庙的风格，象征着林肯在世时美国的36个州。纪念堂顶部护墙上有48朵下垂的花饰，代表纪念堂落成时美国的48个州。廊柱上端护栏上刻着48个州的名字。

林肯坐像

走进纪念堂，迎面是洁白、庄严的林肯坐像，是当时美国著名雕刻家丹尼尔·切斯特·法兰奇创作的。坐像非常传神，林肯的目光穿过大门，注视着倒影池对面凌天一柱的华盛顿纪念碑，还有大草坪尽头的国会大厦。此间寓意无穷，足可令人咀嚼。雕像由28块石头雕成后拼接而成，看上去浑然一体。这是根据雕刻家法兰奇提供的放样，再由石刻家皮奇里面利两兄弟花了四年多时间雕刻而成的。整座雕像的估算为8.84万美元。

展堂南北两边石壁上铭刻着林肯的两篇著名演说，南墙上的是《自由的新生——葛底斯堡演说》全文，北墙上则是林肯1865年第二个任期的总统就职演说词，全文稍长一些。第二次就职演说气势磅礴、充满激情。

从纪念堂落成之日起，每年的2月“总统纪念日”，在林肯纪念堂东台阶上都要举行纪念仪式，仪式的重要内容之一是朗读《葛底斯堡演说》。由于林肯为人类平等做出的巨大贡献，洁白的林肯纪念堂自横空出世之日起，就成为民权运动的圣地。1963年8月，20万人在林肯纪念堂东阶外至华盛顿纪念碑前举行和平集会，著名的民权运动领袖黑人牧师马丁·路德·金，也是在这个林肯纪念堂的东台阶上，发表了《我有一个梦想》的著名演说。

林肯纪念堂东台阶广场

葛底斯堡演说全文如下。

87年前，我们的先辈在这个大陆上创立了一个崭新的国家。这个国家孕育在自由之中，奉行人人生来平等的原则。如今，我们正在进行一场伟大的国内战争，以检验我们，也检验任何一个奉行同样原则的民族能否长久地存在下去。

现在，我们在这场伟大战争的一个战场上聚会，我们来到这里，是为了把这块战场上的一小块土地奉献给那些为国英勇捐躯的人们，作为他们长眠的地方。我们这样做是完全应该的，也是非常恰当的。然而，从更广阔的意义上说，我们没有能力奉献这块土地，没有能力使这块土地变得更为神圣。因为在这里战斗过的，已经死去的和仍然活着的勇士们，已经使这块土地变得如此神圣，远非我们的微力所能予以抑扬了。

世人不会记着我们在这里说过的话，但是对英雄们曾在这里崇高地向前推进而尚未完成的事业，我们应该献身于他们赋予我们的伟大使命。先烈们已将自己的全部精诚付与了我们的事业，我们应该从他们的榜样中吸取更多的精神力量，使他们的鲜血不至于白流。

在上帝的护佑下，我们国家将获得自由的新生，我们这个民有、民治、民享的政府将永世长存。

我们触摸到月球上的岩石

接近中午时分，导游把我们带到了美国国家航天航空博物馆。

航天航空博物馆分左、中、右3个大厅。第一层门厅内“飞行里程碑”，展出莱特兄弟制造的世界上第一架动力飞机，R. H. 戈达德设计的最早的现代火箭，世界上第一架超音速飞机，苏联和美国首次发射的人造卫星，美国第一艘载人宇宙飞船，飞近金星的“水手2号”，“阿波罗11号”宇宙飞船，以及登月队采回的月岩标本等。其他展厅分别展出民用航空飞机、直升机、小型私人飞机、航空娱乐、飞行试验、宇宙知识、火箭和空间技术、人造卫星、月面探索、航空和空间技术对社会发展的

美国国家航天航空博物馆

飞行里程碑展厅

影响等。

我们被这里的宝贝晃得眼花缭乱，不知怎么看才好。唯一能讲解的就是导游了。我们寸步不离地跟着导游，在登月采回的岩石标本前，我们手摸月岩，探出头来拍上一张与月岩的合影，此刻令人好不幸福！咱上不了月球， 能摸一下月亮上的岩石也是一种奇妙的体验啊！

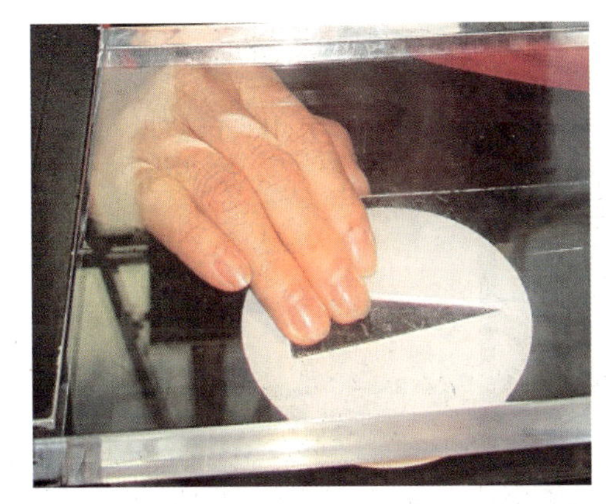

航天航空博物馆展示的月球岩石

我们先顺着左边的东大厅参观，再从二层转到西大厅。一楼展厅的顶部都很高，所以东大厅的顶棚上也挂了不少飞机，有早期的双翼螺旋桨飞机，也有后来的螺旋桨式客机。二楼空间相对狭小，但展品更显精致，表现的内容更加丰富生动。

航天航空博物馆内有隶属于1946年建立的史密森学会美国航空史陈列、研究和教学中心。1976年在华盛顿广场东南角建立新馆，收集了具有重要历史意义和尖端技术的飞机、宇航器、火箭、导弹、各种航空发动机及推进器等。此外，还有大量模型、飞行服、奖品、仪器、飞行设备及著名发明家、飞行员、重要航空史实的遗留物。收藏品中，仅一部分用于展出，另有相当数量出借给世界其他博物馆展用。除实物陈列外，该馆有许多设备供观众操作。

轨道空间站（航天站）

航天航空娱乐箱

莱特兄弟制造的世界第一架动力飞机

制造首架飞机的莱特兄弟

在莱特兄弟的飞机展厅，一架巨大的飞机吸引了我们的眼球。

1903年12月17日，美国莱特兄弟实现了人类历史上第一次驾机动力飞行，这架飞机就叫“飞行者”。这是一个载入史册的日子。

“飞行者”号飞机采用了一副前翼和一副主机翼，并且都是双翼结构，用麻布蒙皮和木支柱联结而成。一台汽油活塞发动机被固定在主机翼下面的一个翼面之上，机翼后面安装着左右各一副双叶螺旋桨，机尾是一个双翼结构的方向舵，用来操纵飞机的方向，而飞机上下运动则由前翼来操纵。飞机没有起落架和机轮，只有滑橇。起飞时飞机装在滑轨上，用带轮子的小车拉动辅助弹射起飞。驾驶员则是俯伏在主机翼的中间操纵飞机。

这次飞行首先由弟弟奥维尔·莱特试飞，空中停留时间只有12秒，飞行距离只有36米，但它却是人类历史上首次有动力、载人、持续、稳定和可操纵的飞行器升空并飞行，标志着人类征服天空的梦想开始变为现实。在同一天内，“飞行者”号又进行了3次飞行，其中成绩最好的是哥哥维尔伯·莱特。他驾驶“飞行者”号在空中持续飞行260米，用时59秒。人类动力航空史就此拉开了帷幕。

莱特兄弟从小就对机械有着天生的爱好，喜欢拆拆弄弄。1878年的圣诞节莱特兄弟的爸爸给他们带回了一个“蝴蝶”玩具，爸爸告诉他们，这是飞螺旋，能在空中高高地飞去。“鸟才能飞呢！它怎么也会飞?”维尔伯有点怀疑，爸爸当场做了表演。只见他先把上面的橡皮筋扭好，一松手，它就发出呜呜的声音，向空中高高地飞去。兄弟俩这才相信，除了鸟、蝴蝶之外，人工制造的东西，也可以飞上天。于是，弟兄俩便把它拆开了，想从中探索一下，它为何能飞上天去。

从这以后，在他们的幼小心灵里，就萌发了将来一定制造出一种能飞上高高蓝天的东西。这个愿望一直激励着他们。

1889年7月4日，母亲去世后，兄弟俩都相继高中毕业，并各自成家立业了。莱特兄弟在这段冷清的日子里在家读了大量的书。其中包括《华盛顿·欧文文集》、格利姆和安徒生的童话故事、普卢塔克的《列传》、吉本的《罗马帝国的衰亡》、格林的《英国史》、吉佐的《法兰西》、马雷的《动物机器》，还有一套《大英百科全书》和《钱伯斯百科全书》等，他们几乎从开始学会读书起就迷上了百科全书中的科技文章。

奥维尔说："我们幸运地生活在这样一个家庭环境里。大人们总是热情鼓励孩子们去追求知识，去调查研究一切奇特的现象。换了另一个家庭环境，我们的好奇心也许早在它结出果实以前就被扼杀了。"

1885—1886年的冬天，维尔伯同朋友在溜冰场玩冰上曲棍球时，意外失去了门牙。虽然伤势并不严重，但他从此变得沉默寡言，并且没有按照先前的计划到耶鲁大学继续升学。奥维尔高三毕业前辍学，并在1889年开始他的印刷业务，在维尔伯的帮助下设计和建造自己的印刷厂。工作的快乐使维尔伯摆脱了因事故造成的抑郁，加入了印刷厂担任编辑。

在投身飞行前，两兄弟迷恋过当时还属于时尚范畴的自行车。在维尔伯的提议下，他们停掉了印刷厂，并在俄亥俄州戴顿城开了一家自行车修理店。奥维尔雄心勃勃，有阵子曾想过生产汽车，只可惜维尔伯对此不感兴趣，因而未能实现。

1896年，两兄弟听闻了德国航空先驱奥托·李林达尔在一次滑翔飞行中不幸遇难的消息。莱特兄弟对李林达尔的失败进行了一番总结后，满怀激情地投入了对动力飞行的钻研。在吸取前人经验教训的基础上，莱特兄弟开始了飞行器的研制。在无法得到别人资助的情况下，他们用自行车生意赚来的钱进行飞机的研制。 兄弟俩的配合是完美无缺的。哥哥维尔伯勤勤恳恳，扎扎实实，拥有工程师的细致和谨慎；弟弟奥维尔

飞机发明者莱特兄弟

则富有艺术家的想象力，敢于不断创新。两颗智慧的大脑密切配合，相得益彰，正如维尔伯所说：“奥维尔和我一起生活，共同工作，而且简直是共同思维，就和一个人一样。”

两兄弟认为飞机能不能顺利飞行，关键就在于如何设计和控制它在飞行过程中各种受力间的平衡。早期由于担心机翼过大，会使得飞机难于操纵，因此一般机翼面积都不是太大。然而正是这样一种思路严重制约了飞机操纵性能的提升，因此莱特兄弟决定改变这个技术思路。他们首先仔细研究了前人的试验数据，再通过大量风筝、滑翔机以及风洞试验做验证，设计出了最佳的机翼剖面形状和角度，以便获得最大的升力；然后决定把一般大小的机翼增大一倍，达到308平方英尺。接连4个夏天，他们前往北卡罗来纳州旅行，目的地是个与世隔离的岬角。气象部门向他们建议，岬角风力大，是有利的练习场。

1900年10月的一个傍晚，维尔伯·莱特趴在易碎的滑翔机骨架上，迎着海风飘了起来，他成功了。虽然这只是几秒钟的飞行，只有1米多高，但莱特兄弟的成就超过了试图靠移动身体重量操纵飞行的李林达尔。第二年，兄弟俩在上次制作的基础上，经过多次改进，又制成了一架滑翔机。这年秋天，他们又来到基蒂霍克海边，一试验，飞行高度一下子达到180米之高。

1900—1903年，他们制造了3架滑翔机并进行了1000多次滑翔飞行，还自制了200多个不同的机翼进行了上千次风洞实验，修正了李林达尔的一些错误的飞行数据，设计出了较大升力的机翼截面形状。在此期间，他们的滑翔机多次滑翔距离超过1000米。在当时看来，这可是不小的成就。经过不断钻研，不断改进，莱特兄弟不仅迅速掌握了当时的飞行器制造技术，而且在许多方面取得了重大突破。

从1903年夏季开始，莱特兄弟着手制造这架著名的“飞行者一号”双翼机。动力飞行首先需要一台发动机，但当时市面上根本没有飞机的发动机出售，也没有一家公司愿意冒险制造航空发动机。但是兄弟俩并没有气馁，他们请了机械师查尔斯·泰勒来帮他们制造了一台大约12马力、重77.2公斤的活塞式发动机。10月中旬，“飞行者一号”组装完毕，奥维尔对新飞行器非常满意，“这是我们迄今为止造得最好的一架飞机。‘她’非常听话。”奥维尔的感情不难理解，“飞行者一号”的每一根“肋条”都是他们亲手制作而成。

功夫不负有心人，1903年他们终于将梦想变为现实。1904年，莱特兄弟制造了装配有新型发动机的第二架“飞行者”，在代顿附近的霍夫曼草原进行试飞，最长的持续飞行时间超过了5分钟，飞行距离达4400米。1905年又试验了第三架“飞行者”，由维尔伯驾驶，持续飞行38分钟，飞行38.6千米。

1906年，他们的飞机在美国获得专利发明权。莱特兄弟飞行的成功，最初并没有得到美国政府和公众的重视与承认，直到1907年还为人们所怀疑。反而是法国于1908年首先给他们的成就以正确的评价。

这个消息很快通过电报传到了世界各地。《伦敦每日镜报》惊呼那架飞机是“迄今制造的最神奇的飞行器”。此后，维尔伯又做过几次飞行，其中有一次，他把法国经纪人的夫人也带上飞机，在空中飞行了2分零3秒——法国沸腾了。一时间，颁奖、授勋络绎不绝。欧洲一些企业家，也开始争相购买他的专利。整个8月，维尔伯在法国进行了100多次飞行表演，在欧洲掀起了航空热潮。

与此同时，奥维尔在美国迈耶堡阅兵场周围飞行了55圈，创造了连续飞行1小时的世界飞行纪录。奥维尔还做了从弗吉尼亚州迈尔斯堡起飞、穿越华盛顿波托马克河的飞行表演，拥挤不堪的人群为之欢呼雀跃。

1908年，莱特兄弟在巴黎、伦敦和华盛顿赢得了很多荣誉，美国总统塔夫脱称赞“这对杰出的美国兄弟全身心地投入了飞机制造事业”。至此，莱特兄弟声名大振。1909年3月，美国陆军部正式向莱特兄弟订货。莱特兄弟在飞机上增加了专为瞭望员和机枪手准备的特别座位，为飞机应用于军事奠定了基础。1909年7月30日，莱特兄弟向陆军部交付了第一架军用飞机。他们还帮助训练了第一批军事飞行员。现在陈列在华盛顿的国家航空航天博物馆内的就是这架飞机。

接着，许多国家的政府也开始飞机的研制。莱特兄弟于是组建了莱特飞机公司，并签订了在法国建立飞机公司的合同。但是他们很快发现自己在市场开发上缺乏经验。飞机设计方面的竞争对手很快“参考”了他们的技术，对手们制造的飞机在性能上很快超越了他们。

1911年，维尔伯染上了伤寒，去世时年仅44岁。奥维尔性格腼腆，不善于抛头露面，3年后他把公司卖给了纽约的一个金融家，自己则在位于戴顿的一所住宅里度过了后半生。1948年，当这位77岁的飞机发明者即将离开人世时，仍然向往着高飞蓝天。1948年1月3日奥维尔·莱特逝世。

航空界的巨星殒落了。美利坚举国上下一片悲哀，许多国家悬挂半旗志哀。人们深深地怀念这位航空史上伟大的先驱者和发明家！

人类第一次踏上月球

1969年7月“阿波罗11号”飞船登月成功，人类首次踏上月球。我们一面观看和感叹美国航空航天事业的兴旺发达，一面联想我国航天事业已经具备了进入太空、卫星研制、载人航天、深空探测、航天基础与保障，以及卫星应用等多种能力，站在展示世界最先进的航空航天展品前，我们内心里还是充满了自豪感。

1969年7月16日上午，巨大的“土星5号”火箭载着“阿波罗11号”飞船从美国肯尼迪角发射场点火升空，开始了人类首次登月的太空飞行。参加这次飞行的有美国宇航员尼尔·阿姆斯特朗、埃德温·奥尔德林和迈克尔·科林斯。

在发射现场超过100万的人群之外，全世界约有创纪录的6亿人观看了发射的现场直播。尼克松总统在白宫的椭圆形办公室了解了发射情况。12分钟后“阿波罗11号”进入地球轨道。在环绕地球一圈半后，第三级子火箭点火，航天器开始向月球航行。30分钟后，指令/服务舱从“土星5号”分离，再转向后与登月转接器中的登月舱连接。月球转移轨道射入将航天器射向月球。

“阿波罗11号”于7月19日经过月球背面，很快点燃了主火箭并进入了月球轨道。在环绕月球的过程中，3名宇航员在空中辨认出了计划中的登月点。在这里，他们将派出两名使者转乘“鹰号”登月舱再降落到月面，开始了人类有史以来的第一次登月活动。

“阿波罗11号”的登陆点在静海南部，在Sabine D环形山西南20公里处。这个登陆点被选择的原因是它比较平整（来自“流浪者8号”“勘察员5号”及月球轨道器提供的信息），也就不会在降落和舱外活动时制造太多困难。登陆之后，阿姆斯特朗把登陆点称做“静海基地”。

7月20日，当飞船在月球背面时，呼号为“鹰号”的登月舱从呼号为“哥伦比亚号”的指令舱中分离。科林斯独自一人留在“哥伦比亚号”上，围着登月舱飞行了数圈，仔仔细细地检查了一遍，以确认这个飞行器一切正常。检查过后，科林斯做了一个简单的告别手势——“两位多加保重”——便离开了。科林斯的任务是留在指令舱中并绕月球环行，在以后的24个小时中只能监测控制中心与“鹰号”之间的通信并祈祷登月一切顺利。如果“鹰号”发生了意外并且不能够从月面起飞的话（可能性极大），科林斯就只能独自一人返回地球。

很快，阿姆斯特朗和奥尔德林启动了“鹰号”的推进器并开始下降。他们很快意识到它“飞过头”了：他们向月面降落时，表明计算机过载的警报器开始响起。“鹰号”在下降弹道中多飞了4秒，也就是说登月点会离计划西面若干公里远。导航计算机出现了若干次异常的程序警报。在休斯敦的约翰逊太空中心，飞行控制指挥官史蒂夫·贝尔斯面临着一个关键的、一刹那间的抉择——或者命令宇航员终止登月计划（这也意味着终止整个飞行计划，因为飞行器上的燃料仅够进行一次尝试），或者命令宇航员按照计划行动，不要理会登月舱计算机出现的问题。贝尔斯后来承认，他是“凭着直觉”允许阿姆斯特朗尝试登月的。登月过程中的程序警报是“执行溢出”，意味着导航计算机无法在规定时间内完成预定任务。后来发现，溢出的原因是登月舱的对接雷达在降落时没有关闭，使计算机仍然监视并不再使用的雷达。

重新开始注意窗外之后，阿姆斯特朗发现他们正处在一块岩石和一片硬地之间。计算机失灵导致他们飞过了预选着陆区，而燃料也很快就要耗尽了。此时，阿姆斯特朗选择了手动控制登月舱。登月舱不断下降，燃料开始耗尽——登月舱位于月面上空大约9米，所剩燃料仅够用30秒钟——阿姆斯特朗在遍布砾石和陨石坑的月面冷静地找到一处适合于着陆的地方，并驾驶登月舱稳稳地降落在月面上。准确的登陆时间是1969年7月20日下午4时17分43秒（休斯敦时间）。

装载着“阿波罗11号”的“土星5号”上的阿姆斯特朗和奥尔德林互相看了一眼，会心地笑了。休斯敦飞行控制中心内鸦雀无声，大家都在静静地等待着。终于，他们听到了阿姆斯特朗的声音：“休斯敦，这里是静海基地。‘鹰’着陆成功。”飞行控制中心顿时爆发出一阵热烈的欢呼声。在登月舱里，阿姆斯特朗和奥尔德林把手伸过仪表盘，默默地握了一下。

资料显示，降落后不久，在舱外活动的准备工作开始之前，奥尔德林通过无线电向地球念道：“我想利用这个机会让所有正在听的人，不论他们是谁或在哪里，静下来，回顾一下过去几小时所发生的一切，并以他或者她自己的方式表示感恩。”

作为共济会的成员，奥尔德林接下来进行了圣餐礼。奥尔德林将他所进行的圣餐礼保密，甚至都没有告诉他的妻子，因为“阿波罗8号”宇航员在月球轨道中念的《创世纪》使航空航天局被无神论者起诉。

船长阿姆斯特朗将左脚小心翼翼地踏上了月球表面，这是人类第一次踏上月球。阿姆斯特朗首先走上舱门平台，面对陌生的月球世界凝视几分钟后，挪动右脚，一步三停地迈下扶梯。5米高的9级台阶，他整整花了3分钟！随后，他的左脚小心翼翼地触及月面，而右脚仍然停留在舱门平台的台阶上。当他发现左脚陷入月面很少时，才鼓起勇气将右脚踏上月面。这时他说：“对一个人来说这是一小步，但对人类来说却是一个飞跃!”

阿姆斯特朗作为首次拜访月宫的人类使者，并没有在月宫里见到嫦娥，更没有见到嫦娥广袖舒展的忠魂舞，也没有喝到吴刚捧来的桂花酒。他武士般的模样，毕竟不能与餐风饮露，不需要呼吸氧气的仙人为伍。在这个漆黑的荒漠上，他们作为月宫上的第一批客人，都做了些什么呢?

首先，阿姆斯特朗用特制的70毫米照相机拍摄了奥尔德林降落月球的情形。18分钟后，宇航员奥尔德林也踏上月面。奥尔德林在月球上留下的鞋印，也是一个测试月球表面风化层实验的一部分。然后，他们在登月舱附近插上了一面美国国旗，为了使星条旗在无风的月面看上去也像迎风招展，他们通过一根弹簧状金属丝的作用，使它舒展开来。接着，宇航员们安装起了一台“测震仪”、一台“激光反射器”……

他俩穿着宇航服幽灵似地在月面“游动”、跳跃，拍摄月面景色、收集月岩和月壤、安装仪器、进行实验和向地面控制中心发回探测信息。活动结束后，他俩便乘登月舱上升段飞离月面，升入月球轨道，与由科林斯驾驶的、在月球轨道上等候的指挥舱会合对接。7月25日清晨，“阿波罗11号”指令舱载着3名宇航英雄平安溅落在太平洋中部海面，人类首次登月宣告圆满结束。

整个飞行历时8天3小时18分钟，在月面停留21小时18分钟，采回22公斤月球土壤和岩石标本。时间虽然短暂，却是一次历史性的壮举。宇航员们还在月球上留下刻有下述文字的“纪念碑”：公元1969年7月，地球行星上的人类，在此首次踏上月球，我们代表全人类的和平来此。

“阿波罗11号”是美国国家航空航天局的阿波罗计划中的第五次载人任务，是人类第一次登月任务。“阿波罗11号”的成功，实现了约翰·肯尼迪总统在1961年5月25日演说中的诺言，美国会在1970年以前“把一个宇航员送到月球上，并把他安全带回来”的目标。

国立美洲印第安人博物馆

美国国家航天航空博物馆的对面就是美国国家艺术博物馆，正面的建筑是美籍华裔设计师贝聿铭先生的作品，里面珍藏着欧洲中世纪及美国殖民时期以来的数万件展品，包括达·芬奇、拉斐尔、伦勃朗、马奈、高更、梵高、毕加索等大师的杰作。

大巴车经过华盛顿国家广场路口时，一座金黄色的、酷似巨大山岩的建筑，在蔚蓝的天空下格外惹目。导游告诉我们，这就是美国国立美洲印第安人博物馆。

美国国家艺术博物馆

整座博物馆以突出曲线为特点，5层建筑完全采用明尼苏达石灰石建成，建筑周围的环境再现了沙漠的自然景观，传统种植区中穿插着40多块“始祖岩”，博物馆门口那块名为“祖父”的岩石，得到了魁北克蒙塔格尼族印第安人的祝福。

负责设计这座博物馆的美国印第安建筑师杜安布鲁·斯普劳斯说：“这座建筑很贴近自然，呈现在参观者眼前的就仿佛是自然界中长期受到风和雨水侵蚀的岩石群。”

美国国立美洲印第安人博物馆

据说，早在1989年，美国国会就通过了建造一座美洲印第安人博物馆的决议。2000年，这座耗费1.99亿美元的博物馆在华盛顿破土动工。除了位于华盛顿国家广场上的主体建筑以外，国立美洲印第安人博物馆还包括位于下曼哈顿区的乔治·古斯塔夫·海伊中心，以及位于马里兰州的负责研究与收藏工作的文化资源中心。博物馆的设计师们从1995年开始，广泛征求美国印第安人社区的意见，力求使这座博物馆让参观者感到身临其境，仿佛置身于美国原住民人的生活环境中。

国立美洲印第安人博物馆由23人组成的理事会管理，其中14名是美国印第安人，理查德·韦斯特为第一任主管。来自印第安部落的珠饰工艺品、编织篮和陶器，将为参观者展现原汁原味的印第安风情。

16世纪后来到美洲的欧洲殖民者带给当地印第安人的是毁灭性的灾难。据统计，殖民时期，西班牙所属的领地有约1300万印第安人被杀，巴西地区有大约1000万印第安人被杀，美国西进运动中又有100万左右印第安人被杀。拉丁美洲的男性印第安人基本上没有纯男性系列的后代，其混血后代麦士蒂索人大多为男性殖民者与当地女性的后代。而北美的情况更糟，印第安人被赶入印第安保留地，其在当地人口所占比例小于5%。在美国，印第安人仅占总人口的1%左右。

在殖民时代，欧洲各国采取不同的政策来对待北美印第安人。西班牙人吸收原住民成为基督徒，并使其居于指定地区；法国人与印第安人建立贸易关系；英国在1763年宣告将阿巴拉契亚山以西地区拨给原住民，有效期至英国统治结束而终止，接着由美国予以采纳执行。

《世界通史全编》有这样的文字：“在当时世界‘文明’的国度美国（这里指美国独立前的13个殖民地），这种种族灭绝政策来得更加凶残。印第安部落中存在着一种野蛮的习俗，就是剥掉敌人的头盖骨，在与白人的冲突中，他们也同样这样做，于是，移民们也开始了报复，他们一再提高屠杀印第安人的赏格。那些严谨的新教大师，新英格兰的清教徒，1703年在他们的立法会议上决定，每剥一张印第安人的头盖皮和每俘获一个红种人都给赏金40镑；1720年，每张头盖皮的赏金提高到100镑；1744年马萨诸塞湾的一个部落被宣布为叛匪以后，规定了这样的赏格：每剥一个12岁以上男子的头盖皮得新币100镑……每剥一个妇女或儿童的头盖皮得50镑！”

1783年，美国独立以后，对印第安人的屠杀和虐待并没有丝毫收敛。随着资本主义的迅速发展，为了开拓疆土，美国政府把印第安人驱逐出祖居地。1824年，美国的印第安事务局还曾颁布禁令，禁止印第安人在公开场合使用本民族语言，禁止

40岁以下的年轻印第安人按照印第安人的传统生活方式生活等。1830年，美国政府通过《印第安人迁移法案》，规定东部的印第安人要全部迁往密西西比河以西为他们划定的保留地中去，实行种族隔离和迫害。这些“印第安人保留地”绝大部分是偏僻贫瘠的山地或沙漠地带。一个叫切罗基的部族，在被迫迁往“印第安准州”（即今俄克拉何马州）的迁徙中，历时3～5个月，约4000人丧生，占该部族人口的25%。这一惨剧后来被称为“血泪的审判”。

1848年在加州发现黄金后，众多白人向西迁移，遂爆发欧洲白人与印第安人争夺土地的长期战争，包括1876年苏族、夏延族进行的卡斯特大屠杀。1887年多数印第安人迁入保留地，是年《道斯土地分配法》使印第安人丧失了近34万平方公里的土地。由于印第安人长期遭到屠杀、围攻、驱赶、被迫迁徙等迫害，人数急剧减少。到20世纪初期，只剩下30多万人。直到1924年，美国国会才通过了《印第安人公民资格法》，宣布凡在美国境内出生的印第安人均为美国公民。

1934年，美国又根据罗斯福总统的“新政”通过了《印第安人重新组织法》，施行改善原住民生活的措施，允许印第安人建立自己的政府，不再分配保留地的土地，停止强迫印第安人放弃传统文化和宗教的政策，印第安人的境况才有所改善。20世纪50年代以来，由于新的政策及社会上对民权的关心，印第安人成立了许多组织，并引起全国注意到他们的问题。一个世纪以前，纽约人乔治·古斯塔夫·赫耶开着货车在美国各地搜集印第安文物。他搜集到约80万件反映印第安人艺术和生活的物品，如今这些印第安文物有了一个位于美国首都华盛顿的新家，那就是隶属于史密森学会的国立美洲印第安人博物馆。

史密森机构一直致力于艺术、科学、历史领域的公共教育和国家服务工作。该机构秘书劳伦斯称：“史密森机构非常荣幸能够建造这么一座博物馆，印第安文化的重要性不应该被忽略。”

以前，贫穷的印第安人会为了金钱而高兴地出卖他们部族文化中的珍宝或是日用品，如今，他们则通过这些物品，来讲述自己部族的历史和文化。早在博物馆动工之前，致力于推动这一计划的人就开始向各个原住民部落询问他们对这个博物馆的要求。博物馆方面发现，印第安人所希望的不仅是静态地展示一万年来的部族生活和文化，他们还希望能通过博物馆接触到自己的文物和当代文化。切罗基族前酋长威尔玛·曼基勒说："我们应该利用这个重要的机会来告诉人们，印第安人是一个生机勃勃的文化的参与族群，而不是博物馆或历史书里的事物。"

正因为如此，这个博物馆不仅在外观上独具特色，在运作模式上也与其他博物馆大异其趣。印第安各部落不仅可以接触到博物馆里的展品，还可以利用该馆存放在马里兰州一个储藏中心里的文物。博物馆主管文化资源的馆长助理布鲁斯·伯恩斯登说："每一件物品在我们眼里都是有生命的东西，它们不仅仅是样本或者文物。"加利福尼亚中部的印第安部落米卓普达发现博物馆的藏品中有一件本族的舞衣，而那种舞蹈在1906年之后就再也没人表演过了，于是他们就向博物馆商借用这件舞衣。伯恩斯登先生随即带着这件鹿皮衣服去了米卓普达部落所在的地方，让部落里的人照着它的样子进行复制，由此使这种舞蹈重现生机。

数十个印第安部族在本族的展品方面与博物馆进行了广泛的合作，博物馆也承诺让他们与自己的东西保持紧密联系。伯恩斯登说，这样的联系活动大部分会在闭馆以后进行，但他们也可以随时向本族圣物致祭或献礼，而博物馆也对员工进行了培训，教他们正确应对这样的情况。比如说，新墨西哥的圣克拉拉部落就可以按照滋养圣物的传统，在本族的物品周围抛撒玉米粉。

国立美洲印第安人博物馆于2008年9月21日开馆，除了联邦政府出资1.19亿美元之外，在民间募集的约1亿美元建馆资金中，超过1/3来自各印第安部落的捐赠。

美洲远古文明的开山鼻祖

印第安人博物馆内有许多关于印第安文化的介绍。由于历史原因，现在大多数印第安人都生活在偏僻的地区，但印第安民族大都保留着自己传统的生活习俗。

据介绍，印第安人做饭时，仍喜欢使用质地粗糙的陶罐、石碗、木勺。生病时喜欢采摘草药，或将其点燃对病人进行烟熏，或煮汤为病人沐浴。印第安人把羽毛作为勇敢的象征和荣誉的标志，还经常插在帽子上，以向人炫耀。拥有鸟羽象征着勇敢、美貌与财富。至今印第安人还喜欢穿富有本民族特色的传统服装，头戴色彩艳丽的羽毛和鲜花。男人身穿宽松的白色衣裤，头戴草帽，脚上穿草编凉鞋；中部高原上的印第安妇女爱穿绣花罩衫和竖条纹的宽大长裙，上身披一种叫"雷博索"

印第安人头饰

印第安妇女的绣花长裙和披巾

的多用披巾，这种披巾可遮阳、御寒，还可背小孩、包东西。

随着人类对自然界改造能力的变化，人们由最初只能借天然的屏障洞穴而居，逐步发展为利用一些自然材料修筑房屋，产生了各种各样的居住形式。美洲印第安人开始利用粗树枝和泥草建造茅屋；而生活在山区的印第安人则利用石块和土坯建造各种房屋；以狩猎为生的印第安人更多的是利用兽皮围盖屋顶；而从事农业的印第安人则利用庄稼秸秆覆盖屋顶，建造永久性住宅；游猎印第安人则建造易于拆迁、利于携运的帐篷。于是，印第安人创造出了形形色色的居住房屋，这些居住形式最大的特点就是都没有拱顶。现在，仍然有许多印第安人在树林中开出一块平地，把树干一根根固定在地上，围成一个大圆圈，把棕榈树的大叶子搭在上面，他们就住在这种原始的房屋里。

原始的印第安人房屋

印第安人在农业方面对世界影响最大，首屈一指的就是玉米的生产。

玉米是包括水稻、小麦在内的世界三大粮食作物之一，据考古资料证实，早在约5000年前，美国西南部原住印第安人就已经将野生玉米培育成为人工栽培作物，生长期有长有短，短的只要3个月左右就能成熟，各类玉米品种多达几十个。自从16世纪初哥伦布发现新大陆，欧洲人把玉米从美洲印第安人那里带出来以后，由于玉米适应性强、产量高、播种和收获方便，很快便在世界各地种植起来。特别是在高原、干旱和阳光充足的地区，玉米是主产作物。

在世界各种粮食的总产量中，玉米的产量占有很大的比重。印第安人培育出玉米是一件了不起的农业试验。植物学家们认为，把野生玉米植物培育成农作物是农业史上最困难的试验，印第安人的确为人类社会的发展做出了巨大的贡献。

玉米丰富的营养价值，较高的产量和对各种环境较强的适应性，使之成为印第安文明的物质基础。因而，美洲印第安文明也被称为“玉米文明”。还有马铃薯、甘薯（又名红薯）、木薯、山药等也是由印第安人培育的。

植物学研究者认为，除了中国大豆、欧洲蚕豆外，如绿豆、豌豆、豇豆、芸豆、赤豆、菜豆、架豆、扁豆、豆角、茶豆等所有的食用豆类也都是印第安人培育出来的。

此外，花生、西红柿、黄瓜、南瓜、西葫芦、辣椒、菠萝、鳄梨、草莓、可可等同样还是出自印第安人的培育。据学者统计，世界上的植物食品，有50%以上出自印第安人之手。

难怪有人说：“很难想象，如果没有印第安人的贡献，如今我们的餐桌上还有什么?”。

除了农业作物，印第安人还培育出了橡胶、烟草、棉花，以及多种药用植物、染料植物和燃料植物等多种经济作物。很早之前，印第安人就懂得将橡胶液涂抹到斗篷上用作防雨。橡胶一词的来源就是出自印第安语“流泪的树”。印第安人栽培橡胶同样对人类贡献巨大。橡胶是工业的基本原料，广泛用于制造轮胎、胶管、胶带、电缆及其他各种橡胶制品，几乎所有的工业部门都离不开橡胶。所以说，现代工业的发展与美洲印第安人发现并培育、生产橡胶密不可分。

印第安人可以用陶土制成器皿，用燧石和黑曜石制成各种工具和武器，用棉花织成布匹，用金、银、铜和锡等元素制成合金，再把这些合金制成各种器皿和装饰品……

由此说来，美洲远古文明的开山鼻祖理所当然地非印第安人莫属了！

印第安人相信“万物有灵论”，他们崇尚自然，对自然界的一草一木、一山一石都报以敬畏态度。印第安人相当程度上已经被欧洲基督教信仰所同化，在今天的美国大部分印第安人信基督教，但印第安的原始信仰仍然存在，它与基督教相混杂，成为一种奇怪的宗教信仰。宗教信仰在印第安人生活中占据很高地位，最重要的部落首领是宗教领袖，他在内部事务上的权力高于部落酋长。在大多数部落，部落酋长仅负责对外事务，主要是与联邦或当地政府打交道，他对外代表部落，但对他的任命权则在宗教领袖，他在对内事务上更要听从宗教领袖。

印第安人的语言是世界上最有趣、最难懂的语言，也是最可靠、最保密的语言。据说，在第二次世界大战太平洋战场，在同盟国的军队中服役的纳瓦霍人，专门负责打电话，他们彼此用语言传达部队“命令”，然后翻译成英文或其他文字。因为，除了他们自己以外，谁也听不懂。

印第安人的婚姻很简单，当需要结合的时候，只需要征得父母的同意即可。印第安人的婚礼带有浓厚的民族色彩，婚礼地点多选择在印第安人聚居区公共建筑物里举行，一般是一幢较大的木头房屋。举行婚礼时，亲朋好友、左邻右舍、村中居民纷纷来到木房里，众人席地而坐，互致问候。男女老幼身穿民族服装，款式新颖，色泽艳丽。虽然印第安人性情开朗，但婚礼场合却显得非常安静，即使说话也是轻言细语。

印第安人的贫富不是以财产来衡量，最富有的男人是能力最强的猎手，女人的嫁妆则是健康的身体和心甘情愿地协助丈夫料理家务。当他们性情不合不愿意再在一起生活时，只要举行一个和结婚一样简单的仪式即可以分手，也没有什么财产分割之类的问题。

印第安人中未婚和已婚夫妇并无明显界限，贞洁也不被视为是基本的道德标准。此外，在非常友好的朋友之间，还互相交换妻子过夜，这被看成是一种最坚固的友谊。

有些家庭的男主人或者女主人亡故后，他们的子女有时候认父母生前的好友为父母，就像基督教徒认教父或者教母一样。

在印第安人部落中，男人们总是通过婚姻来加强“家主”的政治地位和威望。比如，辛古部落允许一夫多妻制，因为多一个妻子就多一个“联盟代表”，就多一份劳动力。男人可以娶一家的姐妹俩或者姐妹多人，也可以娶其他部落的女子为妻，多妻家庭中的妻子们也为扩大丈夫的权威和地位进行努力，并由此感到骄傲和自豪。有时为了家庭的和睦，妻子可以建议丈夫娶某某女子，充当“丈夫”的“红娘”。

原住民日是美国印第安人的传统节日。在每年5月的第二个星期六和9月的第四个星期五举行。在节日里，美国各地都要举行富有印第安民族传统和文化特色的庆祝活动。

印第安人从何处来

何谓印第安人？印第安人是对除爱斯基摩人外的所有美洲原住民的总称。

美洲原住居民中的绝大多数为印第安人，分布于南北美洲各国，传统将其划归蒙古人种美洲支系。印第安人所说的语言一般总称为印第安语，或者称为美洲原住民语言。印第安人的族群及其语言的系属情况均十分复杂，至今没有公认的分类。印第安人在公元15世纪末之前本来并没有统一的称法。

1492年，意大利航海家哥伦布航行至美洲时，误以为所到之处为印度，因此将此地的原住居民称做“印度人”。后人虽然发现了哥伦布的错误，但是原有称呼已经普及，所以英语和其他欧洲语言中称印第安人为“西印度人”，在必要时为了区别，称真正的印度人为“东印度人”。汉语翻译时为避免混淆，干脆直接把“西印度人”这个单词翻译成“印第安人”或“印地安人”，到目前这种称谓仍为最普及的用法。

不过到了20世纪，许多美洲国家印第安人的地位有了明显改善，一些政府机构或民间组织开始对“印第安人”这一名称进行“正名”，比如印第安人在加拿大往往被称为更加政治化的“第一民族”，等等。

19世纪，美国人类学家莫顿及阿根廷古生物学家阿梅吉诺等提出了印第安人发源于美洲的说法。但是，此种理论根本站不住脚，因为时至今日，在美洲大陆上还没有找到任何代表人类进化的猿人化石，考古资料证明，在美洲只有猴类没有猿类。那么，美洲印第安人到底从何而来？

有的学者认为印第安人由非洲而来，有的学者认为来自欧洲，还有的学者认为是由南太平洋的岛屿而来。在一个相当长的时期内，不少人甚至认为印第安人属于犹太人，是传说中失踪的十族的后裔，总之学术界观点纷呈。但是随着考古学家不懈的努力和遗传科学的迅速发展，现在学术界普遍认同：印第安人的祖先是由亚洲跨越白令海峡到达美洲的，亚洲的蒙古利亚人种与美洲原住民印第安人的祖先有渊源关系。

白令海峡位于亚洲大陆的东北端，白令海峡的另一端就是美洲的西北端。白令海峡的平均宽度只有6500米，最窄处只有3500米，其间还有两个小岛（克拉特曼诺夫岛和克鲁逊什特恩岛），两个小岛相距只有4000米。而且白令海很浅，平均深度42米，最深处也只有52米，只要海面下降40多米就可以与陆地相连。

由地质研究得知，在第四纪的一段时间里，尤其是在最后一次冰河期，世界气候变冷，冰河来临，海面下降了大约130～160米，水深只有几十米的白令海峡便露出了海面，因而袒露出了一座陆桥，连接起了亚洲东北部和美洲西北部，成为亚、美两洲的天然通道。加之时值冰河期的亚洲东北部气候十分寒冷，冰川叠嶂，而美洲内地不但没有冰川，而且气候温和，食物丰富，猛犸、大象、麝牛、驼鹿、绵羊等很多动物都生活在这里。当时以猎取猛犸、鹿类为生的亚洲东北部猎人很有可能尾随这些动物穿过白令海峡大陆桥来到了美洲，成为美洲远古文明的开山鼻祖。而后，由于冰川消融，海平面上升，滚滚波涛重新淹没了大陆桥，又隔绝了两个大陆之间的联系，使这些外来者成为独立的美洲大陆的原住居民。

关于印第安人的祖先移入美洲的时间以及路线，学界还有另一些说法。不管哪一种说法是正确的，但有一点可以肯定，就是移民绝对不是一次，而是分批陆续到达美洲的，然后又经过长期的不断迁移与推进，最终散布到美洲全境。

美洲大陆辽阔的地域、丰富的资源及宜人的气候使得印第安人的祖先在美洲居住下来。随着人类生物体的进化以及社会经济的发展，分批迁入的印第安人由北而南在美洲各地建立起各种生活和社会制度，创造了大量的物质、文化财富。但是美洲印第安人并不是一个统一的民族，他们进入美洲的时间不同，背景各异，受地理环境、自然条件等各方面的影响，逐渐形成了许多不同语言、不同习俗、不同文化的部落族群。

北美洲西部大平原和北美东部的古印第安人，尽管环境不同，却有类似的经济活动。在现在美国西部——从俄勒冈州到墨西哥北部，从太平洋海岸区到落基山东边——散居着沙漠文化的印第安人，以狩猎及采集果实为生，但已有原始农业技术发展。

太古晚期印第安人在工具技术上有了明显的发展，诸如有沟槽的石斧及石锤等，而且在不同地理区域的部落间有贸易制度。公元前3000—前2000年，气候变得温暖，于是有些印第安人跟在吃草的野牛之后，进入萨斯喀彻温河与亚伯达地区，亦有更北进入北极冻原。

200—700年，是一个寒冷时期，阻碍了农业发展。700—1200年，密西西比河谷中发展出以村落为基础的文化，特色是进步的农耕方法与复杂的宗教仪式。此时期在西南部各处散居的原住民，如阿纳萨齐、莫戈隆及霍霍坎等均属前普韦布洛社会。莫戈隆的农业技术是阿纳萨齐加以改良的，利用雨水与引导河水来浇灌作物；亚利桑那南部的霍霍坎文化是以灌溉来维持其农业经济。公元后第一个1000年期间，普韦布洛文化发展出用石块建造居室的技术，并在制陶方面有重大进展。1300—1700年为退步的普韦布洛时期，由于居民向东方、南方迁移，许多石屋因此荒废。现代普韦布洛时期始自16世纪后期，西班牙人前来定居之时。普韦布洛文化与农耕方法的某些特色至今犹存。

具有亚洲血缘的印第安人

印第安人在外形上更是具有亚洲蒙古利亚人的特征：头发硬而直，汗毛较细，颧骨突出，面庞宽阔，肤色比较深。遗传学家还测定出蒙古种族人体中线粒体DNA的四类变体基因俱全，而美洲印第安人身上的DNA也有四种变体，各代表一种突变形式，这更加证实了印第安人与亚洲人血缘特征的同一性。

蒙古国专家认为，以狩猎为生的蒙古人带着石器，经过当时还是陆地的白令海峡或阿留申群岛，最先到达美洲大陆。蒙古国成吉思汗大学历史学教授苏·姜巴道尔吉接受《国际先驱导报》专访时说："哥伦布1492年登上美洲大陆，这只是西班牙殖民者统治美洲的开始，哥伦布首次发现了美洲大陆这一说法毫无科学根据。"

他认为："蒙古人最先踏上了美洲大陆。""美国许多地名是蒙古语"，姜巴道尔吉是蒙古知名历史学教授，他已对谁最先到达美洲这个课题进行了30多年的跟踪研究。他向《国际先驱导报》详细介绍了他的研究成果。“我比较认同亚洲人从白令海峡进入美洲，但不否认其他说法，我要证明的是蒙古人最先到达了美洲。”姜巴道尔吉列举了自己的论据。

他说，美国阿留申群岛和阿拉斯加州的许多地名是蒙古语或接近蒙古语。1974年，美国和苏联考古队在阿留申群岛发现了仅在蒙古国戈壁地区出土过的石器。巧合的是，这些岛屿的名字正是蒙古语，如Ushka和Ataka，现在蒙古语仍在使用，意思是“巴掌大的地方”；Ikanud的意思是“大眼睛”；Iknudak的意思是“故乡”；Qagaan Tayagungin意思是“白色的森林”等。据他研究，阿留申群岛的地名中接近蒙古语的多达20个。另外，阿拉斯加州的一些地方、河流的名字也出自蒙古语。如“Hoatak”的意思是“故乡”，“Eek”的意思是“母亲”。

除地名外，姜巴道尔吉还提供了语言方面的证据。美洲大陆的印第安人和蒙古人一样称家庭为“ail”。“ail”是蒙古族逐水草游牧时几个亲戚家庭组成的基本合作单位。印第安人称祖先为“Hagaan”，这其实是蒙古语中“可汗”一词。另外，在阿留申群岛的阿留申语中，“Aguu”一词的意思是“守护神”，而在蒙古语中这个词的意思是强大、优秀，两者基本相符。

姜巴道尔吉认为，有研究表明，印第安人的血型和蒙古人相似，且体型特征相似，都是四肢短、手掌厚。印第安人宗教信仰也可能来自蒙古族传统的萨满教，两者的祭山仪式也十分相像。

当被问及探讨谁先到达美洲的意义时，姜巴道尔吉的回答充满感情：“蒙古人在西方书籍中被描绘成‘愚昧、落后并且没有给人类留下任何文化遗产’，证明蒙古人最先到达美洲大陆对蒙古人来说具有重要意义，这可以提高蒙古人在世界上的声誉。”

印第安人质朴好客、感情丰富、温柔、谦和、正直、刚毅、勇敢、说话算数、忠厚老实、慷慨大方，可以称得上是世界上道德最高尚的民族。哥伦布在他的《航海日记》和写给西班牙国王和王后的报告中都有对印第安人高尚道德的描述。

印第安人的骁勇善战， 特别是生活在平原上以狩猎为生的印第安人多具有勇敢、善战的精神。落基山脉以东到密西西比河西岸的广大地区，是平原印第安人的居所。为了获得足够的食物，印第安人追寻野牛行踪， 伺机捕猎。他们用牛皮、牛筋建造房子， 制作衣服和鞋子； 用牛粪做燃料； 用牛的膀胱来做水壶和饮水的

热情好客的印第安人

器具。

据说，在殖民者进入新大陆之前，美洲已经有了4个印第安人建立的奴隶制大帝国。令人遗憾的历史事实是：处于萌芽状态的美洲文明被来自欧洲的殖民者所毁灭，难以驯化的印第安人作为人类几大人种之一，整体上被基本灭绝，以致殖民者们不得不从文明程度更低的非洲运去更易于统御的黑人作为奴隶。

第二次世界大战后，美国政府对印第安人的政策发生了一定转变，对印第安人保留地也采取了一些优惠经济政策，其中最有名的恐怕要数允许印第安保留地开赌场。1988年，美国国会通过《印第安人赌博条规法》，要求各州不得阻止印第安人在保留地内从事州立法没有禁止的赌博活动。从此，印第安人的博彩业，从几个孤零零的用纸牌搭成方块的赌博厅发展到目前规模巨大的产业。

负责印第安保留地赌博业和部落赌博项目审批的全国印第安人博彩委员会统计，1990年，印第安人保留地内的赌场收入只有5.7亿美元，目前已超过100亿美元；在联邦政府承认的全国558个印第安人部落中，有188个部落在全国28个州经营着285个赌场。

博彩业是印第安人在20世纪取得的最成功的经济发展领域。开设赌场对贫困的印第安人有利无害。他们的博彩业收入反过来投资在学校教育、医疗卫生，以及其他公共设施方面。

由于印第安人保留地的博彩业获得意想不到的成功，一些眼红的州政府开始想方设法向印第安人伸手要钱。1993年，康涅狄格州同当地印第安人部落签订赌博契约，要求部落向州政府每年进贡1/4角子老虎机收入。作为交换条件，州政府允许这个部落垄断这个州的角子老虎机。1997年，新墨西哥州不顾印第安人部落的反对，在同部落首领签订赌博契约时，坚持要求对方让出16%的收入上交州政府。

赌场不仅带来了暴力文化，也使大批白人盯上了保留地内的土地，印第安人再一次失去了土地。一些印第安人部落也开始销声匿迹，取而代之的是豪华饭店、大型赌场。一些印第安老人称，赌场正在毁掉他们的传统文化。而没有赌场或赌场生意不佳的地方，印第安人仍生活在贫困中。

1831年，法国青年托克维尔来到美国，写了一本名为《美国的民主》的书，对美国在政治制度和社会进步上的成就赞不绝口。但对美国的印第安人他非常同情，他说："欧洲人从各个方向把印第安人包围在一个日渐缩小的地域内，印第安人在一种自己并不擅长的竞争中被侵害，他们在自己的国土上被孤立，成为强大的、人数占优的外族人海中弱小的异类。"时间又过去了180年，美国的印第安人生活现状如何？这是我们游览美国十分想了解的一个内容。

赌场的角子老虎机

据美国国务院的资料显示，目前美国有印第安人253万多人，分属560多个部落，居住在200多块印第安保留区内。其总体收入水平远远低于全国平均水平，人均年收入2.5万美元以下的占41.7%，高于全美国28.7%的平均水平。印第安人中，中低收入的人口占总人数的绝大多数。

印第安人的教育水平也是全美最低的，大学以上文化的为7.6%，而美国的平均水平为15.5%，比印第安人高出1倍多。硕士以上学历的印第安人比例不到4%，美国的平均水平为9%，也是高出1倍多。印第安人的失业率也是全美最高的，一般高于平均水平2~3个百分点。

印第安人是美国的原住居民，因而是"真正的美国人"。在美国的早期发展史中，印第安人的部落被视为是有主权的实体，称其为"nation"。然而，当哥伦布这个伟大的航海家发现美洲大陆后，美洲这块印第安部落生存的和谐家园发生了翻天覆地的变化。初期，欧洲人和印第安人还能和谐相处，印第安人对他们示以友好，与其结盟，传授生存方法，还帮助欧洲人渡过死亡难关。美国唯一的本土节日——感恩节，便来源于纪念"五月花号"新移民与印第安部落之友好交往。所谓"感恩"，就是感谢马萨索德印第安部落的搭救之恩。

美国史学家埃夫里在其名著《天赋人权被剥夺：美国印第安人》一书中根据自己的亲身体验和观察，认为印第安人“比其他业主更加深情地热爱这片土地。他感觉到自己如同山石林木、飞禽走兽，几乎就是这片土地的一部分。大地就是他的家乡，是先祖遗骨的安放之地，是天生的宗教圣地，圣洁无比”。印第安人的生活方式在外人眼里虽然未必美好，但是事实上，印第安人的文明比所谓的欧洲文明人活得更加纯洁而少贪欲。

20世纪后，美国政府的一系列政策使印第安人的原始部落制基本消除，部落政治功能丧失殆尽，部落成员失去了部落的保护和控制，但又未能融入美国的政治系统中，传统的生活习俗受到禁止，许多部落语言失传。所有这些都导致原住民居民文化与主流的政治文化不能整合。即使印第安人在1924年被列为美国公民，但参与政治的机会却很少，他们真正融入美国主流社会变得非常艰难。

印第安人习惯于无拘无束的生活，习惯饿了就吃，困了就睡。他们对城市每天工作8小时，天天上班感到压抑和不习惯。所以，大多数雇主都不愿意接受印第安人。美国目前原始部落的大约150万印第安人，其中有80万人生活在贫困线以下，只有不到1%的印第安人拥有自己的土地。

费城的钟声

下午游览费城，导游带我们驱车前往坐落在宾夕法尼亚州的费城。

途经巴尔的摩市，曾在北京2008年举办的第29届奥运会上，8块游泳金牌的获得者菲尔普斯就是在这座城市出生的。这里还是美国国歌的诞生地、美国光杆舞的发源地、汽车疏散地和重要港口，当初是美国的第二大城市。

途径一座白色的大桥——富兰克林桥，便到达了费城。

费城，意为“兄弟友爱”的意思，现为全美第六大城市，曾于1790—1800年作为美国首都。历任的美国总统中，曾有两位总统——华盛顿和约翰·亚当斯在这里居住过。费城独立广场周围的建筑风格和谐、统一，多为古典风格，少数现代派风格的建筑样式简洁大气，簇拥着具有光荣历史的独立宫、富兰克林博物馆。美国的好几个“第一”，都与费城有着密切的关系：第一所银行在费城成立，第一座博物馆

富兰克林大桥

在费城诞生，第一面美国国旗也升起在费城的天空。

汽车停靠在马路边上，导游带我们从一个并不起眼的小门进入一个并不宏伟的玻璃房，这里就是自由钟展览馆。我们排队接受人工安全检查，说白了就是严格地翻包和验身。男士们的外套都要脱下来，女士也要把外套掀起来，转个圈让他们察看，是否带有不安全的东西。看来美国的安全意识在我们跑过的20多个国家里要数第一重视了！从事安检的男女工作人员都会说几句简单的中文，而且态度和蔼，面带微笑，这点与美国机场安检人员冰冷的面孔大不一样。

自由钟展览馆

展厅的面积并不大，有一个能显示中文解说词的影视厅，里面是3个不大的图片展览厅，最后一个展室里就静静地挂着那口著名的“自由钟”！

这口带有裂纹的“自由钟”，钟口和钟底都被游人摸得闪闪发亮，一些游人排队与带有裂纹的“自由钟”留影。钟面上刻有铭文：“直到各方土地上的所有居民均宣告自由。”这是源于《圣经》的一句话。就是这样一口看着不起眼的裂纹钟，却见证了美国历史上的重大事件，因而，使它有了非同一般的历史价值。

“自由钟”是费城的象征，也是美国自由精神的象征，是美国人的骄傲。它参与

费城自由钟展厅

带有裂纹的自由钟

和见证了美国早期历史上最重要的事件。“自由钟”的历史至今已有250多年，重量只有900多公斤，由多种金属混合铸成。1751年为纪念宾州建州50周年，由宾州州议会以100英镑的价格从英国订购，它原由英国铸造，被吊装在原宾州市政厅，也就是现在的自由宫的钟楼上，供州议会开会时鸣钟召集议员之用。

当年工艺水平显然有限，第二年大钟被运到费城，试敲时就破裂了。一年后两个当地铸造工重新铸造，总算成功。在1776年7月4日第一次当众公开宣读《独立宣言》时，再次敲响了“自由钟”，在庄严宏亮的钟声中宣告美国独立。

据说，1835年庆祝华盛顿生日时，“自由钟”再次被敲出了0.3米长的裂痕。10年后在同样的活动中，它被敲出了我们现在看到的这条著名的锯齿状裂缝，而事实上那并不是唯一的裂缝。“自由钟”再也无法修复，除了每年的独立日全美大小教堂钟声齐鸣外，头一个敲响的就是“自由钟”，而平日里它极少被使用。但那条裂缝，却似乎成了维纳斯的断臂。美国人对“自由钟”的珍惜和深情，让我们外人很难想象。

“自由钟”最早放在独立宫的旁殿里，英国占领费城期间，被转移藏匿，美英战争结束后又被移回费城，1976年被搬入独立宫后面的新殿。为便于参观，又被搬到独立宫广场上一个玻璃房里，听说不久以后这口钟还要从这个玻璃房迁入新址。两地距离不足200米，但官方要为这次搬迁举行隆重庆典。每次搬迁的距离都并不远，但每次人们都小心翼翼，生怕它“玉碎”。他们给“自由钟”装上可以测出钟内百万分之一米移动的微变量位移传感器，测试其是否可以搬迁。

《独立宣言》和美国宪法的诞生地

玻璃房出口方向的马路对面就是独立宫。这是一座两层旧式红砖楼房，门窗和尖塔都是乳白色的。遗憾的是小楼正在维修，外部被搭起的脚手架遮挡。诞生《独立宣言》和宪法的独立宫，我们无法拍到全貌。

透过塔楼四周的高架，我们可以看到独立宫大致外形，这里本是殖民地时期的宾夕法尼亚州的州政厅。就在这栋朴实无华的房屋里，华盛顿被推选为抗英大陆军总司令，美国早期的政治家们签署了《独立宣言》。签署宣言的日子是1776年7月4日，从此7月4日成为美国的独立纪念日。1787年，又在这栋房屋里起草了美国宪法。前来费城观光的各国游客，都争相到这个神圣的殿堂来瞻仰伟人，瞻仰美国开国领袖们为新生的合众国制定蓝图的地方。

正在维修的费城独立宫

导游介绍说，美国确实是一个很特别的国家，他们有着和我们中国完全不同的思维方式。他们在独立战争取得胜利之后，像华盛顿这样的领袖人物，并不在意如何巩固自己的权力，而是解甲归田，回家经营自己的庄园去了。后来他被大家盛邀重返政坛，并被推举为美国总统后，也没有刻意经营自己

费城独立宫广场

的私人权力和利益。

在美国起草宪法时，曾有激烈的争论，华盛顿和其他元老们为美国的万世基业殚精竭虑，争辩了好几个月，最后才达成共识，完成了一部至今仍行之有效的国家大法，奠定了美国的政治基础。他们争论的核心并不是各个地方或派别的利益分配，或者是如何巩固国家政权等，而是争论在建立了国家政权之后，如何保证国民的个人自由和个人利益能否得到有效的保护。

既然在1776年7月4日第二次大陆会议签署通过的《独立宣言》中，宣布“人人生而平等，造物者赋予他们若干不可剥夺的权利，其中包括生命权、自由权和追求幸福的权利。为了保障这些权利，人类才在他们之间建立政府，而政府之正当权力，是经被治理者的同意而产生”，那么在战争取得胜利之后，国家制定宪法，就必须保证这些原则得以实现。美国建国200多年以来的实践证明，美国确实是在按照这样的精神和原则在行事。

我们这些来自异国他乡的人亲眼看到，独立宫的建筑并不高大，但这里所凝聚的力量却是无法估量的。会议厅只有几十平方米的面积，长条会议桌上铺着绿色丝绒台布，桌前文具盒里都插着当年使用的那种羽毛笔。桌面上还放着旧式蜡烛台、零散的纸张和书籍，好像代表们刚刚离席。安放在主席台上的高背椅是当年华盛顿坐过的。椅背上雕刻着初升的太阳。人们称它为旭日椅，象征这个国家光明的未来。

曾经的美国联邦议会厅

费城美国第一家造币厂

美国国会于1948年决定，将费城的独立大厅和周围的所有历史性建筑物辟为国家独立历史公园。其南北范围是斯泼露西街至阿尔沙街，东西包括2号街至9号街之间的市区。

公园内保存有当年进行独立革命活动的场所、文物，独立后第一任总统和美国联邦议会厅。在费城独立广场的另一侧，还有美国第一家造币公司。

“捕捉”雷电的富兰克林

来到费城仅半天的时间，我们就看到了富兰克林大桥、富兰克林大道，在第三街和第四街之间的栗树街上还有一座富兰克林的故居及富兰克林科学博物馆。费城人为什么如此敬重富兰克林呢？我们还要好好了解一下这位伟大的人物。

本杰明·富兰克林（1706—1790年）是美国历史上第一位享有国际声誉的科学家和发明家。他出身贫寒，10岁就因家贫辍学，12岁到印刷厂当学徒工，17岁成为一名普通的印刷工人。后来由于自己的勤奋努力，成为美国建国时期的重要人物。

他一身兼有科学家、发明家、慈善家、政治家、外交家等不同的身份。在科学方面，他的著名的“风筝实验”，对电学的发展做出了重要贡献，并发明了避雷针，所以人们亲切地称富兰克林为“捕捉雷电的人”。

为了深入探讨电运动的规律，富兰克林创造了许多专用名词，如正电、负电、导电体、电池、充电、放电等，均成为世界通用的词汇。他借用了数学上正负的概念，第一个科学地用正电、负电概念表示电荷性质。并提出了电荷不能创生、也不能消灭的思想，后人在此基础上发现了电荷守恒定律。

在18世纪以前，人们还不能正确地认识雷电到底是什么。当时，人们普遍相信雷电是上帝发怒的说法。一些不信上帝的有识之士曾试图解释雷电的起因，但都未获成功，学术界比较流行的观点是：产生雷电是由于“气体爆炸”引起的。

在一次试验中，富兰克林的妻子丽德不小心碰到了莱顿瓶（在莱顿城发明的电容器），一团电火闪过，丽德被击中倒地，面色惨白，足足在家躺了一个星期才恢复健康。这虽然是试验中的一起意外事件，但思维敏捷的富兰克林却由此而想到了空中的雷电。他经过反复思考，断定雷电也是一种放电现象，它和在实验室产生的电在本质上是一样的。于是，他写了一篇名叫《论天空闪电和我们的电气相同》的论文，并送给了英国皇家学会。但富兰克林的伟大设想竟遭到了许多人的嘲笑，有人甚至嗤笑他是“想把上帝和雷电分家的狂人”。

富兰克林决心用事实来证明一切。1752年6月的一天，阴云密布，电闪雷鸣，一场暴风雨就要来临了。富兰克林和他的儿子威廉一道，带着上面装有一个金属杆的风筝来到一个空旷地带。富兰克林高举起风筝，他的儿子则拉着风筝线飞跑。由于风大，风筝很快就被放上高空。刹那，雷电交加，大雨倾盆。富兰克林和他的儿子一道拉着风筝线，父子俩焦急地期待着。刚好一道闪电从风筝上掠过，富兰克林用手靠近风筝上的铁丝，立即掠过一种恐怖的麻木感。他抑制不住内心的激动，大声呼喊："威廉，我被电击了！"随后，他又将风筝线上的电引入莱顿瓶中。回到家里以后，富兰克林用雷电进行了各种电学实验，证明了天上的雷电与人工摩擦产生的电具有完全相同的性质。富兰克林关于天上和人间的电是同一种东西的假说，在他自己的这次实验中得到了证实。

富兰克林在捕捉雷电

风筝实验的成功使富兰克林在全世界科学界的名声大振。英国皇家学会给他送来了金质奖章，聘请他担任皇家学会的会员。他的科学著作也被译成了多种语言。他的电学研究取得了初步的胜利。

然而，在荣誉和胜利面前，富兰克林没有停止对电学的进一步研究。1753年，俄国著名电学家利赫曼为了验证富兰克林的实验，不幸被雷电击死，这是做电实验的第一个牺牲者。血的代价，使许多人对雷电试验产生了戒心和恐惧。但富兰克林在死亡的威胁面前没有退缩，经过多次试验，他制成了一根实用的避雷针。

富兰克林对科学的贡献不仅在静电学方面，他研究范围极广。在数学上，他创造了8次和16次幻方（幻方也称纵横图、魔方、魔阵、洛书，发源于中国的洛书——九宫图），这两个幻方性质特殊，变化复杂，至今仍为学者称道。热学方面，他改良了取暖的炉子，能够节省3/4的燃料。光学方面，他发明了老年人用的双焦距眼镜，既能看清楚近处又能看清楚远处的事物。他先后掌握了法文、意大利文、西班牙文及拉丁文。他发现了墨西哥湾的海流；4次当选宾夕法尼亚州州长；制定了新闻传播法；最先绘制暴风雨推移图；发现人们呼出气体的有害性；最先解释清楚北极光；被称为近代牙科医术之父；最先组织了消防厅；创立了近代的邮信制度；创立了议员的近代选举法；发现了感冒的原因；发明了颗粒肥料；设计出夏天穿的白色亚麻服装；设计了最早的游泳眼镜和蛙蹼。此外，他对气象、地质、声学及海洋航行等方面都有研究，并取得了不少成就。

富兰克林不仅善于解决自然科学里的问题和社会政治活动中的实际问题，还常常探索许多哲学问题和社会问题。他是自然神论者，认为精神依附于物质；他认为社会贫困的原因是劳动者必须养活寄生者；他酷爱自由和平，反对战争，痛恨种族歧视和奴隶制度，主张维护黑人和印第安人的利益；他是当时知识最渊博的资产阶级自由主义思想家之一。

正当他在科学研究上不断取得新成果的时候，由于英国殖民者的残暴统治，北美殖民地的民族解放运动日益高涨。为了民族的独立和解放，他毅然放下了实验仪器，积极地站在了斗争的最前列。1757—1775年，他几次作为北美殖民地代表到英国谈判。独立战争爆发后，他参加了第二届大陆会议和《独立宣言》的起草工作。1776年，已经70高龄的富兰克林又远涉重洋出使法国，赢得了法国和欧洲人民对北美独立战争的支援。1787年，他积极参加了制定美国宪法的工作，并组织了反对奴役黑人的运动。

1790年4月17日，富兰克林溘然逝去。费城人民为他举行了葬礼，两万人参加了出殡队伍，为富兰克林的逝世服丧一个月以示哀悼。本杰明·富兰克林就这样走完了他人生路上的84度春秋，静静地躺在教堂院子里的墓穴中。他的第一块墓碑立于富兰克林逝世时，碑文是：印刷工本杰明·富兰克林。第二块墓碑是民众为他后立的，碑文是：从苍天那里取得闪电，从暴君那里取得民权。两句碑文概括了他一生中的辉煌。

美国总统乔治·华盛顿这样评价他：“因为善行而受景仰，因为才华而获崇拜，因为爱国而受尊敬，因为仁慈而得到爱戴，这一切将唤起人们对你的亲切爱戴。你可以得到最大的欣慰，就是知道自己没有虚度一生。”

富兰克林是个风趣的幽默大师，他的不少言论传颂至今。例如，“结婚前应该把眼睛睁得大大的；结婚后应该半睁半闭。”“从来没有好战争，也没有坏和平。”“在这个世界上，只有死亡和交税是无法避免的。”“若你不愿意在你死后立即被人们忘记，你应该写一点值得一读的东西，或者做一些值得为之大书特书的事情。”

在费城还有一座宾夕法尼亚州访问量最大的富兰克林科学博物馆，是为了纪念富兰克林的伟大科学成就而建立的。博物馆始建于1824年，是富兰克林科学研究所最负盛名的博物馆，馆内展出的物品从运输、航空、物理、化学以至天文地理无所不包，资料齐全而内容丰富。

博物馆的最具特色的标志就是一个巨大的心脏，人们可以按照血液流动的方向在里面穿行；博物馆的另一个标志就是一个真正的蒸汽机火车头，可以进到驾驶舱，并且有专门的辅导员给讲解，关键火车头可以真的开动。富兰克林科学博物馆非常适宜孩子们参观，这里涉及生物、天文和大气等一系列与人类息息相关的展品。

富兰克林故居遗址

从1934年起，游客可以自由地操作展示品，这也是这座博物馆的最大特色，孩子们在亲自动手操作中感受到科学的有趣以及很多物理、化学和天文现象的奇妙，这会极大地激发孩子的求知欲及对科学的兴趣，因而很多知识也在不知不觉中学到。

富兰克林的事业从费城开始，最后也在费城度过了他的余生。但是他在费城的故居已经被大火焚毁，当地政府为纪念这位伟人，在他的故居所在地重新搭建了他故居的框架，并在地下建了一个简单的纪念处。富兰克林的一生，毫无功利之心，完全服务公众、服务国家、服务社会。人们称富兰克林是“美国文化的代表”。

正是由于富兰克林的伟大人格，让人们怀念不已，以至于一位名叫拉尔夫·阿奇博尔德的费城人，决定要以扮演富兰克林为生。据说，他了解富兰克林一生的每一个细节，他通过使自己的相貌和衣着都同富兰克林相同，以证实自己对富兰克林的全面了解。

他曾自豪地宣称："我演出600次以上。仅仅在各个学校里我就演出400次，每次1小时。那么还有年会、会议。我很忙，这是一个专职工作，15年来一直如此。""当我和某人照了一张相，他把相片带回去并对人说：'瞧！这是我和本·富兰克林一起照的。你知道吗，我了解到了有关富兰克林鲜为人知的许多细节。'这样一来很让人兴奋，我很激动地发现，人们从世界各地来到这里，为的是用手摸一摸自由钟，然后还有机会同本·富兰克林见面。他们都听说过本·富兰克林，都热爱本·富兰克林。这的确让人感到激动……人们确实很愿意同本·富兰克林谈话。"

这位再现富兰克林的拉尔夫·阿奇博尔德，内心有一个非常美好的愿望，如果可能的话，他想在本·富兰克林墓碑上再添写一段话："这里安息着一个了解人民、热爱人民并致力于使生活更美好的人。"

站着的纽约

纽约是摩天大楼最多的城市，代表性的建筑有帝国大厦、克莱斯勒大厦、洛克菲勒中心，以及后来遭恐怖分子袭击而倒塌的世界贸易中心等。帝国大厦和世界贸易中心大楼均有100多层，它们直耸云霄，巍峨壮观。纽约也因此有了"站着的城市"之称。

到达纽约港码头时，抬眼望去，差不多满眼都是黄皮肤、黑头发、操中国口音的中国人。代导说，这些年中国到美国、到纽约的人数骤增，港口当局为了满足中国游客的需要，决定上午接待来自亚洲的客人，实际上以中国客人为主，下午接待世界其他地区的客人。这样不仅码头游客安排更加秩序井然，而且体现了对中国游客的尊重。"哦，是这样的。"我们嘴上回应的同时，心头掠过一种无以言状的自豪感和满足感。

纽约是美国第一大都市和第一大商港，它不仅是美国的金融中心，也是全世界金融中心之一。面积828.8平方公里，是全美人口最多的城市。纽约还是联合国总部所在地，总部大厦坐落在曼哈顿岛东河河畔。

纽约成为大规模城市的历史较短，只有300多年。最早的居民点在曼哈顿岛的南端，原是印第安人的住地。1524年意大利人弗拉赞诺最早来到河口地区，1609年英国人哈德逊沿河上溯探险，该河便以他的名字命名。1626年荷兰人以价值大约60个荷兰盾（相当于24美元）从印第安人手中买下曼哈顿岛辟为贸易站，称之为“新阿姆斯特丹”。1664年，英王查理二世的弟弟约克公爵占领了这块地方，改称纽约（即新约克，因为英国有约克郡）。

1686年纽约建市。独立战争期间，纽约是乔治·华盛顿的司令部所在地和他就任美国第一任总统的地方，也是当时美国的临时首都。1825年，连接哈德逊河和五大湖区的伊利运河建成通航，以后又兴建了铁路，沟通了纽约同中西部的联系，促进了城市的大发展。到19世纪中叶，纽约逐渐成为美国最大的港口城市和集金融、贸易、旅游与文化艺术于一身的国际大都会。

曼哈顿岛是纽约的核心地带，在纽约5个市区中面积最小。但这个仅57.29平方公里，东西窄、南北长的小岛却是美国的金融中心，美国最大的500家公司中，有1/3以上把总部设在曼哈顿。7家大银行中的6家以及各大垄断组织的总部都在这里设立中心据点。

这里还集中了世界金融、证券、期货及保险等行业的精华。位于曼哈顿岛南部的华尔街是美国财富和经济实力的象征，也是美国垄断资本的大本营和金融寡头的代名词。这条长度仅540米的狭窄街道两旁有2900多家金融和外贸机构。著名的纽约证券交易所和美国证券交易所均设于此。

纽约的曼哈顿岛

纽约还是美国文化、艺术、音乐和出版中心，有众多的博物馆、美术馆、图书馆、科学研究机构和艺术中心。纽约还是美国少数民族最为集中的地区，黑人有100万以上，主要聚居在哈莱姆街区。著名的唐人街有15万华人，还有众多的意大利人和犹太人。

1993年11月，纽约与我国的上海结为友好城市。

美国的“自由女神”来自法国

今天一个最重要的科目，就是乘船游览自由女神岛。

我们全团一大早就赶到17码头排队，这是一个资格很老的码头，在摩天大楼背后的一个小广场上。等我们走到近前才知道，排队上船速度之所以缓慢，是因为每位旅客必须以码头游船为背景拍一张照片，然后才允许上船。至于照片要不要另说，导游告诉我们配合一下。

纽约第17码头

还好，游船舱内有宽大明亮的玻璃窗，游客可以在温暖的船舱内观光。我们上船时座位已满，只能选择近前甲板窗前的倒座。虽然是倒座，但侧过身子，前面无遮无栏，拍照的视野极好。船舱内的游客几乎都是中国人，所以只有中文解说。船上两名工作人员是黑人，但对中国人很友善。

游船航行由远及近，到自由女神下方时，女神雕像最具视觉冲击力和心灵震撼力。

人们熟悉的自由女神像，正式名称是“自由照耀世界之神”，它是美国国家的纪念碑。但美国的自由女神却是法国人赠送的。

纽约的自由女神

天性浪漫的法国人民是个极富创造性的民族，美国的自由女神像便是体现他们创造精神的又一代表性作品。这座屹立在美国纽约湾入口处的巨大雕像至今已有100多年的历史。一个多世纪以来，自由女神经历了严寒酷暑，经历了狂风暴雨，经历了社会变迁，经历了荣辱兴衰。现在，自由女神像已成为美国的象征与骄傲。

据资料记载，1876年是美国独立100周年纪念年。法国人决定向美国赠送一件礼物。他们将这一光荣使命委托给雕塑家奥古斯特·巴尔托迪，巴尔托迪愉快地接受了这一使命并开始积极筹划。

巴尔托迪是位热情爱国者，曾积极为自由与共和制而奔走呼号。他出生在阿尔萨斯地区，年轻时目睹法国拿破仑三世帝国的衰败与崩溃。他的出生地在普法战争后被割让给德国，这件事在他心灵上留下重大创伤，更激发了他对自由的追求。因此，他一直向往使自己的创作能为自由而呼唤，为真理而呐喊。

巴尔托迪在美术学校学习时，与同学们一起曾为修建一座理想的灯塔而热烈讨论过。之后，高举火炬、放出光明的想法在他脑海中扎了根。1867年，在苏伊士运河即将开工时，他曾要求在那里修建一座巨大的女性塑像，高高举起火炬，但他的意见没有被接受。这些已经萌发过的想法自然成了后来他构思自由女神像的基础。接到任务后，他曾到美国实地考察。新大陆生机勃勃的景象与旧大陆形成强烈的对比，这更激发了他的创作热情。

经过他的精心构思，这个“照耀世界的自由女神像”逐步在他的头脑中形成。照巴尔托迪的说法，这个伟大女性的面容是以他的母亲的面容为模特的。但也有人说，女神的相貌更接近于雕塑家的妻子珍妮。巴尔托迪设计出的这个巨大雕像，其外壳是用2.5厘米厚的铜板分段锻造的。雕像的头部及右手中的火炬在制造完成后曾分别在巴黎和纽约的博览会上展出，受到了观众的欢迎与认可。

他在设计的过程中，提出来一个严峻的问题：这个15层楼高、80吨重的庞然大物如何能支撑起来并在纽约湾的强风暴雨下巍然挺立？这个难题交给了巴尔托迪的朋友、钢铁建筑专家、工程师亚历山大·古斯塔夫·埃菲尔。当时埃菲尔47岁，使他名扬天下的巴黎埃菲尔铁塔尚未问世。但他毕竟是一位才华出众、智慧过人的发明家，并且已经积累了丰富的实践经验。他用了一年时间为铜像设计出一个完美的铁架结构。实际上，这套框架本身已成了世界上第一座摩天大楼。

为了保证塑像的稳定性，埃菲尔与巴尔托迪商议使女神右臂举得更高，以靠近身体的重心。埃菲尔的精巧设计并非立即为人们所公认，一些专事挑剔的人曾横加指责，另一些人则担心这个构架不够牢固。但埃菲尔满怀信心地告诉人们：“它毫无疑问会支撑得住!”历史已经证明埃菲尔是正确的。自由女神像也如几年后建起的、以他的名字命名的巴黎铁塔一样成了埃菲尔的纪念碑。经过巴尔托迪与埃菲尔两位天才的精心合作，一个震惊世界的杰作终于问世了。他们曾发誓要一举成功，要完全成功，结果，他们实现了自己的诺言。自由女神像成了法国的骄傲，也成了美国的骄傲。

当游艇劈波斩浪驶近自由女神像时，人们频频按动相机快门，不停选择最佳拍摄角度。我们也不例外。可眼前感受女神雕像以一种难以言喻的视觉冲击迎面袭来时，我们的神思仍难以抑制地飞往女神的故乡——法国。

1884年自由女神像在巴黎总装时，全城为之轰动，人们竞相前来观看。同年7月4日，即美国的国庆日，她被正式移交给美国政府。美国驻法大使莫顿代表美国政府接受了这一神圣的礼品。接着，女神像被拆卸下来，躯体的各部分装在200多个大木箱中。为了运往美国，还动用了军舰。

在纽约湾为女神建造基座的工作曾遇到不少困难，这项由美方负责的工程几经修改，一拖再拖。因此，直到1886年10月28日这个面朝法国方向、象征着法国人民与美国人民友好的自由女神像才最终在大洋彼岸落成揭幕。美国政府为自由女神像举行了盛大而隆重的揭幕典礼。那一天，塑像所在的贝德洛岛欢声雷动，鼓乐齐鸣。美国总统克里夫兰亲自主持了揭幕仪式，气氛极为热烈。到了1924年，美国政府将自由女神像所在地宣布为国家纪念地。从此，这个头戴桂冠、身披长袍，左手紧握美国《独立宣言》、右手高擎火炬的自由女神巍然屹立在纽约湾的自由女神岛上，两眼安详地注视着前方。她身高46米，连基座92米，重达225吨，仅她高高举起的右手的食指就有2.45米长，是世界上最大的塑像。火炬顶部的瞭望台可以宽裕地容下15个人。塑像体内共有22层、168级台阶，内部的电梯可以开到10层，接着游人还可循梯直登巨像冠部，极目远望。

法国人民一向追求自由浪漫，送给美国人民的自由女神像象征争取自由的崇高理想，座基上刻着美国犹太女诗人爱玛·拉扎露丝的十四行诗《新巨人》。

不似希腊伟岸铜塑雕像

拥有征服疆域的臂膀

红霞落波之门你巍然屹立

高举灯盏喷薄光芒

你凝聚流光的名字——放逐者之母

把广袤大地照亮

凝视中宽柔撒满长桥海港

“扼守你们旷古虚华的土地与功勋吧!”她呼喊

颤栗着缄默双唇:

把你，那劳瘁贫贱的流民

那向往自由呼吸，又被无情抛弃

那拥挤于彼岸悲惨哀吟

那骤雨暴风中翻覆的惊魂全都给我!

我高举灯盏伫立金门!

工程师古斯塔夫·埃菲尔在几年之后又完成了一件伟大的杰作，那就是矗立在巴黎市中心的以他名字命名的埃菲尔铁塔，如同自由女神像已成为美国的象征一样，埃菲尔铁塔已成为法兰西的象征。每年都有几百万来自世界各地的游人登上这座300米高的塔身，瞭望巴黎市区的美丽景色。

至于巴尔托迪，除了自由女神像这个不朽的巨型雕塑外，他的另一个纪念碑式的作品就是贝尔福雄狮。这是在法国东部阿尔萨斯地区的贝尔福市，顺着山坡在天然的岩石上雕塑出的长24米、高16米的昂首高瞻、高声怒吼着的雄狮像。它气势宏伟，形象逼真，表现了当地人民保卫家乡、英勇抵抗德军入侵的大无畏精神，深得法国人的景仰与喜爱。如果你没有机会到贝尔福去欣赏这一杰作，那么在首都巴黎的顿费尔——罗什洛广场的中央矗立着它的复制品，人们可以随时领略巴尔托迪这一杰作的风采。

斗转星移，100多年过去了，时间的消磨使女神已明显“衰老”，露出“倦容”与“病态”。她的头部正渐渐向右倾斜，右臂上也出现了漏洞。如果把她衣裙上的铜锈去掉，人们会发现她穿着一件褴褛不堪的衣服。被美国人称为“自由小姐”的雕像，早就失去了她青春的光彩。

据法国专家分析，这里既有自然环境的影响，又有人为的因素。头部倾斜是安装时偏离了重心。铜锈的产生则是因为埃菲尔在铜板里面衬了一层铁板，两者中间使用的绝缘体已经腐烂，铁锈便直接向外扩散。但对女神像最大的危害还是来自那些对她的肆意“改造”。在美国这个高度商业化的社会，连自由女神像也未能幸免商业利润的冲击。为了招来更多的游客，美国人在阶梯中间增加了供休息用的长凳，使每天登上女神像头顶的人多达2500余人。女神体内没有通风设备，游人呼出的气体加汗水都在起腐蚀作用。美国人在女神高举的火炬顶端打开“窗口”，装上灯光，供游客络绎不绝地前来参观。游客加重了对女神塑像的负担，“窗口”造成雨水渗入，灯火挥发出的热气则加速了金属的变质。

因此，法、美专家便在1984—1986年间对女神塑像进行了重大的整修。受到损害的部分得到修复，一些陈旧的材料得以更换，已经难以整修的火炬则在法国重新制造。结果，这座世界闻名的自由女神像又以崭新面貌迎来了她正式揭幕100周年。为了自由女神像的百岁诞辰，美国举行了盛大的庆典，这一天也成为美国人民的重大节日。法国总统作为贵宾应邀出席。法国的军乐团与艺术家也应邀参加表演，场面隆重、热烈。法国的电视台进行了现场直播。据说，参加自由女神像落成100周年主题庆典，各项庆祝活动的人数近1000万，比1976年参加美国建国200周年活动的人还多一倍。人们都在衷心祝愿这位自由女神不再衰老，永远健美，永远年轻。

细心的巴黎人及前来观光的游客会发现，在法国首都巴黎也有3座规模较小的自由女神像。一个陈列在市区中心的国家技术博物馆里，身高2.2米，这是制造纽约自由女神像时参照的模型。另一个自由女神像矗立在塞纳河畔的一个名为天鹅岛的小岛上，是自由女神像赠给美国后，侨居巴黎的美国人自愿捐款修建的，以表达他们对法国人民的感激心情。其规模和高度只及纽约自由女神巨像的1/10。第三个自由女神像在塞纳河左岸的卢森堡公园，立于西侧的林木中，它的体积更小些。这些小的自由女神像远不如纽约的巨像那样有名与引人注目，但也经常吸引人们驻足观望，并提醒人们，巴黎是自由女神的故乡。

令人感动的布鲁克林大桥

我们的游船驶过纽约的布鲁克林大桥，这是一座横跨纽约东河，连接着布鲁克林区和曼哈顿岛的悬索桥，1883年5月正式交付使用。大桥全长1834米，桥身由上万根钢索吊离水面41米，是当年世界上最长的悬索桥，也是世界上首次以钢材建造的大桥，落成时被认为是继世界古代七大奇迹之后的第八大奇迹，被誉为工业革命时代全世界7个划时代的建筑工程奇迹之一。在这座大桥庆祝百年华诞的时候，美国曾发行一枚20美分面值的邮票来纪念，展现了大桥的雄姿和风采。美国近代诗人哈特· 克雷恩还专门为它写过一首长诗，诗名就叫《桥》。

纽约布鲁克林大桥

关于这座大桥的建筑成功，有一个非常感人的故事。

19世纪中叶，纽约是当时世上成长最快的城市，有人计划搭建有史以来最长的桥，联结曼哈顿与布鲁克林。最初提议建造纽约布鲁克林大桥的，是一位德国移民约翰·罗布林，他曾经是黑格尔的学生，后来成为建筑师。约翰·罗布林为建造大桥呼吁了15年，1869年，他的建造布鲁克林大桥的计划力排众议，得到了批准。

按照他的设计，布鲁克林大桥是当时世界上最长的桥梁，也是全世界第一座斜拉式钢索吊桥。计划建造周期14年。但不幸的是在一次河边勘察时，约翰·罗布林因事故去世。一直跟随父亲的桥梁工程师，约翰·罗布林的32岁的儿子华盛顿·罗布林，随即被任命为建桥总工程师。

从开始造桥时，华盛顿·罗布林便坚持亲临现场，继承父亲遗志一丝不苟地继续施工，长期在水下作业，后来他患上了潜水病。两个桥桩都建完的时候，华盛顿·罗布林的病情已相当严重，全身瘫痪无法亲自到达工地现场。

令人称奇的是，尽管华盛顿·罗布林丧失了活动和说话的能力，但他的思维还与以往一样敏锐。他下决心要把父子俩倾注了全部心血的大桥建成。一天，他脑中忽然一闪，想出一种用他唯一能动的一个手指和别人交流的方式。

华盛顿·罗布林以其超凡的意志力，每天在自家的窗台上用望远镜观看大桥的施工，他用手指敲击他妻子爱米莉的手臂，通过这种密码方式由妻子记录后，转交给施工的工程师们。为了更好地协助丈夫工作，妻子爱米莉不得不自学高等数学等各种工程技术，并担任了护士和总工程师助理的双重角色。整整13年，罗布林就这样用一根手指指挥工程，直到雄伟壮观的布鲁克林大桥最终落成。

在大桥完工前一年，有人开始质问，将这样一项巨大的工程交给一个病人是否合适？甚至有人怀疑罗布林已经神志不清。董事会打算调换总工程师。妻子爱米莉发动市民支持自己的丈夫，并亲自向美国土木工程师协会发表演说。当时在工业重大工程这个男性的领域，女性发表演说是有史以来的第一次。演说之后，董事会投票表决，以7∶1的绝对优势胜出，华盛顿·罗布林继续担任总工程师职务。

1882年，大桥建成通车，当天有15万人次从桥面上走过，举行庆祝仪式，但罗布林夫妇没有露面。布鲁克林大桥竣工后，它的建造者华盛顿·罗布林，却从来没有踏上过这座两代人以生命作为代价建造的大桥。爱米莉因其突出贡献而受到布鲁克林大桥董事会的表彰。

从1869年开工，到1883年竣工，前后长达14年，投入了2500万美元的资金，而此桥的工程期间中，除了约翰·罗布林患病致残以外，还有20名建筑工人殉命（桥塔上面的标志板是为了悼念他们而附设的），终于建成了这一座世界桥梁史上的丰碑。大桥建成时，桥墩高达87米，是当时纽约最高建筑物之一。布鲁克林大桥启用后，已成为纽约市天际线不可或缺的一部分，在1964年成为了美国国家历史地标。

海面出现一座美丽的小岛，一座方形的红色城堡非常醒目，导游告诉我们，这就是爱丽丝岛的美国移民博物馆。

爱丽丝岛位于纽约东河与哈德逊河交汇处，是一个人工岛，面积约11公顷。1808年，纽约州以1万美元将该岛售予联邦政府，用作纽约州堡垒火药库和美国主要的移民检查站。爱丽丝岛被视为美国移民的象征，建有移民历史博物馆。

1892年，爱丽丝岛移民站正式启用，15岁的爱尔兰少女安妮·摩尔，是第一位通过爱丽丝岛的移民。为了纪念这样一个有历史意义的时刻，移民站特地赠予她一枚10元金币。

1900—1914年是爱丽丝岛移民高峰期，每天有将近1万人通过这里进入美国。在

爱丽丝岛美国移民博物馆

高峰期间，每天均有5000多人在这个移民大厅等待移民官的询问和检疫。当时的欧洲移民不需护照，只要通过检查，就可移民美国。

1924年移民法通过后，各国移民人数受到限制，欧洲大规模的移民潮也就此结束。1943年，移民检查站迁往纽约市区，但在1954年以前该岛仍继续作为外侨和被驱逐出境人员的拘留地。当年满怀希望寻找自由和机会的移民群，一旦未通过身体健康检疫，就得面临被遣返回国的悲惨命运，使得爱丽丝岛对移民而言，是仅有一线之隔的“希望之岛”与“眼泪之岛”。数不清的移民在爱丽丝岛上踏出美国梦的第一步，其中著名的包括著名喜剧演员Bob Hope、知名作曲家Irving Berlin等。连知名的中国文学家林语堂从美国到德国进修，回到美国时，也被送到爱丽丝岛接受检查。

1965年，爱丽丝岛成为自由女神国家纪念地的一部分，1976年开始向游人开放。20世纪80年代，岛上的主要大厦和其他建筑物修复一新，并于1990年以爱丽丝岛移民博物馆的名称向外开放，展出美国移民的历史文物。

2012年，遭特大飓风“桑迪”袭击，爱丽丝岛及岛上的移民博物馆的大量基础设施和博物馆文物被毁坏而被迫关闭，2013年经过修整后重新对公众开放。

回到17码头，热烈欢迎游客归来的是那些为游客拍照的人，他们努力记住每个游客的面孔，很快就能从如织的游客中认出照片的主人，然后拿到你的面前，劝你买下来作为留念。价钱不菲，好几十美元一幅，不少旅客都喜欢与国内的价格进行比较，认为这里要价太高。和我们同行的一位河南游客却显得格外大方，她对那些不要照片的人说：“我要！能来得起美国，还要不起一幅照片吗?”下船时，我们带着墨色眼镜和帽子，也许他们一时没有认出，故而没有受到打扰。其实照片我们看到了，实在不敢恭维，与我们自己拍摄的没什么两样，甚至在表情的取舍上还不及我们自己相互拍摄的神态自若。

消失的世贸中心双子塔楼

离开纽约码头，导游带领我们穿过正在维修的狭窄路段，绕到正在重建的世贸双子大厦原址。那两座曾经代表纽约繁华、聚焦世界目光、震撼人类灵魂的摩天大楼，在“9·11”事件中化为乌有。

现在，这里重新设计规划的更具时代意义的建筑群，正在迅速崛起。站在简洁鲜红的“9·11”事件纪念碑前，我们缅怀那些无辜的遇难者，更加珍视社会的和谐，更加向往世界和平。

站在象征美国金融帝国的华尔街上，我们抬头仰望两侧林立的摩天大楼，好像大楼正在向街道中心倾斜。华尔街原来只是一道墙，后来英国人把它建成约11米宽、500米长的狭窄短街，形成一道人工峡谷，抬头只见一线蓝天。

华尔街的前方有一个幽暗的教堂，旁边有一个墓地，里面靠近教堂的一座墓碑是美国第一任财政部长汉密尔顿的墓地。他是一个颇有争议的人物，因决斗而死，差点不允许他的遗骨葬入基督教的墓地。

一个巨大的铜牛，牛气冲天地堵在华尔街尽头的路中间，人们都称这头牛为幸运牛。游人们都希望自己能借着华尔街的幸运牛来牛上一把，纷纷在幸运牛的身上胡乱地摸来摸去，把这个黄色的铜牛摸得通身发亮。

纽约“9·11”遗址上正在建设中的新建筑

纽约华尔街

世界最大的漂浮式博物馆

漫步华尔街后，我们来到停靠在哈德逊河东岸的无畏号航母博物馆。

无畏号航母

乘专用的电梯，我们直接登上航母巨大的甲板上。还别说，这是美国观光比较人性化的地方，美国人为游客想得比较周到，让你不费什么气力就能比较舒适地参观，尤其方便了老年人和残疾人。

这座航母是全世界最大的漂浮式博物馆，空旷的甲板上展示着各种类型的飞机，军用的、民用的、老式的、新式的，五花八门，奇形怪状，令人眼花缭乱。站在甲板上，你可以浮想联翩，尽情想象当年航母作战时，一只只舰载机伴随巨大的轰鸣声不停起落的情景。一架机身画有老虎图案的飞机，深深地吸引了我们。我马上联想到当年美国飞行员陈纳德将军的飞虎队，这支名震中外的飞虎队，在中国战场抗击日寇时就是驾驶着“鲨鱼头型战斗机”立下赫赫战功，为广大中国人民所传颂。

纽约航母博物馆甲板上的老虎战斗机

穿梭在迷宫一般的航母内部，我们亲身感受到这个冰冷的庞然大物内部的一切细节，驾驶室、会议室、指挥中心、寝室等。里面密密麻麻各种复杂仪器，航母各层之间的狭小旋梯，都是从前的原貌。

航母指挥中心

游客多的地方，我们几乎挤不进去；没有人光顾的舷梯，神秘而阴森。我们好奇地沿梯而下，空无一人的舷梯通道里，只能容下一个人，周边布满了大大小小、粗粗细细的管道，我们觉得自己仿佛是摸进敌人心脏的侦察兵。因为腿疾，我只能倒退着下梯，脚踏金属楼梯的声音，在狭小的通道里产生咚咚的回音，不禁让人产生几分莫名的恐惧感。脚下一滑差点踩空，幸好老杨拉住了我。走着走着，光线好像越来越暗，我怀疑是否走错了路线。老杨似鼓励、似安慰地对我说："有我呢，你就大胆地走吧！"我们又艰难地下了一层舷梯，果然，柳暗花明又一村，航母腹中的大厅差不多有两个足球场那么大。

登月体验舱

大厅前边有4D电影介绍美国的航空军事力量，后侧还有登月体验舱，要不是因为时间关系，老杨还真想体验一下登月的感觉呢。航母一、二层的展览大厅有4个展区，全面展示了美国海空技术的演变发展史。

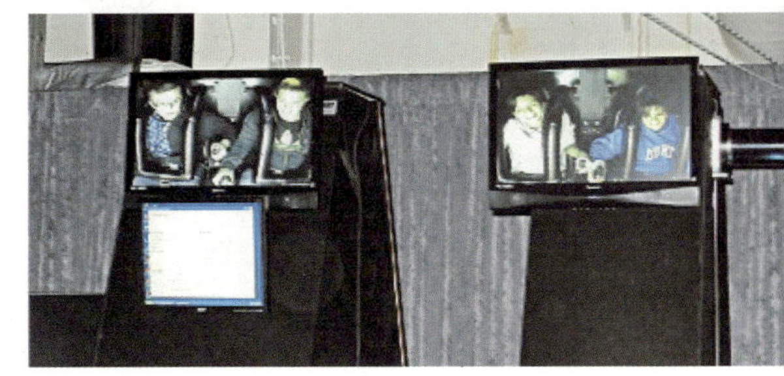
在屏幕上可以看到登月体验舱内的活动

无畏号航母在美国有着独特的历史。它从1943年开始服役，在第二次世界大战和越南战争中多次参战。冷战时期，它作为反潜艇航母用来监视当时苏联的水下威胁。无畏号航母1974年退役，1982年被改造成海空博物馆对外开放，转眼已经开放了近30个年头。不管战争期间还是和平年代，它都充分发挥了作用，真可谓物尽其用。到纽约如果不看看无畏号航母，该是多大的遗憾啊！

美国人坦言：离不开“中国制造”

吃过午饭，我们乘车来到位于曼哈顿岛东岸的联合国总部。白色的圆顶弧线形会议大厅是最为惹眼的建筑，大厅前的广场上插有各国国旗，只可惜我们参观的日子正赶上周日，既没有看见象征联合的各国旗帜，也没有机会得以进入这个常常引领世界大事的国际机构，只好在这著名的“国际地盘”上和160多个光秃秃的白色旗杆合影留念。

联合国总部白色的圆顶弧线形会议大厅

卢森堡赠送联合国的雕像——“打结的手枪”

联合国总部广场上的地球雕塑

联合国总部由4幢大楼组成：大会堂、会议大厦、39层高的秘书处大楼和达格·哈马舍尔德图书馆。这个建筑群由美国人华莱士·哈里森和中国人梁思成等11名国际建筑师设计，于1952年10月正式落成使用。达格·哈马舍尔德图书馆是1961年增建的。

联合国总部39层的秘书处大楼

在此工作的总共有5000多名联合国工作人员。参观时间是每天9点至16点45分，每隔15分钟放行一批游客。观光的游客依到达先后次序免费领票入内参观，凡有票的人都可以参加联合国大会和理事会的会议，开会时间一般在上午10时半至下午3时半之间，每次参观要1个小时左右，配有西班牙语、法语、德语、俄语、汉语及日语导游。周六、周日不开放。

在联合国秘书处大楼的一层内设有服务台，提供联合国总部游览的行程介绍，有20种文字可供选择，这个大厅内设有许多各会员国赠送的艺术品，值得好好地欣赏。另外楼下的礼品部里面，有世界各国的特色娃娃。当然了，这里的安全检查颇为严格。

离开联合国总部，我们直奔杜沙夫人蜡像馆。穿过喧嚣繁华的街道，我们进入一所门脸不大的建筑，导游把我们送上直通8层的电梯，他却没有一同上来。导游说，到了8层就顺着蜡像馆内的提示往下走，到5层乘电梯，他在1层电梯口等我们。

纽约杜沙夫人蜡像馆的真假记者

这座蜡像馆，坐落在这座大楼的中间部分，没有一点展览馆的感觉。柔和的灯光，迷宫一样的展厅，全世界各国的名流蜡像会聚一堂。在游客密度不小的空间里，一个人转身之间，便会碰到“别人”，这个“别人”或许是个大活人，或许是一尊蜡像。蜡像造型逼真，楚楚动人，生动活泼，分外传神。不用任何语言介绍，不看任何文字说明，你一眼就能认出蜡像的原型人物。

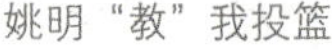

姚明“教”我投篮

用美国总统蜡像做生意

我们有选择地与卡斯特罗、萨达姆、罗斯福、克林顿夫妇、奥巴马夫妇、戴安娜、马丁·路德·金、曼德拉、南丁格尔，还有中国的姚明等人物的蜡像合影。

下午4时，我们开始漫步第五大道。第五大道是纽约曼哈顿区的中央大街，道路两旁是带有玻璃幕墙的高楼大厦，西装革履的男士和时尚飘逸的女士进进出出，呈现出美国现代生活的图景。第五大道是“最高品质与品位”的代名词，而它的尊崇与华贵源自19世纪初，富有的纽约人将住宅选在了当时还只是一条乡间小道的最南端，可今天它已经是纽约的商业中心、居住中心、文化中心、购物中心和旅游中心。

第五大道下沉式滑冰场

纽约第五大道

很少有街道能像第五大道那样，可以包揽那么多家货品齐全、受人喜爱的商店。这些商店很多都拥有多家分店并享誉世界。可以想到的名店几乎都可以在这条大街上找到，可以想到的商品也几乎都可以在这里找到。货品丰富，品牌齐全，高档优质，成功运作，成为寸土寸金的第五大道的突出特点。如此100多年来，第五大道一直站在成功的巅峰。

我们一行人几乎都是抱定不购物的观光者，虽然考察了几所名牌店，但只是走走、转转、看看，与国内的物价做个比较罢了。平心而论，物价高不说，服装类产品一不小心就用美元换回了“中国制造”。而如今，美国人也坦言，生活中真的离不开“中国制造”。

身价2000亿美元的石油大王

晚饭后，我们游览“巨石之顶”——登上了洛克菲勒中心的主楼观景台。由于洛克菲勒中心是由大块石灰石建成的，站在观景台上，脚下就是巨石垒起的“山”，因此观景台又被叫做“巨石之顶”。

夜色中的纽约街道，处处霓虹处处人，尽显迷人温柔气息，可登上“巨石之顶”，顿时感觉夜风阵阵、寒气袭人。

洛克菲勒中心是由美国20世纪初最大的财团——洛克菲勒财团建造的，其中主楼高260米，共有70层，楼顶上是著名的观景平台。1933年，观景台首次开放后，吸引了成千上万慕名而来的游客。然而20世纪70年代纽约世贸中心双塔建成后，抢走了洛克菲勒中心不少风头，其观景平台在20世纪80年代被迫关闭。

在20世纪80年代末，洛克菲勒中心被日本三菱财团买走，这似乎成为日本兴起、美国衰落的象征。但后来美国人趁日本泡沫经济破裂，又把洛克菲勒中心重新赎回。“9·11”事件后，纽约世贸大楼倒塌，洛克菲勒财团不失时机地修复观景台并重新开放。现在观景台的四周是2米多高的玻璃安全围墙，在天气晴朗时360度视野可及130多公里之远，曼哈顿风光尽收眼底。

1928年，洛克菲勒财团本想在此地建造歌剧院，然而经济大萧条带来的大量失业使其决心投资建设一处庞大的办公楼群，为更多的人创造就业机会。整个工程建设1931年开工，延续了近10年，为纽约提供了5万多个工作岗位。

现在，洛克菲勒中心共包括19栋建筑。通用电气公司、时代华纳公司、美联社等公司都在这里安营扎寨。该中心建成了全美最大的剧场，拥有近6000个座位的无线电城音乐厅，每年11月至新年，这里都有全美独一无二的踢踏舞表演。

提及近现代乃至当代美国史，人们难以避开洛克菲勒这个家族的姓氏：标准石油公司、洛克菲勒基金会、大通银行、现代艺术博物馆、洛克菲勒中心、芝加哥大学、洛克菲勒大学，还有令美利坚合众国悲伤的在“9·11”中倾倒的双塔。在美国商业界，提起美国洛克菲勒家族的财富盛名，用“家喻户晓，妇孺皆知”来形容绝不为过。这个迄今已繁盛了六代的“世界财富标记”与美国乃至国际政经都有着千丝万缕的联系。

创始人约翰·戴维森·洛克菲勒（1839—1937年）最初在俄亥俄州克利夫兰的一家干货店干活，每周挣5美元。后来他创建了标准石油公司，实际上就是美国石油业的开始。

1910年，当约翰·戴维森·洛克菲勒在发现自己名下的财富已经达到近10亿美元时，他开始考虑如何运用这笔财富不断增值升值。由于他对购买法国庄园或苏格兰城堡没有兴趣，又不屑于购买艺术品、游艇或中世纪韵味的西服及所有富人们所津津乐道的东西，他就把自己收入中的很大部分投资于煤矿、铁路、保险公司、银行和各种类型的生产企业，其中最出名的是铁矿生意。

如果约翰·戴维森·洛克菲勒现在还在世，他的身价折合成今天的美元约有2000亿。当今世界首富卡洛斯·斯利姆·埃卢的身价也不过为740亿美元。如今，老洛克菲勒的遗产依然支配着世界石油产业，他本人也堪称今天无所不在、无所不能的西方石油工业的人格化象征。中国有句老话，说“富不过三代”，但是洛克菲勒家族发展到现在已经是第六代了，依然如日中天，独“富”天下。

洛克菲勒虽然聚敛了巨额财富，但自己的生活非常俭朴，时时刻刻都在给他的儿女们灌输他在一贫如洗的儿时形成的价值观。防止他们挥金如土的第一步，就是不让他们知道父亲是个富人。洛克菲勒的几个孩子在长大成人之前，从没去过父亲的办公室和炼油厂。

洛克菲勒在家里搞了一套虚拟的市场经济，称他的妻子为“总经理”，要求孩子们认真记账。孩子们靠做家务来挣零花钱：打苍蝇2分钱，削铅笔1角钱，练琴每小时5分钱，修复花瓶则能挣1元钱，一天不吃糖可得2分钱，第二天还不吃奖励1角钱，每拔出菜地里10根杂草可以挣到1分钱，唯一的男孩小约翰劈柴的报酬是每小时1角5分钱，保持院里小路干净每天是1角钱。

洛克菲勒为自己能把孩子培养成小小的家务劳动力感到很得意，他曾指着13岁的女儿对别人说："这个小姑娘已经开始挣钱了，你根本想象不到她是怎么挣的。我听说煤气用得仔细，费用就可以降下来，便告诉她，每月从目前的账单上节约下来的钱都归她。于是她每天晚上四处转悠，看到没有人在用的煤气灯，就去把它关小一点儿。"

为了让孩子们学会相互谦让，他只买一辆自行车给4个孩子。小约翰长大后不好意思地承认说，自己在8岁以前穿的全是裙子，因为他在家里最小，前面3个都是女孩。小洛克菲勒惜金如命，16岁就花1角钱买了个小本子记下每一笔收入和开支，一生都把账本视为自己最珍贵的纪念物。

1864年9月，洛克菲勒同24岁的高中同学劳拉举行婚礼。他尽管已积攒了巨大的财富，买结婚戒指却只花了15.75美元，这笔花销记在"杂项开支"项下。洛克菲勒曾欠一位朋友5分的找零钱，朋友让他不必客气，而他却坚持把硬币放到朋友的口袋里，郑重地说："这可是1美元整整一年的利息啊。"

令人难以置信的是，像洛克菲勒这样节俭有加的资本家，竟然是美国历史上最大的慈善家。截至20世纪20年代，洛克菲勒基金会成为世界上最大的慈善机构，他赞助的医疗教育和公共卫生是全球性的。他一生直接捐献了5.3亿美元，他的整个家族的慈善机构赞助超过了10亿美元。中国受益尤多，接受的资金仅次于美国。1915年，洛克菲勒基金会成立了中国医学委员会，由该委员会负责在1921年建立了北京协和医科大学，这所大学为中国培养了一代又一代掌握现代医学知识的医学人才。

洛克菲勒这种具有划时代意义的奉献行为，使人们对他的看法和评价褒贬不一，在他的身后留下了一个自相矛盾的名声。他集虔诚和贪婪、同情心和凶残狡诈于一身；他是美国清教徒先祖们毁誉参半的传统之化身，鼓励节俭和勤劳，同时又激发贪婪的本性。

由于担心有人会破坏墓地，他的棺木被放在一座炸药无法炸开的墓穴中，上面还铺着厚厚的石板。而各家报纸登载讣告时纷纷把他说成是乐善好施的大慈善家，只字不提那个残忍的托拉斯大王——约翰“D”洛克菲勒。无论是持什么立场的政治家，包括那些同他有过过节的人，无不对他大加赞扬，一位检察官是这样称赞这位他曾经问讯过的、搪塞敷衍的证人的：“除了我们敬爱的总统，他堪称我国最伟大的公民。是他用财富创造了知识，舍此更无第二人。世界因为有了他而变得更加美好。这位世界首席公民将永垂青史。”

丘吉尔则这样评价他：“他在探索方面所做的贡献，将被公认为是人类进步的一个里程碑。”

洛克菲勒说过，“赚钱的能力是上帝赐给我们的一份礼物”。出于对家族的责任感，年迈体衰的洛克菲勒后来把这种人生观传递给了他唯一的儿子——小约翰“D”洛克菲勒。

想办法把家族财富送出去

小洛克菲勒成了家族的掌门人后，不仅接管了家族的石油生意，同时还接管了家族的慈善事业。有时候，小洛克菲勒发现：自己要想在石油生意和慈善事业这两种祖传家业之间找到心理平衡非常困难，因此，他经常经受着精神失常的煎熬和折磨。小洛克菲勒曾经描述说，他在做生意的时候感觉就像参加一场和自己良心进行比赛的赛跑。

小洛克菲勒在纽约建立了洛克菲勒中心，并设法挽救了美国西部山区的许多古老的红杉。其实，他在把家族事业发扬光大方面也放弃了许多机会，现在回过头来审视他的一生，他的大半生时间都花在了把家族财富送出去方面，而不是积聚更多财富上面。

小洛克菲勒对保护历史文物和保护环境有着浓厚的兴趣。经过他的努力，英国对北美大陆殖民时代所创建的威廉斯堡古城和法国的凡尔赛宫才得以完整地保存下来。

因此，洛克菲勒家族能有今天的名声，小约翰绝对功不可没。

小约翰“D”洛克菲勒的信条——我相信。

我相信每个个体的至尊价值，和他对自由、幸福追求的权利。

我相信每个权利是一种责任；每个机会是一种责任；每份财产是一种责任。

我相信法律是为人设立的，而不是人任意设置法律；政府是人民的仆人，而不是人民的主人。

我相信劳动才能获得尊严，不管是体力劳动还是脑力劳动；这个世界不会让人活不下去，但它欠缺让人活得更好的机会。

在对洛克菲勒家族有了大概的、比较立体的了解之后，我想，如果中国人研究一下洛克菲勒的人生和发展史，是否会对中国的经济发展，对孩子的培养教育，以及对环境的保护和对传统文化的传承而有所借鉴呢？

站在洛克菲勒顶楼的观光平台上，我们一眼就望到建筑别致、灯光闪烁的帝国大厦。尽管寒风吹透我们单薄的衣装，刮得我们站立不稳，可是大多数游客依然兴致勃勃，手持相机将这难得一见的纽约夜景及壮美的帝国大厦收入镜头。

在洛克菲勒大厦“巨石之顶”上观看纽约夜景

同关注洛克菲勒中心一样，人们也关注同样声名显赫的纽约帝国大厦。

2001年“9·11”事件发生后，人们曾一度担心帝国大厦是否会成为恐怖袭击的下一个目标。不过，在经历了短暂的恐慌之后，帝国大厦第86层的观景平台终于重新对公众开放，只不过为了防止有人从这里跳楼，观景台周围的防护铁栏又加固了而已。观景平台位于大楼320米的高度，从这里可看到纽约市的全貌。

2006年5月，美国纽约的帝国大厦度过了它的75岁生日，当天晚上，镶嵌在大厦顶部五颜六色的彩灯照耀着曼哈顿岛的夜空。虽然帝国大厦早已失去全球最高大楼的美誉，但在很多人心目中，它的崇高地位是无可取代的，因为这座充满传奇的建筑物见证了美国的兴衰。

在帝国大厦庆祝75岁生日之际，美国的报纸和电视为此做了许多报道，同时也追忆大厦所经历的沧桑。据大厦的工作人员斯科特说，除了经常有人从这里跳楼自杀和发生过几次火灾之外，最严重的一起事故发生在1945年7月，一架B25型轰炸机在雾中迷失方向，以每小时320公里的速度撞到大厦北部第79层。大楼在晃动了几下之后，居然没有倒，只是大火从第79层一直蔓延到86层，造成13人死亡和26人受伤。事后花了100万美元才将大厦修复一新。

2007年，帝国大厦遭受一次强烈雷击，但并没有对大厦造成损害。帝国大厦顶端的避雷针每年要迎接约100多次雷击。

当我们尽情地欣赏了洛克菲勒中心观景台上的夜间风光后，身体也差不多快要冻透了。我们在导游的督促下，来到镶有巨大水晶原石的大厅，在这里排队等候电梯下楼。绿色的水晶闪现出幽暗的光芒，更衬显“巨石大楼”的华贵。

哈德逊河畔的“决斗纪念钟”

当晚的最后一站是游览时代广场和亨利·哈德逊河岸。

时代广场巨大的广告牌，五彩缤纷，令人眩目。街头一位男模特一身水兵服饰，身边一位酷似玛丽莲·梦露般的姑娘，一袭白色连衣裙，恰到好处地衬托出女性身体柔美的曲线。开始，水兵主动招揽游客拍照，游人只是远观。不知是谁说了一句：

纽约时代广场

时代广场上可同游人免费拍照的模特

"与模特拍照不收费。"马上，游客们一拥而上。看到女模被男模频频抱起，有一个大胆的男士，也想抱起女模拍照，可是女模不知有什么特殊的功夫，始终面带微笑，直立地站在原地，那位男士就是抱不起这位姑娘，引得众人一片哄笑。

在繁华绚烂的时代广场，忽然传来清脆的马蹄声。我用眼神四处搜寻，一位英武的骑警全副武装，骑在一匹高头大马上，警惕地注视着周围的环境。这镜头好像是影视中的画面，现实版的纽约夜晚会出现社会治安问题吗？

据说，美国纽约市现在的治安比较20年前可谓大有改观，纽约警察局花费重金配备各种世界最先进的警用装备，打击违法犯罪力度相当大。以往的帮派纷争，毒品犯罪，街头抢劫比比皆是，今天纽约社会治安良好程度，可以排在世界大城市的头几位。

纽约第五大道巡警

在平静开阔的哈德逊河岸举目望去，对岸繁星点点疑是银河降落。亨利·哈德逊（1565—1611年）是一位英国探险家与航海家，以搜寻西北航道而闻名。亨利前半生只是一名普通船员，直至1607年受聘于英国的莫斯科公司探索西北航道，他两次远行也未能为英国带来任何实质的经济利益，结果被莫斯科公司解聘。后来他又受聘于荷兰东印度公司，最终第三次远行也无功而还，回国后又被英国拘押。后来，他再次受聘于莫斯科公司及东印度公司，虽然这次探索仍未能打通西北航道，但成功地探勘了加拿大的部分地方，哈德逊湾、哈德逊郡、哈德逊海峡及哈德逊河，这些地方都是以亨利·哈德逊来命名的。不过，在这次航行中，哈德逊遭到船员的哗变，最后被流放在北美海域，从此下落不明。

哈德逊河岸边有一口倒悬的大钟。导游告诉我们，这就是美国第一任财政部长，亚历山大·汉密尔顿决斗纪念钟。

有资料记载，亚历山大·汉密尔顿，从一个来自英属西印度群岛的私生子和无家可归的孤儿，历经奋斗成为乔治·华盛顿最信任的左膀右臂，但后来被卷入一桩丑闻，在与副总统阿伦·伯尔的决斗中命丧黄泉。在美国的开国元勋中，没有哪一位的生与死比亚历山大·汉密尔顿更富传奇色彩了。在为美国后来的财富和势力奠定基础方面，也没有哪位开国老臣的功劳比得上汉密尔顿。

虽然他也身为美国建国之父之一，却始终没能像别人那样做上美国总统，而且在与其主要政治对手托马斯·杰斐逊的竞争中更似乎是输得惨不忍睹，可谁能料想到——历史的戏剧性就在于此——在其过世之后，他的政治遗产，包括“工业建国之路”和建立一个强有力的中央政府等，却在此后的美国历史中起着越来越显著的作用。一些甚至影响了美国历史进程的总统，如亚伯拉罕·林肯和西奥多·罗斯福，他们所施行的政策就是建立在汉密尔顿的政治遗产基础之上的。而今最新版10美元纸币正面的人物肖像就是亚历山大·汉密尔顿。

汉密尔顿的战绩和政绩都非常显赫：作为华盛顿的侍从武官，他对独立战争的贡献巨大，其中最著名的是1781年的约克镇战役；他是《联邦党人文集》最主要的执笔者；在华盛顿任总统时，他作为财政部长（1789—1795年）政绩非凡，并创建了美联储的前身——合众国第一银行；作为联邦党人的首领，他为美国两党制的出现奠定了基础。

汉密尔顿作为财政部长的业绩，被他形形色色的生活经历所掩盖。账房伙计、大学生、青年诗人、评论家、炮兵上尉、华盛顿的战时副官、战场英雄、议员、废奴主义者、纽约银行创造人、宪法委员会成员、演说家、律师、教育家、对外政策理论家和军队高级将领，等等。切尔诺夫的结论极具说服力：“如果说杰斐逊提供了美国政治论文的必要华丽诗篇，那么汉密尔顿就撰写了美国的治国散文。没有哪位开国元勋像汉密尔顿那样对美国未来的政治、军事和经济实力有如此的先见之明，也没有哪个人像他那样制定了如此恰如其分的体制使全国上下团结一心。”

亚历山大·汉密尔顿早年的个人履历有很多谜团。他1755年1月诞生于英属西印度群岛的尼维斯岛。当时，奴隶劳动盛行于该岛，大批住在伦敦的英国遥领地主，掌握着该岛的政治经济实权。他的外公是法国胡格诺派教徒，其祖父是种植园主，当时赴该岛行医，亚历山大·汉密尔顿的母亲名叫雷切尔·莱温。但是，历史学家始终无法确定他的父亲到底是谁。有一种说法认为，他父亲名叫詹姆斯·汉密尔顿，出身于苏格兰望族，但终生潦倒，一事无成，汉密尔顿是私生子。

1790年4月18日，35岁的美国财长亚历山大·汉密尔顿，走出位于百老汇大街的乔治·华盛顿总统官邸（纽约是当时年轻合众国的临时首都），恰好撞上47岁的国务卿托马斯·杰斐逊。两人寒暄几句，心直口快的汉密尔顿直截了当地对杰斐逊说："国务卿先生，请求您帮帮我吧。您知道，我提交的国债法案，国会4次辩论都未能通过。如果您能够改变主意，凭借您的巨大影响力，下次辩论就有望过关啊！""财长先生，您知道，我连宪法都反对，何况是您的国债法案呢，宪法并没有授权联邦政府承接独立战争时期的联邦债务和各州债务啊！不过，您要是乐意的话，明天晚上我们可以一起晚餐，聊聊这事儿，我也打算请麦迪逊先生一起来。""太好啦，国务卿先生，我一定准时赴约。"

汉密尔顿喜出望外，他知道机会来了。美利坚合众国正式宣告成立还不到一年，各州为争夺永久首都已经吵得不可开交了。谁都明白：赢得合众国永久首都将带来多么巨大的政治影响和经济利益。论经济实力，纽约最强，不仅仅因为它已经是临时首都，是当时北美最发达、交通最便利的城市，而且纽约市为改善基础设施、建设联邦首都，已经投入巨资，自然势在必得。

而论政治实力，却是弗吉尼亚占优。弗吉尼亚不仅为独立战争做出了最大牺牲和最大贡献，而且有数位声望卓著的建国之父来自该州，最著名的当然是华盛顿、杰斐逊和詹姆斯·麦迪逊，这3人都热切期望合众国的永久首都迁入弗吉尼亚州。假若纽约州能够配合，则大事可成。汉密尔顿知道杰斐逊就是要跟他谈这个交易。

果然，第二天晚餐时，杰斐逊和麦迪逊明确提出"交易"条件：如果汉密尔顿愿意说服纽约州支持弗吉尼亚州成为合众国永久首都所在地，他们两人就承诺支持国会通过汉密尔顿的国债法案。汉密尔顿毫不犹豫地答应了。几天后，美国国会顺利通过汉密尔顿起草的《公共信用报告》，华盛顿总统立刻签署成为法律。国债市场迅速崛起，成为美国金融货币体系最根本的支柱之一。

汉密尔顿的"先见之明"

人类历史上，总有极少数天才人物的思维和战略，远远超越他的时代。

汉密尔顿——杰斐逊——麦迪逊之间的著名“交易”充分说明：即使是像杰斐逊和麦迪逊那样杰出的人物，也不能理解汉密尔顿倾全力创建国债市场之深谋远虑，当时能够明白汉密尔顿天才构思的人物可谓少之又少。纵然是200多年后的今天，全球可能也只有那些金融精英们才真正懂得汉密尔顿“金融战略”的极端重要性。今天，当我们激烈辩论美国经常账户逆差、美元汇率、全球失衡、美元霸权、国际货币体系改革等关乎所有国家最高利益之重大问题时，我们绝对有必要重新反思200多年前汉密尔顿的金融思维。当我们深入思考面向未来的中国金融战略时，汉密尔顿的远见卓识最值得我们思虑再三。

简言之，汉密尔顿为美国构建的货币金融体系有五大支柱：其一，统一的国债市场；其二，中央银行主导的银行体系；其三，统一的铸币体系（金、银复本位制）；其四，以关税和消费税为主体的税收体系；其五，鼓励制造业发展的金融贸易政策。最引人注目的是，汉密尔顿自始至终从整体国家信用角度来设计五大政策和制度安排。他说：“一个国家的信用必须是一个完美的整体。各个部分之间必须有着最精巧的配合和协调，就像一棵枝繁叶茂的参天大树一样，一根树枝受到伤害，整棵大树就将衰败、枯萎和腐烂。”

的确，汉密尔顿的五大支柱恰像5根树枝，完美配合和协调，共同支撑起美国金融体系的参天大树，最终成长为主导全球经济的美元霸权体系。国债市场是国家整体信用优劣的最佳指示器；中央银行负责维持银行体系和货币供应量之稳定；统一的铸币体系（后来是美元纸币体系）极大地降低了金融贸易之交易成本，促进金融、贸易、产业迅速发展；税收体系确保财政健全和国债市场之良性循环；制造业（真实财富创造能力）则是金融货币的最终基础。

纽约哈德逊河畔汉密尔顿决斗纪念钟

汉密尔顿的金融哲学基于他对世界各国经济发展历史尤其是英国崛起经验的深刻把握。早在出任财长之前，汉密尔顿就写道："17世纪90年代开始，大英帝国创建了英格兰银行、税后体系和国债市场。18世纪，英国国债市场迅猛发展。国债市场之急速扩张，不仅没有削弱英国，反而创造出数之不尽的巨大利益。国债帮助大英帝国缔造了皇家海军，支持大英帝国赢得全球战争，协助大英帝国维持全球商业帝国。与此同时，国债市场极大地促进了本国经济发展。个人和企业以国债抵押融资，银行以国债为储备扩张信用，外国投资者将英国国债视为最佳投资产品。为了美国的繁荣富强，为了从根本上摆脱美国对英国和欧洲资金及资本市场的依赖，美国必须迅速建立自己的国债市场和金融体系。"

经济发展之关键是最有效动员和配置资源，动员和配置资源的最佳手段就是信用体系。一个人拥有最高信用，他就可以充分利用他人的资源来发展自己的事业；一个企业拥有最高信用，它就有无限的资源来扩张；一个国家拥有最高信用，它就能够动员全球的资金和资源来发展本国经济。汉密尔顿早就深刻洞察了金融和信用的本质。

历史很快验证了汉密尔顿的先见之明和高瞻远瞩。18世纪80年代，美国金融市场还是一塌糊涂。到了1794年，欧洲投资者就给美国国债和整个金融市场以最高信用评级。当时的法国外交部长塔列朗宣称："美国国债运转良好，安全可靠；美国政府对国债市场的管理是如此规范，美国经济发展是如此迅速，以至于我们从来不担心美国国债的安全性。" 正是国家信用制度的完善刺激了欧洲资金源源不断流入美国，推动美国经济快速增长。

美国著名政治家韦伯斯特，曾经如此评价汉密尔顿金融战略对美国的重要性："汉密尔顿创建的金融体系，是美国繁荣富强的神奇密码。他叩开信用资源之门，财富洪流立刻汹涌澎湃。美国人民满怀感恩之情，世界人民满怀敬畏之心。丘比特拈花一笑，智慧之神翩然而至，那是我们钟爱的希腊神话。然而，汉密尔顿创造的金融战略比希腊神话还美妙、突然和完美。他那不可思议的大脑灵机一动，整个美国金融体系就应运而生。"

杰斐逊派组织的民主共和党同汉密尔顿派领导下的联邦党，在美国政治斗争日趋激化的形势下出现，遂使两党制开始形成。双方互相攻讦，力图将对方驱逐出政府。汉密尔顿因其财政措施得到华盛顿的支持，在联邦政府中的地位较为巩固。

1793年年底，杰斐逊辞去国务卿的职务，汉密尔顿派垄断了政府的权力。

据说，1794年，在宾夕法尼亚西部边疆，爆发了威士忌酒事件的农民起义。汉密尔顿从邻近几个州挑选了1.5万名民兵亲赴现场，逮捕了没有来得及向西部撤退的起义领袖18人，送到首府华盛顿。汉密尔顿这一措施激起广大劳动者的愤怒。

法国资产阶级革命，引起英、俄、普、奥等国的武装干涉。随着法国局势的动荡不安，英法矛盾激化。在英法的冲突中，1792—1794年，汉密尔顿派与杰斐逊派的斗争又扩大到了外交方面。亲英与亲法就成为两个党派外交政策的分野。杰斐逊派赞扬法国革命，主张支持革命的法国人民。汉密尔顿派仇恨法国革命，重视同英国的贸易，认为对英贸易的入口税有助于推行他的财政措施。

当时，英国经常截获美国船只，并拘捕美国海员，英法冲突即将引起英美冲突。汉密尔顿坚信对英国作战无异于全国性的自杀行为。联邦党人控制的政府，于1794年派遣最高法院首席法官杰伊赴英，11月签订妥协性的《杰伊条约》。英国同意放弃北美西北地区的若干贸易据点，《杰伊条约》允诺替英国债权人清理旧债务，主要是南部种植园主欠下的债务。《杰伊条约》对美国出口加以种种限制，且没有使英国同意停止对美船只的拦截活动。《杰伊条约》引起全国人民的广泛反对。汉密尔顿公开地为这个条约辩护。至此，汉密尔顿的对内对外政策，都引起杰斐逊派和劳动人民的反对。1795年，汉密尔顿不得不辞职，但他的财政政策措施，由他的朋友、新财政部长奥利弗·沃尔科特贯彻下去。

1795—1796年，汉密尔顿虽致力于法律和经营生意，仍写了《卡米勒斯信件》的政论文章继续为《杰伊条约》辩护。1796年华盛顿卸职，联邦党人约翰·亚当斯当选为总统。1798年，亚当斯政府颁布了四项摧残人权的法令，即归化法、客籍法、敌对外侨法和镇压叛乱法，企图摧毁国内的民主政治。广大人民在杰斐逊民主派的领导下进行了反击，为1800年杰斐逊当选总统创立了条件，使美国的民主政治得以延续。

1798年7月，同法国作战的气氛很浓厚，在华盛顿的要求下，亚当斯不得不任命汉密尔顿为督察将军，这是仅次于华盛顿享有的荣誉。汉密尔顿占有这一职位直到1800年6月。亚当斯对汉密尔顿身居这样的高位很不满意，力图摆脱汉密尔顿的控制。当时汉密尔顿气势凌人，准备在英国的配合下进占新奥尔良、路易西安那和东、西佛罗里达，并进军墨西哥。而在1799年，亚当斯任命一个三人使节团赴法，磋商如何调解两国纠纷的问题。通过谈判，美法关系迅速趋向缓和。亚当斯的这一外交成就，激怒了汉密尔顿。他积极在联邦党内策划，在1800年总统选举中另行推选平克理为总统候选人。联邦党至此分裂。

在这次总统选举中，竞争很激烈。选举结果是民主共和党杰斐逊和阿伦·伯尔各得73张总统选举人选票，同居首位，联邦党亚当斯获得65票，平克理64票。当时总统、副总统没有分开选举，两个总统候选人得票相等，根据宪法，应提交众议院投票选举其中一人为总统。

联邦党人支持伯尔，以便挫败他们的政敌杰斐逊。众议院在1801年2月17日以前，举行了35次无记名投票，一直处于僵局状态。汉密尔顿从国家前途的大局出发，说服佛蒙特、特拉华和马里兰等州的若干联邦党人议员，投了空白票，使杰斐逊当选为总统。

决斗惨死的内幕

1804年总统选举时，伯尔没能被列入总统候选人名单。当时新英格兰的联邦党人平克理等人正策划脱离联邦，组织北方邦联，许愿帮助伯尔当选为纽约州的州长，以后再推选他担任北方邦联总统。汉密尔顿尽其全力在投票时挫败了伯尔，并揭发了伯尔的卑鄙行径。伯尔大为恼怒，邀汉密尔顿决斗。1804年7月11日，两人在新泽西州东北部的帕利塞兹丘陵决斗。汉密尔顿身受重伤，次日逝世，时年49岁。

晚年的亚历山大·汉密尔顿重归于年轻时候信仰的基督教，但他在临终之时要求纽约特尼提教堂为其举行圣餐礼时，却一度被拒绝，原因是他始终难以放弃“决斗”这一有违基督教义的行为——他的死便是出于与副总统阿伦·伯尔的决斗。当时汉密尔顿虽然答应了决斗，却因为基督教信仰而故意将子弹打偏。汉密尔顿的雄辩最终说服了教堂方面，为其举行了圣餐仪式。他说，他已经虔诚地忏悔，并愿意与所有的人和解，包括伯尔。

按照决斗的规则，汉密尔顿先开枪。奇怪的是，他发出的子弹离伯尔甚远。而伯尔毫不手软，一枪命中汉密尔顿的右胸。在整理汉密尔顿的遗物时，人们发现他决斗前一天晚上写的日记。

汉密尔顿在日记中说，自己明天不会开枪。为什么汉密尔顿有此打算，而第二天他又开了于事无补的一枪，并造成自己悲剧性的死亡，个中原因，众说纷纭，至今也没有定论。汉密尔顿是代表商业集团、投机者、航运商和银行家利益的极端保守者。他幼年遭遇坎坷，青年时代投身美国革命，立过战功，因联姻关系跻身于豪门阶层。当他在1789年被任命为美国财政部长时，年方34岁，因富有行政组织才能，掌握联邦政府的财政权力达6年之久，并控制着一个政党——联邦党。最后因支持杰斐逊当选总统而死于非命。

他之所以失败，其根本原因在于：第一，他笃信君主立宪制是理想的政体，美国必须以英国为楷模，建立一个以特权为基础、与英国传统相蝉联的社会结构；第二，由于阶级偏见，他对美国民主政治丧失信心，蔑视人民群众，并派兵镇压人民起义；第三，他的财政措施有损于广大劳动者的利益，并执行了屈从于英国的外交路线。他的种种政治措施，既背离了美国革命的根本原则，也有碍于美国资本主义经济的独立发展。第四，在人民群众的普遍不满下，他离开联邦政府，绝非偶然。

汉密尔顿在1800年总统选举陷入僵局时，能果断地选择自己的政治宿敌——杰斐逊，使美国的政权不致落入野心家、阴谋家伯尔之手，他的这一行为是从国家前途着想的，不计个人恩怨，使美国民主政治传统得以延续，体现了他的坦荡胸襟。由此看来，汉密尔顿不失为美国建国初期著名的政治家之一。

站在哈德逊河岸边，我们沉浸在无限的遐想中，在历史的长河里，无论什么人，都不过是一粒沙尘，能留下姓名的寥寥无几。无论是名垂青史的华盛顿，还是存金无数的洛克菲勒，无论是下落不明的亨利·哈德逊，还是才华横溢后来决斗惨死的汉密尔顿，在历次的宇宙星球裂变中，尘埃落定后，一切归零。但是即便如此，谁又能阻挡人类发展的脚步呢？

阿巴拉契亚毒品泛滥

早餐后，我们乘大巴从纽约出发，直奔加拿大的多伦多市，飞机只需要一个小时的航程，我们却要坐上整整一天的汽车。但是沿着阿巴拉契亚山脉行走，我们可以游览美国东部秋季最美的山区。

阿巴拉契亚山区村镇

阿巴拉契亚山脉是北美洲东部的一座山系。南起美国的亚拉巴马州，北至加拿大的纽芬兰和拉布拉多省，连绵数千公里。由于阿巴拉契亚山脉地区矿产丰富，英国在北美最初的13个殖民地，就建在阿巴拉契亚山脉与大西洋之间，北起新罕布什尔南至佐治亚的狭长地带，长2600公里的著名矿区。阿巴拉契亚山脉南段各河上游水力资源丰富，自然风光优美，是大西洋海岸平原与内陆中部平原的分界线。

有资料介绍，阿巴拉契亚山脉因新生代造山运动所产生的隆起导致古褶曲的底盘完全露出，结晶质的岩石裸露于地表，整座山脉由东北到西南被分割成许多平行的山脉，山脉之间有深谷。阿巴拉契亚山脉在地形上，主要表现为平缓的高原、丘陵和谷地，山地仅保留在局部地带，且较狭长。一般海拔1000～1500米，密契尔山是最高峰，海拔2037米。

阿巴拉契亚山脉遍山覆盖着茂密的森林，名贵木材有云杉、铁杉和雪松等，动物有黑熊、浣熊、白尾鹿、野猪等。山泉、小溪、瀑布、河流纵横交错，遍布整个阿巴拉契亚山系。工业的发展带来了特殊的问题，尤其在环境保护方面。纸浆工业和化学工业造成阿巴拉契亚山脉中各水道污染，某些煤矿作业造成土地资源和人力资源的破坏。空气污染，尤其当以酸雨形式出现时，对阿巴拉契亚山脉自北卡罗来纳至加拿大的森林已造成危害。阿巴拉契亚山脉的最高峰密契尔山，过去因覆盖着原始森林而被称做黑峰，如今，已成一片死树林。

阿巴拉契亚山脉北部和南部的一些山区交通不便，直至21世纪初还处于与世隔绝的状态。如今阿巴拉契亚山已成为美国的旅游胜地之一，这里自然风光优美，已开辟了4个国家公园、众多州立公园和游览地。

著名的阿巴拉契亚小道，最初是由一些徒步旅游爱好者在20世纪的20—30年代修建起来的步行山路。1968年“美国国会”建立了全国小道系统，阿巴拉契亚小道也被归入其中并作为基本路段之一。这条小道全长3400公里，纵贯阿巴拉契亚山脉，从北端缅因州的卡塔丁山开始，到南端佐治亚州的斯普林吉山结束。途经14个州、8个国家森林和2个国家公园、数十个州立公园及野生动物保护区。小道的最高点是克灵曼斯峰，海拔2024米（在大雾山国家公园内）。小道共有500多个出入口，供游人从不同地点进出。小道上10~20公里段面内会设有一处休息点，建有小木屋或棚子及观景台等。小道的日常管理工作由阿巴拉契亚小道协会负责。

有统计显示，阿巴拉契亚小道是世界上最长的山间小路，它吸引很多旅游者前往。据说，每年春天都会有1000多人来到这里试图走完全程，但只有不到200人能坚持到终点。一般旅游者多选择其中的某一小段走一走，因为这种长途山间步行不仅非常艰苦，而且极具危险性。

阿巴拉契亚山的高速公路

春天和秋天是阿巴拉契亚山脉最迷人的季节。春季是野生杜鹃花和月桂的盛开期，自4月起由南向北渐次绽放，是一条鲜花盛开极具特色的旅游线路。秋天则反转过来，树叶呈现鲜艳色彩自北向南推移。阿巴拉契亚山脉南部和北部都有著名的矿泉疗养地，吸引大批的游人前来疗养和度假。

阿巴拉契亚山脉曾是美国人开发中西部地区越过的第一个天然屏障。然而，它却没有跟上美国经济发展的步伐，现在是美国最贫穷的地区之一和最大的大麻种植区。

美国阿巴拉契亚山脉的秋天

山区里每个家庭的年收入平均只

有8000美元左右。但这里的大麻种植却有160多万株，占美国大麻种植总量的40%，年产值达39亿美元。肯塔基大学的克雷顿教授对阿巴拉契亚山区的大麻种植业做了调查，他认为这一地区已成为一个“完美的毒品种植经济模型”。美国经济曾经持续9年增长的奇迹没有给这里带来任何变化，这里仍然与世隔绝，山区崎岖的地形为大麻种植提供了天然的掩护。

种植大麻有高额利润可图。在美国市场上，每株大麻价值2000美元。阿巴拉契亚山区的大麻种植已经成为当地的支柱产业，这一产业的兴衰对其他行业的影响相当大。20世纪90年代，莱斯利县在禁毒行动中铲除了10万株大麻，结果当地的杂货店、汽车专卖店倒闭了一大批。

1998年，有65个县的阿巴拉契亚山区，已被美国全国毒品控制政策办公室划定为毒品交易高发区，联邦政府每年拨款600万美元加大这一地区反毒禁毒的执法力度。至今，这一地区已进行了约2000多次拘捕行动，打击了6000多起毒品交易行动。阿巴拉契亚山区似乎有经营非法经济的传统，现在搞大麻交易的人，大多是几十年前禁酒时期非法贩酒者的后代，只不过大麻的利润更高。几十年来，这一地区非法经营的物件转换了，但是非法经营者和执法人员之间拉锯式的“战斗”仍在继续。

美国的万圣节

穿越连绵起伏的阿巴拉契亚山公路，山中美景尽收眼底。天空中淡淡的乌云，时而低迷，时而开散，时而从云隙中透出无数道金色的阳光，洒向秋日的大地；地面上层林尽染，色彩斑斓，红色、橙色、黄色、绿色的叶子融合成片，微微摇曳；成熟的稻田、繁茂的菜地、秃枝的枯叶，以及没有院墙的小木屋；阵阵飘洒的细雨，忽然变成洁白的小雪花，悄然落在街边鲜红的枫叶和金

阿巴拉契亚山脉的小雨变成了细密的雪花

黄的银杏树上；眼前一道美丽的彩虹，飞架在田园与村庄之间，相映成趣，美轮美奂，好一幅变幻无穷的山水风光。

我们贪婪地欣赏异国他乡的美景，这几天我们游览了华盛顿、纽约、费城，所到之处阳光明媚，今天坐在遮风避雨的大巴车里，老天变脸，让我们有机会领略美国温柔的雨雪。

途经一座小镇，只见每家大门的台阶上都摆放着稻草人和大大小小的被雕成人脸模样的南瓜，很是奇怪。导游介绍说，这几天是美国的万圣节，也叫鬼节。每年的万圣节，家家户户都要在门前或客厅摆上鬼怪状物品以避邪。

美国的万圣节，是在10月的最后一天，那天的节庆气氛与圣诞节相比差不到哪去。在今天的美国和加拿大，多姿多彩的万圣节恐怕是仅次于圣诞节的消费节日了。然而，这一历史悠久的节日却源于欧洲大陆。

2000多年前，欧洲的天主教会把11月1日定为天下圣徒之日。传说自公元前500年始，居住在当今爱尔兰、苏格兰等地的凯尔特人，把这节日往前移了一天，即10月31日。他们认为该日是夏天正式结束的日子，也就是新年伊始，严酷的冬季开始的一天。

那时人们相信，故人的亡魂会在这一天回到故居地，在活人身上找寻生灵，借此再生，而且这是人在死后能获得再生的唯一希望。而活着的人则惧怕死魂来夺生，于是人们就在这一天熄掉炉火、烛光，让死魂无法找寻活人，又把自己打扮成妖魔鬼怪，借此把死人的魂灵吓走。之后，他们又会把炉火、烛光重新燃起，开始新的一年的生活。

现在，孩子们到了万圣节这天便玩耍嬉戏，穿戴上各种服饰和面具参加万圣夜舞会。这些舞会场所四周的墙上往往悬挂着用纸糊的巫婆、黑猫、鬼怪和尸骨，窗前和门口则吊着龇牙咧嘴或是面目可憎的“杰克灯”（即南瓜灯笼）。

“杰克灯”的样子十分卡通，做法也极为简单。将南瓜掏空，然后在外面刻上笑眯眯的眼睛和大嘴巴，在瓜中插上一支蜡烛，把它点燃，人们在很远的地方便能看到这张憨态可掬的笑脸，这可是孩子们最喜欢的玩物了。

沿途，我们看到在美国公路上奔跑的小轿车，日本的丰田、本田居多，中国的吉普也不少。但是跑运输的货车，还是美国本土生产的那种大鼻子，以车头长出两只“耳朵”的厢式车为主。导游介绍说，美国人很讲实惠，他们不管产地在哪儿，只要物美价廉实用，他们就为己所用。因为美国本土车制作成本很高，一小时用工的费用在50美元左右，所以车子价格居高不下，无法与日本、中国、韩国相对而言的低价轿车竞争。但那种样子豪华的运输车，其性能的确很好， 能做房车又能拉货， 两口子装备这样一辆车满世界跑，工作生活全能满足。

万圣节的街头“魔鬼”

布法罗——两位美国总统的故乡

晚饭后，我们前往布法罗的酒店入住。

布法罗是美国纽约州西部伊利湖东岸的港口城市，位于尼亚加拉河南口，西与加拿大伊利堡隔尼亚加拉河相望。旅美侨胞们常把这座城市叫做水牛城，因为布法罗本是水牛的意思。不过，此地从未见过水牛，古时倒是有野牛出没，也是印第安人狩猎的地方。北美野牛俗称“布法罗”，这才是该市得名的由来。

1758年法国皮货商在此建立皮毛贸易站，白人开始在此定居。1790年荷兰人在此地建立了城市，1803年正式设市。1825年伊利运河开通，成为湖区和伊利运河水道的交接点，布法罗逐渐繁荣起来。1959年，圣劳伦斯航道通航后，进一步发展成世界性港口。滨水区长达37英里，沿岸巨型仓库林立，为美国和加拿大小麦的主要

布法罗城市风光

转运港，也是世界著名的面粉工业中心。布法罗是从美国大西洋沿岸到西部内陆的门户，有6条铁路干线汇集，为美国和加拿大两国间的铁路货运中心；公路网稠密，有纽约州高速公路和肯辛顿高速公路；市东有现代化国际机场。

布法罗在美国史上小有名气，这里是两位总统（米勒德·菲尔曼尔和格罗弗·克利夫兰）的故乡。1901年，麦金利总统到布法罗参观泛美博览会，讲演时一名刺客向他开枪，几天后总统因伤重去世。如今市中心的尼亚加拉广场上立有这位总统的纪念碑。麦金利死后，匆匆赶来的副总统西奥多·罗斯福就在此地的威尔科克斯宅第宣誓就任总统。这座宅第已被作为国家古迹保护起来，并对游客开放。

布法罗是近代兴起的大城市，城区按首都华盛顿的规划设计，有9条主要街道做轮辐状自中心闹市区向外辐射，城市依河依湖之利发展而成。湖滨矗立着高达40层的玛丽娜·米德兰中心大厦，为全市最高的建筑。跨于尼亚加拉河上的和平桥造型优美，与加拿大的伊利堡相通。奥尔布赖特—诺克斯艺术陈列馆，是一座气势宏伟的新古典式建筑，收藏有大量雕刻与当代油画作品，包括毕加索和罗丹这些世界级大师的作品。市内公园遍布，最大的特拉华公园占地365英亩。

布法罗的红叶似火

不过，游人来到布法罗，最渴望的不是在市内游览，而是到市西北30公里的尼亚加拉大瀑布观看天然奇景。我们一行不仅要在布法罗美国一侧，而且要通过连接美加两国的彩虹桥，去加拿大一侧观看闻名于世的尼亚加拉大瀑布。瀑布观光为布法罗的旅游业提供的巨大收益，有力地促进了布法罗一带广大地区的繁荣与发展。

我们在游览了尼亚加拉大瀑布和加拿大的多伦多之后，于第二天傍晚时分返回美国的布法罗，休息一夜后起早赶往机场。天虽然还没有大亮，但可以清晰地看到大地、房屋、树木、汽车都披上了厚厚的霜花，放眼望去一派银装素裹。即将到达的芝加哥与布法罗时差3小时，导游让我们把手表调到9时57分。

途经芝加哥

从飞机上鸟瞰芝加哥

芝加哥空中的景象很美，碧水蓝天，秋叶静美，城市街道整齐，绿地覆盖面很大，郊区的农田收割差不多全部结束，白色的风力发电叶轮轻轻转动，蜿蜒的河流像一条蓝色的飘带，时宽时窄，与一湖碧水相接。

隐藏在这幅景象之下的芝加哥，远比这宁静的画面要波澜壮阔得多。人们不曾忘记国际劳动节、国际劳动妇女节，两个国际化的重要节日都诞生于芝加哥。

1886年5月1日，芝加哥的21.6万多名工人，为争取实行8小时工作制而举行大罢工，经过艰苦的流血斗争，终于获得了胜利。为纪念这次伟大的工人运动，1889年7月第二国际宣布将每年的5月1日定为全世界无产阶级、劳动人民的共同节日。这一决定立即得到世界各国工人的积极响应。1890年5月1日，欧美各国的工人阶级率先走向街头，举行盛大的示威游行与集会，争取合法权益。从此，每逢这一天世界各国的劳动人民都要集会、游行，以示庆祝。

中国人民庆祝劳动节的活动可追溯至1918年。这一年的“五一”前后，一些革命知识分子在上海、苏州、杭州、汉口等地向群众散发介绍“五一”的传单。1920年5月1日，北京、上海、广州、九江、唐山等各工业城市的工人群众浩浩荡荡地走向街市，举行了声势浩大的游行、集会，这就是中国历史上的第一个“五一”国际劳动节。新中国成立后，中央人民政府政务院于1949年12月将5月1日定为法定的劳动节，全国放假一天，举国欢庆，人们换上节日的盛装，兴高采烈地聚集在公园、剧院、广场，参加各种庆祝集会或文体娱乐活动，并对有突出贡献的劳动者进行表彰。

1909年3月8日，芝加哥的劳动妇女倡议和全国纺织服装工业的女工同时举行罢工游行，要求增加工资，实行8小时工作制和拥有选举权。这是世界历史上妇女群众的第一次游行示威。这一举动得到美国和世界各国劳动妇女的热烈支持和响应。

1910年8月，第二届国际社会主义妇联大会在丹麦哥本哈根举行。会上，德国国际工人运动活动家、国际妇女书记处书记克拉拉·蔡特金倡议：将每年的3月8日定为国际劳动妇女节，以此团结和动员全世界广大劳动妇女反对战争，反对压迫，争取自身解放。倡议获得一致通过。从1911年起，许多国家的劳动妇女每年都在3月8日纪念自己的节日。

中国妇女第一次举行“三八”节纪念活动是在1924年，在中国共产党的领导下，广州劳动妇女举行纪念会和游行。会议由我国妇女运动的先驱何香凝主持，会上提出了“打倒帝国主义”“保护妇女儿童”的口号。这次活动显示了中国劳动妇女的觉醒和力量。

地面上的农田

大约飞行一个小时，从飞机上鸟瞰，地面上出现了不少大小不等圆形以及少量的扇形、靶形、方形的图案，这是做什么用的呢？渐渐地视线中又出现了沙漠、山丘，土质呈现出红色、黄色，还有少量绿色，忽然，眼下大地上出现了白色的雪山，细看，一座连着一座的山峰，犬齿交错，连绵不断。

银装素裹的山丘

过了不久，又出现沟壑断岩戈壁以及荒无人迹的大漠，黄沙、雪山、红岩、黑岭、碧水相交，继而渐渐出现了绿地，两条碧蓝色的河水，在红褐色的戈壁沙漠上犹如巨龙腾飞，在阳光的照耀下，产生强烈的色彩反差，叫人赞叹不已！无论何种颜色镌刻在大地的画板上，都是那样纯粹、那样剔透、那样迷人，大自然的巧夺天工真是无比奇妙。

大戈壁上“二龙戏珠”

赌城拉斯维加斯

戈壁明珠——拉斯维加斯

渐渐地我们看到了房屋、公路，不经意间飞机渐渐地降落在戈壁明珠——拉斯维加斯的机场。

拉斯维加斯是美国最大的赌城和娱乐城，距洛杉矶466公里。拉斯维加斯原本只是到加州路上的一个绿洲，周围则是一望无尽的沙漠。20世纪初，随着联合太平洋铁路通达而逐渐兴起，1905年建市。30年代，内华达州决定使赌博成为合法的事业，此令一出，几乎在一夜之间，市区的赌场纷纷成立。拉斯维加斯的"赌城"之名也就此传开。

拉斯维加斯机场

前来接机的导游和司机都是来自洛杉矶的华人，见到他们就觉得格外亲切。特别是开车的那位先生，一口大连话，还是我的老乡呢，我们立刻攀谈起来。

因为时间还早，酒店12时才能入住，餐厅11时才开始营业，导游就把大家带到餐厅附近的超市逛逛。从飘雪花的布法罗到穿着半袖衫的拉斯维加斯，大家热得纷纷脱下羽绒服、毛衣裤，一进入开着冷气的超市，不由倒吸一口凉气，好爽！

超市规模不小，商品非常丰富，而且价格也不算高，有些食品水果甚至比北京的还便宜。我们发现这里有"牛油果"。这是我们在澳大利亚旅游时导游曾经送我的一种水果，看起来像一个墨绿色的橘子，带回国内送友人品尝，都说不好吃。今天在超市里发现这种果子，1.4美元一个。所以，今天一定要买来尝尝，看到底是个什么味？

开车的大连老乡介绍，这种果子营养极为丰富，含不饱和脂肪酸，可以帮助降血脂、血压和血糖，用来拌沙拉、抹面包吃。午餐时，我们请服务员帮助切开，拌在沙拉蔬菜里，抹在西瓜上，滑爽绵软，口感非常好。

饭后，我们入住火车头酒店，一层大厅里全是赌博机，由于有的团员动作太慢，大部队很快被赌博机挡住了视线，我们掉队了。看房号是两间挨着的2824和2826，那就上楼吧！刚到二层，一位中年职业女性便拦住我们，我们连忙递过房卡，她把我们领到另一座电梯前，并按动指示灯。谁知，电梯门一开，我们又被送回一层。怎么回事？导游不在，语言不通，我们只好拖着行李又回到前台，用手势告诉他们，我们不知道2824房间怎么找。

一位胖胖的男士把我们带到赌博机后面的大门，原来出这后门，可以进入另一座客房楼，从平面图上我们才找到了所住的方位，真是迷宫一般。各自入住后开始洗洗涮涮，然后休息，晚上的拉斯维加斯夜游将带给我们前所未有的感受。

拉斯维加斯火车头酒店

晚饭我们是在火车头酒店的自助餐厅吃的。穿过大厅密密麻麻的老虎机，我们找到非常考究的自助餐厅，原以为要大出一次“血”的，没想到价格相当的便宜，一餐只收19.99美元，也就相当于人民币约130元左右，比起北京一些大饭店的自助餐要便宜一半以上呢！

导游告诉我们，在拉斯维加斯凡带赌场的酒店，吃的东西比在美国其他地方要便宜很多，所以吃、住、玩一定要去大酒店。自助餐都是上好的海鲜，什么大螃蟹、大龙虾、生蚝、赤生，以及烧烤、蔬菜、糕点、饮料、红酒、冰激凌等，应有尽有。

北京一位刚刚退休的机关干部与他当教师的夫人，下午没有休息，跑到老虎机前体验了一番。晚上集合时，那位老师兴奋地告诉我们：“以前光听说赌钱赌钱的，今天终于知道赌钱是怎么一回事了！”因为在马来西亚旅游时，我们在云顶赌城也玩过一次，小赚20马币，用来品尝热带水果了。所以我自信地对他们说：“像我们这样的初试者，最好赌一美元一次的老虎机，体验嘛，最好小赌，往往都能小赢一点。”女教师频频点头，连说：“对，对，对！我和老公一共赌了5次，才花5美元，竟赢了两次，还赚回来10美元呢！”

拉斯维加斯是美国内华达州最大的城市，以赌博业为中心，是世界知名的度假胜地之一。其名字来自1830年西班牙探险队发现此地后，将这片荒凉干旱的不毛之地命名为“牧草地”，用以祈望长成一片草原以更好地放牧牛羊。因为拉斯维加斯是荒凉的沙漠和半沙漠地带环绕的绿洲，由于有泉水，所以后来逐渐成为来往公路的驿站和铁路的中转站。

据说，基督教称人类为迷途的羔羊，而基督则是救赎世人的牧羊人，在拉斯维加斯这片肥沃的牧草地上，放逐的是人们无穷无尽的欲望，那么照看这些迷途羔羊的又是些什么人呢？先是墨西哥商人开始在此聚居。随后一批来自犹他州的摩门教徒移居至此。1854年，摩门教徒建成拉斯维加斯，后来摩门教徒迁走了。美国兵曾使这里变成一个兵站，但这里人口还是很少。19世纪中叶，一名拜访过拉斯维加斯的陆军中尉曾经绝望地认为，从此往后，再不会有人涉足这片沙漠。

1890年，联合太平洋铁路的通达使这里逐渐兴旺，内华达州发现金银矿后，大量淘金者涌入，拉斯维加斯开始繁荣，但同西部各采矿城镇一样，一旦矿物被采光，就会被抛弃。1910年1月1日，金银矿被采尽后的拉斯维加斯关闭了所有的赌场和妓院。

1930年以后，其东南47公里处的胡佛水坝筑成，坝后的米德湖成为世界最大的人工湖之一，充足的水电供应促进了拉斯维加斯城市的发展。1931年在美国经济大萧条时期，为了渡过经济难关，内华达州州议会正式通过赌博合法化议案。1946年拉斯维加斯出现了大型赌场，拉斯维加斯成为一个赌城，从此迅速崛起。

由于赌场是个“淘金碗”，美国各地的大亨纷纷在拉斯维加斯投资建赌场，以至于日本的富豪、阿拉伯的王子、世界级著名演员均来投资。1990年甚至“中国城”也在拉斯维加斯落户，很快成为亚裔美国人的聚集地，拉斯维加斯因此成为美国发展最迅速的城市。

1950年以后这里发展成为以赌博为特色的著名旅游胜地，1960年以后开辟了沙漠疗养区。城市经济主要依赖旅游业，市内建起豪华的夜总会、酒店、餐馆和赌场，有查尔斯顿娱乐区和峡谷国家博览馆。城郊是矿区和牧场，有规模颇大的内利斯空军基地、美国能源研究所和开发局的内华达试验场。每年5月的赫尔多拉多节，当地居民会穿着古老的西部服装举行竞技表演和游行。

现在，每年到拉斯维加斯旅游的3890多万旅客中，去购物和享受美食的占了大部分，专程来赌博的只占少数。20世纪40年代，美国社会黑帮头子巴格西控制的第一个红鹤赌场，成为黑手党控制洗钱、贩毒的中心，直到20世纪70年代，美国政府进行了大整顿，才使拉斯维加斯旧貌换新颜。

沙漠中的城市

为了使经济稳定发展，赌博业公会实行严格的自律机制，对投资人进行严格的审查，对各赌场进行严格的监督，一旦发现问题，当事人将永远从允许在当地经营赌业的名单中除名。在拉斯维加斯，中了头奖的客人，可由警察全程护送到在美国境内的任何地方。内华达州是美国唯一法律允许性交易的州，但唯独拉斯维加斯所在的县禁止性交易，以便保证社会安全。

拉斯维加斯这个曾经被人冠以“罪恶之城”的赌城，已经逐步成长为一个真正的娱乐城。拉斯维加斯赌博业带动了当地娱乐事业的发展，各国著名的歌舞团体及世界知名影星、歌星，都以能登上拉斯维加斯华丽大舞台而感到自豪，由此吸引了众多欣赏演出的游客。

难怪有人评价说，从一个巨型游乐场到一个真正有血有肉、活色生香的城市，拉斯维加斯用10年时间实现了脱胎换骨。

夜访“梦幻世界”

晚饭后，导游带领我们夜访拉斯维加斯。这个被沙漠环绕的城市，所有的注意力都集中到热闹非凡的拉斯维加斯大道。据说，世界排名前10位的大酒店有9家在这里安营扎寨，其中最大的就是拥有5034间客房的米高梅大酒店。

老城区费蒙街的天幕表演令人眩目，1200万个二极管汇聚棚顶，五彩缤纷的色彩变幻，高大的西部牛仔站立一侧，把我们置身于一个让人眼花缭乱的梦幻世界。绚丽的天幕下，一身红色羽毛半遮半掩的性感女郎，扮相拳王的人物模特，身着三点式服装的姑娘在舞台上疯狂地扭动着腰身，见我们拍照，特意把曲线优美的臀部转过来，脸上带着神秘的微笑。一对外国老夫妇，信任地递过照相机，请我们为他们拍照，然后又欣然同我们合影。

夜访拉斯维加斯

拉斯维加斯最大的米高梅大酒店

拉斯维加斯公交车

在新城区拉斯维加斯大道两边，矗立着美丽豪华、彰显个性的酒店标志，威尼斯酒店的里亚尔托桥、巴黎酒店的埃菲尔铁塔、百乐宫的音乐喷泉、美丽湖酒店的鲜花硕果，以及金殿酒店的火山喷发，每个酒店都有自己的主题表演，每个赌场都有自己的特色服务。

西部牛仔堂而皇之地站立在天幕一侧

老城区费蒙街见证我们的友谊

拉斯维加斯的威尼斯酒店

在威尼斯酒店二层再现水城风光

威尼斯酒店内的文艺演出

百乐宫酒店的音乐喷泉

美丽湖酒店大厅镶有世界最大的玻璃花顶棚

金殿酒店的火山喷发表演

导游带我们走了一圈儿，个个酒店都免费出入，个个酒店都兼做赌场，所有赌场都是24小时开业。五花八门的赌博玩法，从一美元到一掷千金任你选择，在赌场中吃喝不愁，价格便宜，从矿泉水到高级酒水，从普通热狗到豪华大餐，比比皆是。

拉斯维加斯每座酒店都有赌场

在回酒店的路上，我们了解到，拉斯维加斯除了以赌城、不夜城闻名之外，还以“自杀之都”和“结婚之都”而出名。自1998年以来，拉斯维加斯每年有近300人自杀，高居美国城市自杀率的榜首。输光、赔光可能是在这里自杀的主要原因吧。

导游告诉我们，拉斯维加斯有一个永不关门的婚姻登记处，平均每年有近12万对男女到这里登记结婚，其中外地人和外国人占65%～75%。在结婚登记处，你可以看到一对对年轻人、中年人和老年人正在埋头填写结婚登记表，有的年龄悬殊，有的还拎着有婴儿熟睡的竹篮。无须出示任何证明文件，只要支付55美元的手续登记费，婚姻登记处就完全相信人们的真情实言或编造的任何谎言，并可以在15分钟内拿到结婚证书，然后在附近的教堂请个牧师举行婚礼。要是只身前来拉斯维加斯结婚的男女身边没有亲友和熟人证婚，他们可以在街头随便拉个陌生人当证婚人，条件当然是给对方交付几十美元的小费。有人形象地说，结婚在拉斯维加斯犹如吃快餐一样方便。

拉斯维加斯夜游，使我们对这座世界闻名的不夜城有了感性的认识，拉斯维加斯不是我们原来想象的那么恐怖、混乱、暴力和无政府，大街小巷灯红酒绿，各色建筑美轮美奂，物资丰富消费便宜，到处都是欢乐放松的笑脸，社会环境优美，秩序井然。虽然是浅尝辄止，但仍觉得拉斯维加斯有许多可圈可点、值得称道的地方。昔日的戈壁荒漠、黑帮窝点，今日的现代化沙漠明珠——我们感叹美国人的想象力和创造力。

胡佛水库与拉斯维加斯

大巴车沿着戈壁公路一路前行，在离开拉斯维加斯不远的地方有一汪碧蓝色的湖水。“这就是胡佛水库吧？”我们问询导游。“对！这就是拉斯维加斯赖以生存的胡佛水库！”

拉斯维加斯胡佛水库

坚固的胡佛水库大坝

鸟瞰胡佛水库

新华社著名记者唐师曾，在他的《我在美国当农民》一书中曾经写道：“南加利福尼亚更是一片鸟不拉屎的沙漠。一直到20世纪30年代筑起胡佛水坝，引来科罗拉多河水，修了横平竖直的水渠，南加州才人丁兴旺起来。”据说，即使连续50年滴水不降，胡佛水库的水也能满足拉斯维加斯的用水需要。

大巴车行驶在去科罗拉多大峡谷的道路上，渐渐地戈壁公路两边出现一种类似仙人掌的植物，且越往前行越茂密。树干之高多在两米左右，还有更高的，树叶类似刚刚长出的嫩菠萝叶。导游告诉我们，这种戈壁植物叫约书亚树，不属于仙人掌科，而属于斯兰科，全世界只有美国、英国和以色列生长此种植物。美国这里的约书亚林是世界上最大的一片，其叶片坚韧，可以用来制作篮子和凉鞋，其花朵蓓蕾烘烤后还是非常健康的绿色食物。

戈壁植物——约书亚树

体验科罗拉多大峡谷

如同神往尼亚加拉大瀑布那样，科罗拉多大峡谷也是我们翘首以盼的自然风光，今天我们就要前往这神圣迷人的地方。在这里我们可以享受到大巴观光、直升机探险、峡谷漂流、玻璃桥太空漫步，以及蝙蝠峡和小鹰峡的游览。

不到上午11时，我们就到了大峡谷景区的管理处，在这里我们将换乘当地景区原住民提供的大巴车，进入核心景区。导游说，大峡谷主要在印第安人保留地内，所以联邦政府不参与管理，只提供部分资金，由印第安人自己管理，但可以雇白人为他们开车、驾船、开直升机等。这里的卫生间是两辆中巴的车厢做成的环保卫生间，每辆车只有五六个位子，一下子来的人较多就显得不够用了。

公园交通车大约又行驶了一个多小时，我们来到了直升机换乘地，工作人员要我们每个人称体重。在我们这组里，我的体重算是最轻的，工作人员要我伸出左手臂，轻轻扣上一行文字：FRONT SEAT。登机时，我被安排在最后，等其他3人坐稳后，工作人员才把我带上直升机，安排在驾驶员的旁边坐下，并帮我扣紧安全带。

不等我们回过神来，直升机便快速升空，我们的心一下被揪起来。我坐在直升机前头的大玻璃窗前，感觉自己仿佛被挂在直升机上，多少还是有些紧张。好在先是飞越戈壁，很快就能适应。

飞到大峡谷时，下面是万丈深渊，红褐色的

国家公园的工作人员在我左手臂扣上一行文字：FRONT SEAT

感觉自己仿佛被挂在直升机上

直升机驾驶员都是聘用的白人

在直升机航拍大峡谷国家公园

直升机把我们带到大峡谷的谷底

来自中国浙江台州的“船老大”

万年绝壁重重叠叠，黄绿色的科罗拉多河景色似锦如绣，峡谷景致动人心弦。螺旋桨飞转的轰鸣灌耳，飞行员高超的飞行技术，起伏、旋转、急速下滑，眼看似乎就要撞到山崖绝壁时，飞行员轻轻扳动拉杆，直升机腾空而起。我几乎屏住呼吸，努力控制狂跳的心脏。

就这样忽上忽下，忽左忽右，在深入峡谷的沟壑里盘旋攀升，每一次惊险都是那么享受。我们把心揪紧再揪紧，虽然飞行员的动作不算太大，但对于我们这些第一次乘坐直升机钻峡谷的游客来说，已经足够刺激。直升机慢慢地降落在只有不到10平方米的峡谷平地上，等待我们的是浪漫的峡谷漂流。

船老大老远就用流利的汉语与我们打招呼：“欢迎你们来大峡谷漂流！”细细打量这个能说标准中文的船老大，我们禁不住夸奖他：“你的中文说得真好！”他说：“谢谢夸奖，我本来就是中国人！”

据船老大介绍，这里是印第安人生活的地区，只有他们自己人才能在这里工作。“你怎么会这么有面子啊？”我忍不住好奇地发问。一身黝黑皮肤的他，长得挺壮实，不说话真的会以为他是当地的印第安人。在游船缓缓开动之后，船老大愉快地向我们做自我介绍：“我是中国浙江台州人，姓贾，贾宝玉的贾！28年前来美国华盛顿读大学，毕业后找到一份工作，生活还不错。因为过去当了几年老板，赚下一些钱，老婆不愿来美国，我就两地来回跑。每次回国，乡里乡亲的应酬不断，自然体面风光。后来失业了，好长一段时间找不到工作。回家看看吧，以前家乡那些我的小跟班，现在都混得比我好，开大奔、坐宝马，他们了解到我的处境后，我渐渐没了以前的人气。落魄的感觉真是不好过，太没面子了！回到美国，我再也不想回家。走投无路时，我的一位好朋友，也就是大学同学，在与我打电话闲聊时，得知到我的状况，就跟他的父亲说了。他的父亲在科罗拉多当酋长，心眼挺好，就邀我到这里工作。开始干杂活儿，后来他们看我挺能干的，就让我当游艇驾驶员。能开船是个好活儿，每月2500美金，管吃管住，活也不累，每天很快乐！全大峡谷只有我一个中国人有此特殊待遇。就这样，我在这里干了10多年。”

船老大边开船边向我们介绍大峡谷。他说："科罗拉多大峡谷是一个举世闻名的自然奇观，位于美国西部亚利桑那州西北部的凯巴布高原上，大峡谷全长446公里，平均宽度16公里，最大深度1740米，平均谷深1600米，总面积2724平方公里。由于科罗拉多河穿流其中，故又名科罗拉多大峡谷，它被联合国教科文组织选为受保护的天然遗产之一。这条河水原来的水平面与岩壁上面一般高，多少万年的河水冲刷，硬是把山岩冲成一条峡谷。"

有资料介绍，大峡谷是科罗拉多河的杰作。这条河发源于科罗拉多州的落基山，洪流奔泻，经犹他州、亚利桑那州，由加利福尼亚州的加利福尼亚湾入海，全长2320公里。"科罗拉多"在西班牙语中意为"红河"，这是由于河中夹带大量红色泥沙的缘故。

由于科罗拉多河的长期冲刷，不舍昼夜地向前奔流，有时开山劈道，有时让路回流，在主流与支流的上游就已刻凿出黑峡谷、峡谷地、格伦峡谷、布鲁斯峡谷等19个峡谷，而最后流经亚利桑那州多岩的凯巴布高原时，更出现惊人之笔，形成了这个大峡谷奇观，而成为这条水系所有峡谷中的"峡谷之王"。大峡谷的边缘是一片森林，越往峡谷中走，温度就越高，到峡谷底端则近似荒漠地带，因此大峡谷中包含了从森林到荒漠的一系列生态景观。这座国家公园内的植物多达1500种以上，并有355种雀鸟、89种哺乳类动物、47种爬行动物、9种两栖类动物、17种鱼类生活其中。

大峡谷谷底植物

科罗拉多河在谷底汹涌向前，形成两山壁立、一水中流的奇观，其雄伟的地貌，浩瀚的气魄，慑人的神态，奇突的景色，世无匹敌。1903年美国总统西奥多·罗斯福到此游览时，曾感叹地说："大峡谷使我充满了敬畏，它无可比拟，无法形容，在这辽阔的世界上，绝无仅有。"

早在5000多年前，就有原住民美洲印第安人在这里居住。长期以来大峡谷还鲜为人知。直到1869年，热爱科学和探险的内战老兵独臂炮兵少校鲍威尔进行第一次漂流时，才开始揭开科罗拉多大峡谷的神秘面纱。从1880年起大峡谷地区开始发展畜牧业，到1890年，有30万头牛羊被投放在这里放牧。因为过度放牧牛羊，生态环境本来就脆弱的半干旱草原变成了灌丛和荒漠，畜牧业难以为继。自1906年成立大峡谷自然保护区后，大多数牧场主被迫改行，旅游业由此渐占主导地位。1901年，当铁路修到南岸后，科罗拉多大峡谷得以迅速发展，1919年成为国家公园。

"大峡谷犹如一幅壮丽画卷，在阳光的照耀下变幻着不同的颜色，魔幻般的色彩吸引了全世界无数旅游者的目光。今天，能把诸位吸引到这里来，在科罗拉多大峡谷遇到我一个中国人为你们开船，也算我们的缘分呀！既然咱们都是炎黄子孙，我就要为我们中国同胞做点特殊的贡献，让你们在这里开上游艇拍照。有多神气呀！这本是不被允许的事情，上去之后可不要乱讲啊！"

大峡谷谷底风光

在大峡谷漂流过把"驾驶瘾"

看来朋友多了，路就好走。在美国也讲“走后门”呀！我们喜欢这位船老大的爽快性格。大家一阵掌声，以感谢这位热情的“家乡人”。他请我们逐一坐上他的驾驶宝座，亲自为我们拍照。然后，又指着山岩上两块突兀的山峰说，这就是宣传画片上科罗拉多的代表景点，你们一个一个地站在船尾，我来为大家拍照。

谷底岩壁自然形成的五仕女图

异国他乡遇乡音，贾船主善解人意的美好印象，深深地留在我们的脑海里。在即将分别的时候，他说：“如果大家对我的服务满意，请每人付给两美元的小费。”在美国热情服务是须支付金钱的，这就是美国的国情。

旅游景点交通车换乘站

一架红色的直升机，又把我们载回停机坪。在螺旋桨的呼啸声中，我们又回到了地面。旅游景点的交通车可以免票换乘，我们几个玩水陆空的游客，被交代给另一位导游顺便带到了玻璃桥景点。

悬崖峭壁上的“玻璃桥”

科罗拉多大峡谷国家公园，耗资3000万美元建造的悬空透明玻璃观景廊桥，从2007年3月20日起正式对外开放，当地印第安部落头领和前宇航员巴兹·阿尔德林成为这个新观景台接待的首批游客。

这座令人叹为观止的悬空廊桥，建造在大峡谷南缘的老鹰崖上，廊桥桥面距谷底1200米，呈U字形，最远处伸出岩壁21米之外。廊桥宽约3米，底板为透明玻璃材质，游客可以行走其上，俯瞰大峡谷谷底和科罗拉多河景观。

我们排队等候登桥，每人手腕被钉上一圈儿狭小的硬纸卡，大概这就相当于玻璃桥的“入桥券”了吧！轮到我们上桥时，我们被告知不准将相机带入，因而相机被存放在一个编有号码的柜子里，为每人发放一双鞋套，以保护玻璃桥面不被磨损及不被沙尘污染。不能带相机是个不小的遗憾，但有当地印第安人收费拍照的项目，我们看一个印第安小姑娘取景构图，也看不出是在桥上还是桥下。在透明的桥面上向谷底俯视，我们几乎不敢向前挪步，只好贴着桥的边缘前进。有两个胖胖的白人姑娘，勇敢地在桥面上舞蹈，并俯下身来，把手指插入桥面玻璃连接处的缝隙里。

我觉得在这里绝不能给中国人丢脸面，于是轻轻地踩了一下玻璃桥面，吸足一口气，迅速通过桥面，啊，胜利啦！那两个白人姑娘为我鼓掌叫好。我定定神，休息一下。刚才没敢往下看，这次要明明白白再走一回！

1200米的高度的确让人目眩。但直升机咱都坐过了，还有啥不敢的！我再次挑战自己，看着脚下的深谷，在透明的桥面上慢慢移动脚步，脚下红色的断层，玻璃桥的倒影，谷底幽暗的岩石，感觉自己真好像在太空漫步。

这项号称“21世纪世界奇观”的创意，最初还是由出生于中国上海的美国华裔企业家金鹋构思出来的。金鹋称，当他1996年到大峡谷游览时突来灵感，首次想到了在大峡谷上建造悬空廊桥的主意。他随即与大峡谷印第安华拉派部落合作并展开集资，和拉斯维加斯的工程师一起设计方案。

兴建悬空廊桥是对工程技术的一大挑战。为了使它能够承受时速高达160公里的强风，工程人员将94根钢柱打进石灰岩壁作为桥墩，并深入岩壁达14米。

据报道，悬桥在建造中使用了454吨钢梁，完工后的廊桥桥面能够承受住总重量为72架波音飞机的重量，还能够抵御80公里外发生的里氏8级地震，以及最快速度为每小时160公里的大风。在湿度调节系统的作用下，建筑物的晃动可以降到最低程度。据建造者估计，它每年可吸引约50万游人前来观光。

这个观景平台位于印第安华拉派部落的保留地内，由于这项计划对当地经济具有潜在推动力，印第安人部落最终给予批准，同时他们要求在建造过程中必须考虑到环保因素。华拉派部落的一些成员在开业大典时登上廊桥观光，部落首领还开玩笑说：“我能听到玻璃破裂的声音。”

美国宇航员巴兹·阿尔德林将这次游览称做“宏伟的第一步”，他说：“我觉得

大峡谷玻璃桥

大峡谷老鹰峡

奇峰异树

棒极了，这与空中飘浮感觉完全不一样。”

站在老鹰崖的玻璃桥上放眼望去，层峦叠嶂，呈现出颜色不同的岩石层，这些被外力作用雕琢成千姿百态的奇峰异石和峭壁石柱，伴随着太阳的移动，变幻出神奇的色彩，水光山影，蔚为壮观。

在贫瘠的山岩上生死相依

奔腾的科罗拉多河从凯巴布高原中切割出这令人震撼的奇迹，无论是在南岸还是北岸，居高远望，都可以清楚看到坦如桌面般的高原上，被上苍划出一道深深的大裂痕，这便是科罗拉多河刻在这片洪荒大地上的印迹。

虽然，它并不是世界上最深的峡谷，但它以规模巨大和丰富多彩而著称，令世人注目。有资料介绍，它被列为世界自然遗产名录的最重要原因，还在于其地质学意义：保存完好并充分暴露的岩层，记录了北美大陆早期几乎全部地质历史（550万—250万年前古生代的岩石）。岩层色调各异，并含有各地质时期代表性的生物化石。在那之后的要么没有沉积，要么就已经风化了。峡谷两壁及谷底气候、景观有很大不同，南壁干暖，植物稀少；北壁高于南壁，气候寒湿，林木苍翠；谷底则干热，呈一派荒漠景观。蜿蜒于谷底的科罗拉多河曲折幽深，整个大峡谷地段的河床比降为每公里150厘米，是密西西比河的25倍。

峡谷的形成比其岩石则晚得多（约5万—6万年前），而且复杂得多，主要是科罗拉多河的侵蚀，降雨和冰雪融化等的流蚀作用也几乎同样重要。奇特的造型主要是由于流蚀对质地不同的岩石作用的快慢不同，峡谷丰富的色彩则是由所含的少量的各种矿物造成的，富含铁的岩石呈现红色或红褐色。

峡谷南壁干暖植物稀少

峡壁上的岩石分层完整清晰，是研究地壳形成的活标本，是了解地质知识乃至了解地球的生动课堂。美国人充分利用此优势，在科罗拉多河流域众多的国家公园、国立度假区和国家森林里，都设立了介绍景点解说牌，并发放旅游手册，着重传播科学知识，还深入浅出地画出游人所站地点所见岩层的剖面图，标出不同岩层的名称、特点和形成年代，以及为什么会出现这些特定的形状和颜色。

峡壁岩石是研究地壳形成的活标本

为其环保建设，当局不鼓励游人住在公园内，门票收费相对便宜，而且是7天内有效，进出次数不限。对非商业用车，门票按车收费20美元；步行者和骑车者门票为每人10美元，包括园内公交车费。游人住在谷外而又可充分参观游览，回头客的数量非常大。大峡谷每年可吸引大约500万游客。随着人类的发展和大峡谷公园的开放，环保问题越来越明显地暴露出来。

水流问题。科罗拉多河在大峡谷的上游和下游均被建造水坝拦截，影响了正常的水流。上游是格兰峡谷水坝，形成鲍威尔湖；下游是胡佛水坝，形成米德湖，主要供水给位于荒漠中的拉斯维加斯。这些水坝不仅限制了各种鱼和其他生物的活动，更重要的是它拦截了所有大洪水。大峡谷的许多地形过去都是由这些大洪水所塑造出来的，如今水流变慢变少了，许多地形就被改观了，直接影响到大峡谷的生态环境。比方说，因为缺乏由大洪水所带来的大量泥沙，大峡谷底部的许多沙滩都在消失当中。近年来，科学家们开始在格兰峡谷水坝作有限度的实验性的排洪，对恢复大峡谷的原始地貌有很大的帮助。

空气污染问题。大峡谷周围大城市所产生的空气污染直接影响着大峡谷的景观，因为视野开阔，峡谷两岸又有一定距离，所以空气污染问题常常像是被放大了似的在此特别明显。空气质量好的时候，峡谷对岸清晰可见；空气污染严重的时候，峡谷对岸像是被笼罩在一层雾中。这个问题不好解决，因为国家公园管理局无权过问各大城市的空气污染排放量，各大城市也不对什么“世界遗产”的空气质量负责。大峡谷只好一厢情愿地期盼着各大城市严格限制并大幅降低其空气污染排放量，听命于当时的风向、风速等自然条件了。

生态系统问题。自从西方人发现大峡谷以来，大峡谷的物理环境已被改变了许多，如水流问题和空气污染问题，这些改变都直接影响到大峡谷的生态环境。人类的活动又迅速地引进了许多外地的生物，它们与当地原有生物激烈竞争，这一切都

大峡谷印第安人表演的歌舞

令人晕眩的裂谷

在印第安人原始住宅里用午餐

两位勇敢的外国姑娘竟敢在大峡谷蝙蝠峡玩心跳

趴在岩石上俯拍绝壁山崖

破坏了大峡谷的生态系统平衡。

中午，我们在玻璃桥外的原始住宅里吃了牛肉面，然后观看了印第安人的民族舞蹈，游览了老鹰崖和蝙蝠崖。真有勇敢的外国姑娘，在万丈深渊的山崖边，把巨大岩石当做舞台，摆出种种惊险的造型，什么金鸡独立、两人拉手单腿侧立，看得我们心惊胆战，真替她们捏把汗。我感觉自己真是老啦！站在山崖边就眼晕，我只能趴在岩石上俯拍绝壁山崖。就这样也把老杨吓得够呛！赶紧过来拉住我的双脚踝以保安全。

下午3点，我们离开了梦幻般的大峡谷。

晚上，自费129美元，观看了拉斯维加斯的艳舞。内容好像与法国的红磨坊的表演差不多。

虽然我们每个人消费了542美元，相当于人民币3650多元。我们则认为物有所值，无论何时何地，只有花了的钱才是属于自己的。

穿越莫哈维沙漠

吃过早餐，我们乘大巴前往洛杉矶。从拉斯维加斯到洛杉矶有近500公里，车程需要7个小时，其中大部分时间穿越莫哈维沙漠。

莫哈维沙漠位于南加州东南部，横跨犹他州、内华达州南部及亚利桑那州西北部地区，是一个面积为5.7万平方公里的典型盆地沙漠，具有特殊的西部沙漠景观。这里是典型的沙漠气候，昼夜温差极大，冬季严寒。在沙漠公路的两侧我们能看到稀稀拉拉少量低矮的沙漠植物，满目土褐色的戈壁上，有这些难得的绿色点缀，平添了一些蓬勃的生机。

渐渐地有了高大的约书亚树出现，这种树好像只出现在适合它生长的沙漠戈壁。莫哈维沙漠海拔高，气温低，加上恰到好处的湿度，造就了这种约书亚树生长的特殊环境，而在我们中国的戈壁滩及大沙漠中却从未见这个树种。美国政府对沙漠的治理是相当重视的，这片沙漠虽然荒漠贫瘠，但国家不惜巨资投入，在每年的雨季到来之前，采用飞机播撒草种，从1970年起已坚持40多年。虽然暂时还没有达到预期效果，但草皮已经覆盖地面，能够控制部分风沙了。

经过治理的莫哈维沙漠已经长出稀疏的灌木

内华达州的面积将近29万平方公里，在美国名列第七，全州大部分地区都是高山、峡谷和沙漠。这个州之所以闻名世界，一是美军最高机密的51区就在此州。美国著名的空军基地、武器实验场、陆军演习基地、原子弹实验场之类的军事工程都在这里，至今51区的上空仍然是禁飞区。二是发达的博彩业和色情业。

途经巴斯托小镇，我们在一家名叫“凤凰台”的中国餐馆吃自助餐，虽然条件比较简陋，但饭菜的品种和味道还是不错的。那里没有餐桌服务员，就餐中一切靠自己动手，饭后自己还得把餐盘处理干净，再放到洗碗车上。在远离祖国、远离城市的巴斯托小镇上，能吃到正宗的中国自助餐，真是别有一番情趣！

饭后，我们开始购物。巴斯托小镇虽然不大，又处在沙漠腹地，可是知名度颇高，有很多大品牌在那里都可以以低廉的价格买到。有些名牌产品，在那里甚至只需花国内1/3的价格就能买到。导游拍拍他身上的背包、腿上的裤子，又指指脚上的鞋袜，感慨地说："都是在这里淘的，真是便宜啊!"被他一"忽悠"，全团旅客摩拳擦掌，不少旅客准备大购一把。

大巴行驶在冷清的商业街上，由于世界金融危机的影响，很多商场因无法维持生计而关门，只有中心地段的几家门脸店生意不错。

我们听人介绍那里的东西非常便宜，但又不觉得生活中缺少什么，转了半天也不知买点什么好。看到一种美国著名运动品牌锐步棉袜的确不错，又厚又软，袜口宽松，很适合休闲者的需求。据说，锐步创建于1859年，创始人是英国的约瑟夫·福斯特，后来被美国人买断，不断发展成为全球著名的运动服饰品牌。价格嘛，售货员说，买两双就打五折，我们几个人各花了40多美元，买了满满一手提袋棉袜。

在蔻驰箱包店，一位天津游客跟着我们转了一会儿，发现我们没有买包的打算，就请我们每人帮他买6个包，样式他都选好了。他解释说："这里限购，每人只允许买6个。"好家伙！真有抢购的，这位老兄买了两个大箱子来装这些新买的小包，数了数竟有20多个。真是大手笔！毕竟都是一个团的，我们答应帮他。

蔻驰品牌历史悠久。1941年成立于美国曼克顿市阁楼里的蔻驰，当时为一所家族经营的工坊，6位工匠以世代相传的手工技术制作了一系列皮革产品。自此，蔻驰的独特手工工艺和高质量的制作被那些颇为讲究品质的顾客所青睐。随着业务的不断扩大，蔻驰一直保持着上乘的用料和高质量的工艺标准，这一贯穿始终的品牌宗旨，是蔻驰成功的基石。而其所特有的美式设计、精湛的皮革制造技术以及细致周到的服务，必然为顾客所欢迎。

与洛杉矶的家人见面

茂密的植被告诉我们，离洛杉矶越来越近了，而导游则告诉我们，早已进入洛杉矶市区。因为美国的大城市有许多县，县下面又有许多城市，并不像中国的城市那样集中地显示高楼林立，美国的城市里只有政府办公区和商业区才会见到密集的高楼。

洛杉矶旅游购物很特别，其他地方一般都是游览结束或游览期间去购物，这里到站先购物还是第一次。

美国的生物制剂是全世界最先进而且信誉最好的，这次当然要选购一些，况且我们到了这个年龄段，身体的保健理所当然地被放到了第一位。我们多数人都经不起忽悠，纷纷投入，10瓶、20瓶地选购肝宝、葡萄籽和骨胶原。

吃过丰盛而美味的晚餐，我便焦急地等待和妹妹一家见面的幸福时刻，不断问导游什么时间能到酒店。

大巴来到西部酒店，我们拉着自己的行李箱往大厅里走。老远就看见一位衣着时尚的先生立在酒店门口，微笑着向这里招手。“哈哈！这就是我的妹夫，叫江江。怎么样，还挺帅吧！”我自豪地向团友们介绍。大家高兴地拥抱在一起。江江一边接过行李，一边说：“我都等了1个多小时了。走吧，一家人都在家等你们一起吃饭呢！”

“抱歉！抱歉！我们已经吃过了，让你们饿肚子了！”我们真心谢过，但江江神情坚定地说：“那也得去！我见过导游，已经跟他说好了。”

就这么痛快，转眼间我们就坐进了江江驾驶的小轿车，行驶在从酒店开往洛杉矶“中国山”的路上。洛杉矶的马路两侧，到处可见中国的繁体字，很像中国的香港，但没有那么多的灯红酒绿。车流很大，但比起北京的塞车，这里可谓车如流水、畅通自如。江江以主人翁的身份，一路向我们——来自中国的客人——介绍着洛杉矶，介绍着美国人及他们一家人在洛杉矶的生活。

“日落大道”往北的方向是“中国城”，最早到洛杉矶的中国移民，大都生活在“中国城”附近，在1850年时只有两个中国人住在这里，现在大约有1万人。“中国城”同时也是洛杉矶华人的文化生活中心之一，不过，大多数人到“中国城”的目的，还是以品尝美食为主。目前，“中国城”附近居住得最多的是越南人，中国人的居住中心已经转移到“中国山”一带，江江的家就在新开发的“中国山”山坡上。

这里的环境很好，灯光所及之处，可以看到绿地很多，道路宽阔，街道整洁，几乎看不到行人，山下一片灯火的海洋，相比之下，这条街道有些幽暗。细看，马路两侧的路灯比较低矮，灯杆高度只有1.3米左右。

拐过一个路口，江江说：“到家了！”汽车停在一家好像汽车修理站的门前，我

妹妹家的车库仿佛一座汽车修理站

在洛杉矶妹妹家餐厅合影

们下了车。正纳闷呢，只见江江把车子开进了“修理站”。嘿！原来是车库，4个停车位的车库内，靠墙边一排柜子上摆满了汽车保养需要的各种瓶瓶罐罐及各式工具。

这是一个独院的二层楼房，门前有花坛和小喷泉，女主人——我的妹妹大玲和两个孩子都从正门迎了出来。两个孩子长得都很健康，大女儿希希美国名校毕业，正准备报考研究生；小儿子小土上了小学3年级，弹得一手好钢琴，曾经在“洛杉矶小小主持人大赛”中，夺得冠军。

大玲带着一儿一女热情地迎接我们的到来。小希希已经长成大姑娘了，皮肤白净细腻，比上次回国时见到她时身材更显修长；小土也长高长壮了，圆圆的脸蛋上还架着一幅白边的小眼镜，显得很斯文。

洛杉矶的“下中农”

我们象征性地陪他们一家吃罢晚饭，便海阔天空地闲聊。整栋楼房为木质结构，使用面积约300平方米左右，分上下2层。楼下除客房外，全是活动区，客厅、娱乐区、厨房、餐厅、储藏室，半圆形的楼梯直通楼上。他们全家的卧室、书房，都在2层。全家有4室、4厅、4卫、2个储藏室，还有1个小院子。

院子里种植了苹果、牛油果、葡萄等好几棵果树，休闲区水泥地面干干净净，长条桌椅板凳和小茶几、摇椅，布置得井井有条。按说这么好的家，比起我们曾经见过的生活水平较高的澳大利亚中产阶级人家还强些，小日子一定过得很甜蜜了！

但江江开玩笑地说："我们在洛杉矶也就算个'下中农'。"后来我们聊得最多的还是美国的养老和医疗问题。

"老有所养"是人类社会追求的目标之一，在美国也不例外。与中国传统的"养儿防老"观念不同，美国的养老责任由政府、社会和个人等多方面共同承担。在养老方面，社会保障体系与社会养老机构发挥着重要的作用。

美国的社会保障，始于20世纪30年代美国经济大萧条时期的一种社会养老保险制度，主要目的是使就业者退休后能够"老有所养"。其资金来源主要是在职人员把工资所得的一部分作为"社会保障税"（社保税）上缴给政府，用于发放给已退休者、残疾人及他们的家属，在职者退休之后便可以从社会保障制度中享有相应的社会福利。

美国社会保障制度覆盖面广，涉及社会生活的各个方面，是美国规模最大、影响最广泛的社会养老机制。据美国社会保障署提供的资料，美国目前约有1.63亿在职人员参加社会保障体系，占全国所有在职人员的96%。有单位的在职者将收入的一定比例作为社保税和医疗保障税（医保税）上缴国库，单位另为其缴纳相应比例的社保税和医保税。自谋职业者（或称个体户）应缴纳的社保税和医保税占其收入的比例是有单位者的两倍。

在职人员退休后获得社会保障福利（社保福利）的多少视其工作时间长短、缴纳社保税数额以及退休年龄而定。按照规定，任何人只要累计工作满10年、缴纳了总共40个"季点"（每工作3个月算一个"季点"）的社保税，退休时就有资格享受社保福利，但提前退休者的福利额将适当扣减。大多数残疾人只需在10年内缴纳20个"季点"的社保税，即有资格享受社保福利，但年轻时就成为残疾人士者须缴纳社保税的"季点"可少于20个。

此外，根据物价上涨因素以及居住地区不同，社会保障署还为老人、残疾人及低收入家庭提供额外社保福利。这一部分的经费来源不是社保税，而是由政府从其他渠道筹集的。社会保障署提供的数据显示，2007年，美国估计有近5000万人领取社保福利，总额约达6020亿美元，是联邦政府大的支出项目之一。数据还显示，2006

年，65岁以上的美国老人中有90%的人领取社保福利，人均社保福利占他们全部收入的41%。

不过，美国社会保障署也提醒人们，社保福利是为退休者、残疾人士或在职者过世后的家属提供的最基本生活保障，是他们其他收入（如储蓄或投资收入等）的一种补充，不是也不应成为他们的唯一收入来源。

除了社会保障制度外，美国政府和一些公司还建立了自己的退休金制度。美国政府目前制定了“联邦雇员退休制度”。政府工作人员除参加社会保障制度、缴纳社保税之外，还必须每月上缴工资收入的1.3%，政府工作人员退休后可根据其退休时的薪水、工龄长短等领取相应的退休金。此外，联邦政府雇员还可参加一项“节俭储蓄计划”，每月将工资的5%存入这一账户，作为退休投资基金。

经过70多年的发展，美国的社会保障体系逐渐完善，覆盖了美国社会的各个阶层，为他们提供最基本的生活保障，同时也为促进美国社会的稳定发挥了不可忽视的作用，但这一制度也面临着美国人口老龄化和社会保障资金不足等问题。

在美国看病费用相当昂贵，但只要办有医疗保险，就可以免除生病的后患。

医疗保险制度是一个国家的社会保障制度的重要组成部分，美国医疗保障制度现状是这样的。我妹妹于大玲特意找出相关资料，为我们详细介绍了美国的医保状况。

一种是医疗社会保险制度；再一种是商业医疗保险；还有一种就是公共医疗补助。虽然美国的医疗保障制度备受争议，大部分学者都建议将其商业保险体制转为社会保障体制，但从福利经济学角度的一些分析来看，美国商业医疗保险仍然有其合理性，成功地利用经济手段解决经济问题。保险公司在长期竞争中提高了运营水平，降低了可能导致市场失灵的负面影响。

社区医院是美国医院的主体，主要是非营利性医院，也有少部分营利性医院。诊疗过程一般分为三级：初级诊疗是获得医疗或保健服务的起点，由社区全科医生提供一些基本的常规的较低费用的检查和治疗，视病情需要再把病人转给专科医生诊治，这种初级诊疗被称为医疗保险的“守门人”，未经此程序而看专科医生的，保险公司将不予付费；二级诊疗提供病人常规住院治疗、常规外科处置、专科或专家门诊，这是一些较高级和复杂的短期治疗；三级诊疗是具有高精尖技术的机构才能提供的疑难复杂疾病的诊疗，主要由大学的教学医院或附属医院承担，如器官移植、冠状动脉搭桥术等，其病人主要来自完成初级或二级诊疗过程的病人。在以上三级诊疗过程中，病人根据病情的转归在各级医疗机构之间双向流动。大医院与小医院、康复机构之间的双向转诊，降低了风险，保证了医疗服务的连续性和质量，节约了医疗资源。

与之相比，我国的医疗机构尚处在各自为政、功能交叉、无序竞争的状态。大医院看小病、小医院抢大病；大医院排队等床、小医院门庭冷落；卫生院、保健机构脱离自身功能大搞专科创收项目等现象比比皆是，造成看病难、看病贵与医疗资源严重浪费并存的局面。虽然如北京这样的大城市，已经开始试行看病分级转诊制度，但推行起来任重而道远。

洛杉矶的早晨

清晨，天刚蒙蒙亮，我就醒了，等男主人轻轻下楼，我才走出房间。妹夫做饭、烧水，然后把院子里3个灰色的大垃圾桶，从旁门一个一个推到大街上，等待清洁工处理。原来这是政府为每家配发的垃圾桶，每周五来清理一次，将垃圾运走。

把自家的垃圾桶推到路边，环保工人就会上门处理

大玲和老杨也陆续起来，清晨院子里挺凉的，但是，我们坐在小院里，却感到非常惬意。苹果树和牛油果树硕果累累。大玲说，苹果熟透了，两个最大最红的我们舍不得摘，留着你们来了亲手采摘，尝尝我们家里的苹果。其实，我最感兴趣的不是苹果，而是柠檬果和挂满枝头深绿色的牛油果。

柠檬只是吃过果子没见着树，而牛油果，可是去年在澳大利亚就认识了，但今年来美国才尝到果子的味道，没想到妹妹家就有这种果树。只可惜，满树的牛油果都还没有成熟，我们采下好多，硬邦邦的，用刀都切不开。“得！白劳动了，也吃不上呀！”我无奈地说。

在妹妹家院子里喜摘牛油果

“吃不上可以带几个，回国放软了再吃嘛！”“还要去夏威夷哪！根本带不出去。”大玲不管我们是否同意，就把牛油果塞进我们的行囊。这时两个小家伙也起床啦！大玲开始指挥儿子小土洗漱，吃早点，准备书包上学。

在等待爸爸的间隙，大玲还让她的小儿子为我们弹奏钢琴，悠扬的乐曲，有模有样的弹奏，小家伙的脑袋随着音乐的节奏晃来晃去，很是陶醉！一曲下来，老杨成了追星一族，情不自禁地抱起小土，在小土的脑门上热烈一吻。要求我为小土演奏成功拍照！忽然，大玲跑过来，拿出一个笔记本急匆匆地说，“快！别弹了！今天要考试，赶快看一遍吧！临阵磨枪，不快也光！”小土顺从地放下钢琴盖，接过笔记本叽里咕噜地读起来。

我把小土拉到我的怀里坐下，其实，我什么也听不懂，只是欣赏地看着眼前这个一点点长大的小男孩。记得在他两岁的时候，跟妈妈回国探亲，我从北京赶到大连与她们团聚，他妈妈被人请去聚会，要很晚才能回来。白天我陪小土读连环画，教他下棋、拼图、堆积木，唱歌跳舞，在游戏中教会他不少中国成语，玩得很开心！小土也只是偶然问起妈妈怎么还不回家？晚上招呼他睡觉时，他开始表现不好，哭闹着找妈妈。因为大玲45岁时，意外怀孕才有的这个小儿子，所以十分娇惯，养成了许多不良习惯。我没有惯他这些毛病，讲完故事，告诉他：“妈妈有事，等你睡着以后，妈妈就回到你的身边了！”然后，陪在小土身边让他自己睡觉。

他哭着喊着非要妈妈不可！我严厉地警告他：“如果再哭，大姨也不陪你睡觉了，我到别的房间去，让你自己在这里哭吧！”我的话果然有效，他停止了哭闹。但没过几分钟他便要求上厕所。他下床后根本没有上卫生间，而是光着脚丫跑到走廊尽头姥姥的房间里。哈哈！和大姨耍心眼啊！这小东西，还挺有智慧的！我佯装不知道，大声说：“还没尿完吗？”等我进到姥姥房间时，发现他已经躲进了姥姥的被窝里，连头都不露。平时他是不喜欢姥姥的，因为姥姥总是批评他不听话。妈妈不在的情况下，他居然会比较哪个人对他更有帮助，想办法出逃。聪明！聪明啊！转眼间，小土已经是小学3年级的学生了！聪明的脑袋瓜，指不定将来有多大的作为呢？！

“到点啦，走吧！”爸爸的一声令下，小土立刻背上书包，跑到楼内直通车库的小门，换鞋，上了他爸爸的轿车，然后向我们挥手说：“拜拜！晚上见！”十几分钟后江江送孩子回来，我们一块吃了早点。然后两台车同时出动，我和大玲上了江江开的车，老杨上了希希开的吉普。一晃几乎时隔20年啦！那一年，江江在美国工作，大玲在美国深造，希希无人照看，送到我这儿在北京借读，老杨特别喜欢女孩，自己没有闺女，曾经常陪希希和我女儿到处游玩，帮她们学习写作文，与孩子们建立了深厚的感情。希希在学校里当上了少先队的小队长，老杨自愿充当她的“小队员”。

直到希希中学毕业到了美国，在一次学校进行作文比赛时，希希还是越洋请教老杨。这位年过半百的“小队员”，仍旧立即执行“小队长”的指示，马上写出一篇洋洋3000字的科学幻想故事，传到美国。这些往事历历在目，今天，也真该老杨享受了！“小队长”为老杨和她的姨爸爸，每人买了一件国际名牌T恤衫，另给老杨的小孙子买了一大盒高级巧克力糖。坐在由他的“小队长”开的专车上，这位已过66岁的“小队员”老杨会有何感想呢？也许，这就是感恩吧！

在银行存钱“很享受”

在去电影城之前我们先去了银行，把送给孩子们的“奖金”存上备用。在银行里，一位美籍香港华人女士接待了我们。看上去她也有50岁左右的年龄，但举止文雅，彬彬有礼，谦虚热情，服务周到。

首先，她把我们带到一张洁净明亮的桌子跟前，请我们入座，再斟上一杯热咖啡，询问了我们的需求，然后帮助我们填写表格，并逐一讲解内容。然后，拿着准备存入的美元和表格进入柜台。不等我们手中这杯咖啡喝完，银行的工作人员已经为我们办好了一切手续。全过程不过20分钟，让我们不由得与国内银行做了比较，无论服务环境、工作态度和工作效率，差距可不是一点半点呀！我们感叹，一个中国公民在美国银行里，只存了几个数额极少的美元，却享受到远比在国内让人感觉更快捷、更有尊严的服务。不说别的，就讲时间吧，在国内哪一次去银行最少也得排队等候半小时以上。江江介绍说："银行里的服务还不算什么，你要是到了医院，对比就更显著了。"

"我的大女儿希希是在中国出生的，已经习惯了国内医院与医护人员的态度，在美国初次碰上礼貌周到的服务，还真是有点不习惯呢！我的小儿子李骋是在美国出生的，办的是一次性的生产保险，我老婆住院生孩子享受的是单间，专门的医生护士24小时服务，产妇不需要去产房分娩，在自己的房间里便可完成从待产到分娩的全过程。医护人员体贴入微，从生活服务、产程护理、产后护理、婴儿护理、月嫂服务等，让家属无须操心，医护人员细心地观察产程进展，陪着产妇聊天，减少产妇的紧张情绪，辅导产妇配合练习，帮助产妇脱鞋宽衣……"

洛杉矶市区风光

洛杉矶市政办公区

出了银行，我们分兵两路，江江他们上班，江江的女儿——小希希，带领我们开始了洛杉矶的游玩。

洛杉矶市政厅是一座非常醒目的白色方尖碑似的建筑，建于1927年，高度138.4米，28层，市政厅的顶部设计仿照古代世界的七大奇观中的摩索拉斯陵墓，建筑材料来自加州58个郡的沙土和21个传道所的水。

虽然市政厅大楼在现代化的城市内并不算高大，但在1957年之前，28层高的市政厅已经是市区内的最高建筑了。壮丽的塔楼至今仍是洛杉矶最为人熟知的地标。

内部的圆顶大厅有贴磁的拱顶，音响效果极佳。拱顶上饰有8个人物，代表市政府对于教育、健康、法律、艺术、服务、政府、保护及信赖的关切。

好莱坞中国剧院

我们来到一个很像泰国寺庙的建筑跟前，外甥女希希告诉我们这就是中国剧院，也被称为“格劳曼中国剧院”。1943—1945年，奥斯卡奖连续3年在这里举行颁奖仪式。好莱坞中国剧院成为世界上著名的电影院之一。

好莱坞中国剧院

我们仔细打量着身居美国却带有中国元素的剧院。最显眼的是两根巨大的由珊瑚制成的红色柱子，向上望去两个红柱支撑着上面的铜制屋顶。两柱之间是一个9米高的石雕——中国龙，入口处两头石狮子守卫着大门，还有许多小龙装饰着铜制的屋顶。直到今天，两个最初从中国运来的石制大天狗，仍然尽职尽责地守在这里看家护院。

好莱坞中国剧院高约27米，内部设计令人眼花缭乱，而且带有浓重的中国气息。在大厅中，有一面精心制作的墙壁，上面的壁画向人们讲述着东方人的生活。此外给人留下深刻印象的便是深红色和金色支柱，以及巨大的中式枝形吊灯。

大厅的西端是一个玻璃橱，里面摆放着3个蜡像（来自好莱坞蜡像博物馆），身上穿着中国戏服。在决定启动一项新的拍摄计划前，电影制作人员常常会来到中国戏院，亲手摸一下这些蜡像。他们相信，这么做能够给自己带来好运。

巨大的观众席拥有2200个大红座椅，地面上的红色地毯每天都打扫得异常整洁。在观众席的上面，一个壮观的枝形吊灯悬挂在剧场的中央，形成一个巨大而绚烂的星暴，四周被一个由龙形图案组成的圆环环绕。

在20世纪20和30年代，被人们尊称为好莱坞“剧院之王”的格劳曼，在美国电影界是一个无人不知的著名人物。他在好莱坞等地投资和经营多家剧场，但一直觉得这些剧院不太理想。格劳曼计划要在好莱坞建造一个与其财力和名气相匹配的、一流的具有东方建筑风格的剧场——那就是他理想中的中国剧院。

1927年，格劳曼出资兴建了中国剧院。格劳曼之所以创建中国剧院，是因为他有一位来往甚密的华裔朋友凯伊·卢克。卢克也是一位造诣很深的演员，他出生于西雅图，20世纪20年代来洛杉矶谋生，遇到了格劳曼，两人后来成为至交。卢克对中国和东方文化的修养与兴趣对格劳曼影响很大，他支持格劳曼修建中国剧院。目前中国剧院内一些最引人注目的壁画就是卢克当年的作品。

1926年1月，格劳曼本人与当时的著名演员诺玛·塔尔马奇、康拉德·纳加尔、卓别林和华人女演员王梅安娜等一起出席了奠基式。第一位美籍华人好莱坞影星黄柳霜随诺玛·塔尔马奇参加了好莱坞中国剧院的破土典礼，她为该剧院安上了第一颗铆钉。

据说，当年建造剧院时，从中国进口了大量寺钟、宝塔、石制天狗和其他人工制品。当时，进口所有这些物品都必须经过美国政府的批准。格劳曼还特意从中国请来不少工匠，在中国工程师的全程监督和管理下，在剧院的前院打造了大量雕像。

1927年，中国剧院正式对外开放。同年5月，为庆祝中国剧院的正式开张，同时举行了著名导演和电影制片人德米尔的新作品《王中王》的首映式。自从中国剧院开放以来，曾举行过无数好莱坞经典电影的首映式，平均每年都会有40多部影片在此首映，卓别林等许多艺术大师都在这里演出过。20世纪30年代，中国京剧大师梅兰芳访美时也曾在中国剧院演出，引起轰动。

1943—1945年，奥斯卡奖的颁奖仪式连续3年都在中国大剧院举行。剧院目前仍保存着1944年3月2日奥斯卡最佳女主角奖得主詹妮弗·琼斯与著名女演员英格莉·褒曼在一起的照片。1949年，格劳曼获得奥斯卡终身成就奖。

1929年，格劳曼将他的股份卖给了威廉·福克斯的福克斯西海岸剧院，但是仍然担任剧院总经理职务，直到1950年他去世。1973年，泰德曼收购了这个剧院，他拥有曼恩连锁影院。2007年，中国剧院被洛杉矶一家大型地产开发公司CIM买下。2013年，剧院向外界宣布，格劳曼中国剧院即将改名为TCL中国剧院。TCL作为中国知名的电视生产企业，此次买下了好莱坞“中国剧院”为期10年的冠名权。

中国剧院附近，有好莱坞的电影制片厂和“道具城”。厂区外各式各样的房屋与街道，全是道具。拍电影时，按需要再作具体装饰、取舍。一座中国古典式建筑上，有一个红底白字的巨大横幅，上面用中文写着“潘金莲酒家”。据说这“潘金莲酒家”曾经好几次被搬上了好莱坞的银幕。酒家的老板娘，就是曾经在电影中扮演潘金莲的一名好莱坞女明星。

好莱坞中国剧院门前，是好莱坞众星留下的手印和脚印的小广场，每年都能吸引数百万观光游客前来游览。

现在，这个小广场上布满了从玛丽莲·梦露到西尔威斯特·史泰龙等238位不同时期不同风格的著名电影演员的手印和脚印。最早在这里留下自己脚印的演员是诺玛·塔尔马奇，她在脚印下方写下了对别人祝福的话语："我的愿望是希望你们成功。"

许多人都在寻找自己喜爱的巨星的名字，我们也找到各自喜爱的影星，把自己的手放入他们的手印中重叠，好像与巨星们手心贴着手心。这个小广场上的正前方，还有2002年5月华裔美国导演吴宇森留下的手印、脚印和签名。这是我所喜爱的导演明星，于是踩着吴宇森的脚印留下了自己的纪念。

希希也找到了自己喜爱的影星

在中国剧院所在的马路一侧，大约两个街区的行人道地面上，每颗星形奖章都由一块粉红色水磨石制成五角星，镶上铜边和铜制的名字，再嵌入黑色的大理石方砖，在太阳的照射下闪闪发光。这就是闻名于世的好莱坞星光大道。

好莱坞星光大道

黑色的地面上每位国际影星都有属于自己的一颗星

明星大道的“模仿秀”

好莱坞的明星大道真是名副其实，大道地面上布满了国际巨星们的足迹和手印，还有打扮得奇形怪状的模仿秀，以“星”的扮相在街头招摇过市，倘然没有思想准备，乍一看会以为自己眼前出现幻觉。

2012年，迈克尔·杰克逊遗产委员会宣布，流行歌曲天王迈克尔·杰克逊的手足印于1月26日留在好莱坞的格劳曼中国剧院门前的街道上。怪不得迈克尔·杰克逊真人秀一直活跃在这条大街上。

2013年6月，华人功夫巨星成龙手足印留存好莱坞中国剧院仪式在美国洛杉矶隆重举行。成龙写下“我爱和平”，并留下自己的中英文名字和手足印。

目前，在星光大道上留下自己名字的美国著名导演、演员和其他文艺界人士有2400多人，其中包括电影巨星格里高里·派克、硬派明星施瓦辛格、中国香港武打明星李小龙和成龙、著名电影导演斯皮尔伯格、中国著名导演冯小刚等。在好莱坞和美国演艺界，争取将自己的名字刻在星光大道的名人走廊上，是众多演员终生的追求。

作为东西方文化结合的中国剧院，早已成为各国旅游者赴美的必游之地。

将孩子挂在胸前的爸爸

在大家都忙着找星的时候，马路对面走来一位雄赳赳气昂昂的孩子他爸。这位大个子男士带孩子的方式很有意思，既不是背也不是抱，而是用一个特制的布带子将孩子面朝外地挂在胸前， 孩子的两条小腿悬在外面，随着父亲的步伐甩来甩去。可爱的小朋友，不哭也不闹，好像习惯了这种出行方式，两只大眼睛东看看西瞧瞧，充满了好奇。

好莱坞星光大道上还有一家闻名世界的柯达剧院，它不仅仅是一年一度举办奥斯卡金像奖的颁奖剧院，更是各大国际剧团来到洛杉矶的首选剧场。但随着柯达公司的破产，2012年5月柯达剧院正式改名为杜比剧院。

曾经的柯达剧院

柯达剧院建成于2001年年底，被选作是颁发奥斯卡奖的永久举行地，剧院有全美最大的舞台，面对舞台的四周设计了多个豪华包厢，可以容纳3400多位观众，内部装潢极其奢华，一展好莱坞的独特风情。

除每年2月，为迎接电影界的盛典奥斯卡颁奖典礼剧院停止参观之外，其他时候，游客都可以购票参观明星的化妆间、等候室和后台，这是游客亲身感受属于好莱坞和奥斯卡奖得主的那份激动心情的好地方。

在环球电影城解密“拍大片”

游览环球电影城是今天的重点科目。洛杉矶昼夜温差很大，早晨我们还穿着毛衣，接近中午时温度骤然升高，只能穿个半袖衫。深秋时节的洛杉矶，其灿烂绚丽之感恰如北京的金秋十月。

好莱坞有世界上最大的电影制片厂，还有举世闻名的好莱坞环球影城，影城娱乐中心的风格有点类似我们曾见过的澳大利亚的梦幻乐园，吃喝玩乐一应俱全。在这里蓝眼睛、黄头发的当地人看上去不少，大都是拖家带口领着孩子们出来游玩的。

好莱坞环球影城

环球影城分3个区域：影城中心、娱乐中心和电车之旅。在影城中心可以参观电影的制作过程，解开电影特技之谜；水世界演员的特技表演精彩逼真，现场景致及音响效果扣人心弦；电车之旅惊险刺激，地震、洪水、大桥坍塌、飞机失事等，种种意外场景如身临其境；在影视城内到处都可遇见的一些大片中的典型角色，他们会主动与你合影拍照。

高大凶恶、面目狰狞的僵尸，令人毛骨悚然。娱乐动物的表演憨态可掬，可爱非常。在娱乐中心我们因为误入门庭，看了一场惊心动魄的动感电影，好半天缓不过神来。这里是孩子们的天堂，寓教于乐会启迪他们的灵感，激发出更加丰富的想象力和创造力！但血压高、心脏脆弱的老人最好还是有选择性地观赏为好。

在希希的带领下，我们有效地利用时间和体力，参观了电影特技、拍摄工厂、辛普森、金刚、史莱克、水世界、鬼屋、终结者、动物表演等，该看的和适合我们玩的都一一拜访到了。好莱坞，这座世界顶级的电影城，只有亲眼看过，亲身体验过，才算是真正领略了她的非凡魅力。

希希是学政治法律的大学生，毕业于旧金山全美著名的伯克利加州大学，对

洛杉矶环球影视城人造山洪暴发现场

到处游荡的“僵尸”突然从后面卡住游客的脖子

环球影视城海盗枪战现场水花飞溅出现彩虹

影城娱乐中心

模拟飞机失事现场

于美国的历史文化说得头头是道。在等待她爸爸来接我们参加晚上家庭晚宴的空当，向我们介绍了洛杉矶这座城市的来历。

洛杉矶的演变

早在17世纪，英国人的殖民地就已经“从大海到大海”，英国人对北美西岸的土地并没有多少兴趣。到18世纪末，西班牙传教士逐渐开始在西属加利福尼亚北部广博的土地上建立起定居点。

当墨西哥从西班牙殖民统治下独立后，这些传教士的定居点也成了墨西哥政府的财产，但是很快就被遗弃。西班牙帝国在北美洲西北部的领土被命名为“加利福尼亚省”。1847年的美墨战争后，这片领土由美国和墨西哥分割。墨西哥所得到的那部分领土后来成了下加利福尼亚省，而美国所获得的上加利福尼亚则在1850年9月正式加入美联邦，成为今天的加利福尼亚州。

在美国内战期间，加州内部关于是加入北方军还是南方军发生分歧，虽然最终加州整体支持北方军，但很多加州人依然参加了南方志愿军。

19世纪70年代第一条贯穿美国东西的铁路的开通，将太平洋沿岸的人们与美国其他地方连接起来。加州当地人也逐渐发现，加州的气候十分适合农作物的生长，特别是柳橙。直到今天加州的农业产量依然巨大。

1900—1965年间，加州人口变化，从不到100万，发展成为美国人口最多的一个州。1965年至今人口成分又发生了巨大变化，今天的加州是全球人口最多样化的一个地区。加州是美国的科技和文化中心、世界影视中心，以及美国的农业大州。

希希告诉我们，美国的西部同中国的西部有某些相似之处，那就是西部地势都偏高；但两国的西部又有不同之处，美国西部早已开发而今已成为发达之地，中国西部大开发则起步不久，若要全境发达则还需要奋斗多年。

美国中部人均收入差别最悬殊，移民的农场工收入低于美国最低工资保障线，而农场主则经常拥有上百万美元的私人农场。美国的农场主大多受过良好教育，很多人至少拥有硕士学位。虽然这里一些城市的人均收入是全美最高的，在一些个别地方却有全美最贫穷的人口。

19世纪末20世纪初，洛杉矶随着石油的发现开始崛起，迅速发展成美国西部最大的城市。第二次世界大战后移民激增，城区不断扩展。洛杉矶拥有全球知名的各种专业与文化领域的机构，更是美国最重要的经济中心之一。现在的洛杉矶，已成为美国石油化工、海洋、航天工业和电子业的最大基地。它是美国科技的主要中心之一，拥有科学家和工程技术人员的数量位居全美第一，享有“科技之城”的称号。近年来，洛杉矶的金融业和商业也迅速发展，数百家银行在洛杉矶设有办事处，包括许多著名的国际大财团，洛杉矶已成为仅次于纽约的美国金融中心。

洛杉矶还有遐迩闻名的“电影王国”好莱坞、引人入胜的迪斯尼乐园、峰秀地灵的贝佛利山庄……同时也是美国高速公路最发达，全美拥有汽车最多的城市。

洛杉矶的文化和教育事业也很有名，世界著名的加州理工学院、加利福尼亚大学洛杉矶分校、南加利福尼亚大学、亨廷顿图书馆、格蒂博物馆等。洛杉矶公共图书馆藏书量居全美第三位。

大量的移民使洛杉矶成为一个多民族、多种文化色彩的国际性都市，少数民族占全市人口的一半左右，并拥有众多移民社区，各色人种聚居的地区形成了各自的“城”。洛杉矶也是美国华人的主要聚集地之一，华人约有40万。

老杨看着眼前的小希希，真不敢相信这就是当年在中国农科院附小读书的“小队长”，如果再有什么命题作文要做的话，老杨这位“教授级”的高级编辑，可能再也不敢以老师的身份自居了。他拍拍希希的肩头，“都说女大十八变，越变越好看。

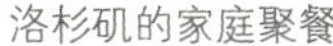

洛杉矶的家庭聚餐

和脑袋一般大的螃蟹

我看还得加上一句，不仅是长得越来越好看，而且是越来越有知识有内涵了！”

夜幕降临之后，江江的车终于露面。我们来到洛杉矶最好的中国粤菜馆聚餐，希希的男朋友做东宴请，我终于看到了这位“男友”小林的真面貌。

尽管美国经济萧条，可物价是最便宜的时候，一斤皇帝蟹才不到两美元，但一桌丰盛的宴席，也花了小林相当于2000多人民币的美元。

江江、大玲和小土把我们送回西部酒店，我们依依不舍，拥抱告别！

旧金山的新感受

今天飞往旧金山，早晨5点便被电话铃声惊醒。6点吃饭时，餐厅员工还没有上班，等了近半小时，大家才吃了一点冰冷的早点，导游和领队急得团团转，催促大家抓紧时间上车，因为，飞机是不等人的。

我的老乡孙先生，把车子收拾得干干净净一尘不染，这可是他自己的爱车啊！我听坐在我身后的团友山西的柳柳说：“孙师傅昨天还打听你什么时候回来呢，我们想坐在你的座位上，他坚决不让。还说，她万一下午回来怎么办！我听着都受感动，你怎么就把关系处得这么好呢？人家背地里都这么维护你。你应该谢谢人家呀！”

“是吗？那是该谢谢人家。但对你这善于传递美好信息的人，我首先表示感谢！”随手我从衣兜里掏出两个柠檬果递给了柳柳。小柳接过柠檬高兴地说，“你真会说话，难怪大家在一起议论，都感到你很有亲和力。”

幸好早晨上车见到孙先生时，我就说了一句“一天没见，还真是想念你这老乡啊！”说明还真没有白想。我从包包里掏出两个牛油果，悄悄从他身后递给他，“这是我妹妹家树上结的，送你尝尝吧！一会儿我们就要分手，说再见啦！”

半小时的车程，我老乡开得又快又稳，机场到了。

在旧金山迎接我们的是位中国沈阳市的同胞，他姓邵名帅，大家称他为“少（邵）帅”！邵帅兴致勃发又滔滔不绝地向我们介绍旧金山的概况。

旧金山粤语音译为三藩市，直译为圣弗朗西斯科，是美国加利福尼亚州的一个合并市县，气候冬暖夏凉，阳光充足，被誉为“最受美国人欢迎的城市”。

1769年西班牙人发现此地，在此建立了圣方济各会传教站，为纪念圣方济各会的创始人圣弗朗西斯科而得名。1806年俄国在此设哨所，作为当时阿拉斯加的物资供应站。1821年归属墨西哥，1846年归于美国时，是一个居民不到千人的小镇。1848年1月，一名木匠建造锯木厂时，在推动水车的水流中发现了黄金。这个消息不胫而走，引发了全世界的淘金热，大批淘金者涌入。1850年设市时，人口已增至2.5万，华侨称此地为“金山”，后为区别于澳大利亚的墨尔本（也称“金山”即新金山），而圣弗朗西斯科则改称“旧金山”。1848年加入美联邦。

1869年美国有3条铁路干线从东部横贯大陆直通旧金山，港区又修筑了海堤，使国内、国际贸易获得更大发展。1880年后开始向海湾以东地区扩展，形成若干卫星城。1906年旧金山遭大地震，全城80%建筑被毁，后迅速重建，港湾面积1126平方公里，宽仅1200米的金门海峡通太平洋，为重要海军基地和著名的贸易港，是通往太平洋区域和远东的门户。1914年巴拿马运河通航，港口日益繁荣，贸易量激增。第二次世界大战后，工、商、金融、旅游服务业和市政建设均有较大发展，大市区由单一中心扩展为由旧金山、奥克兰和圣何塞3大中心组成的城镇群，2010年总人口超过700万。

旧金山也是文化中心、工业中心和西部金融中心，有18所高等院校和科研机构，全球著名的IT行业中心硅谷，就在旧金山南端斯坦福大学的校园内。位于伯克利的加州大学，是全美最著名的大学之一。最有名的风景是缆车、金门大桥、海湾大桥、泛美金字塔和唐人街。这里是全国艺术家的活动中心，住有很多艺术家、作家和演员，在20世纪一直是叛逆文化和近代自由主义的中心之一。

“铁路大王”晚年热衷办学

大巴车刚刚驶出机场，迎面就可看到一面苍翠的山坡上镶嵌着3行醒目的白色字母。邵帅说，脚下的土地就是著名的斯坦福大学校内的硅谷。谈了一路的斯坦福大学，今天，我们有幸真的踏入了这所不凡的校园。这所大学没有围墙，硅谷就是本校学子们用来开发创新的研发基地。

美国旧金山硅谷

晚年的斯坦福热衷于社会公益事业。1886年夏天，斯坦福捐出250万美元，创办了斯坦福大学。当时的加州铁路大王、曾担任加州州长的老利兰德·斯坦福为纪念他在意大利游历时染病而死的儿子，决定捐钱在帕洛·阿尔托成立以他儿子命名的大学，并把自己8180英亩用来培训优种赛马的农场，拿出来作为学校的校园。

他们的这一决定，为以后的加州及美国带来了无尽的财富，尽管当时这里在美国人眼中还是荒凉闭塞的边远西部。直到现在，人们还称斯坦福大学为“农场”。因校园面积大，在斯坦福大学，自行车是学生们必备的交通工具。

说起斯坦福大学，导游兴致勃勃，他滔滔不绝地给我们讲起大富豪斯坦福家一个凄美的故事，使我们对这个过去一直认为剥削压迫劳工，特别是盘剥华工血汗的大资本家有了不少立体的认识。

关于斯坦福大学的各种传奇故事在互联网上广为流传，有些是真实的，有些则是杜撰出来的。其中最流传深远的讹传是这样讲述的。

有一对“乡巴佬”夫妇，找到哈佛大学，提出为哈佛捐一栋大楼。哈佛大学的校长很傲慢地说，捐一栋楼要100万美元啊！然后三言两语地便把这对老夫妇打发走了。这对老夫妇一边走一边唠叨，“才100万，才100万……”他们有 1 个亿要捐，于是便干脆自己办了所大学，就是今天的斯坦福大学。

这个讹传被翻译成各种文字广为流传，以至于斯坦福大学不得不在自己的网站上辟谣。其实，这个故事里面的漏洞很多。

第一，了解斯坦福历史的人都知道老斯坦福是加州的铁路大王，曾经担任过加州州长及美国联邦参议员，属于精英阶层，绝不是什么“乡巴佬”，他的夫人也是一位了不起的女性。

第二，在19世纪，1亿美元是一个天文数字，100万美元也是一笔非常大的财富。美国最大的花旗银行到20世纪30年代，存款才达到几千万美元。直到斯坦福大学创办的20年前，美国有史以来最大的一笔捐赠不过700万美元，它建立起了约翰霍普金斯大学和霍普金斯医学院。在老斯坦福的捐款中现金有1000多万美元，这已经是当时美国最大的一笔捐款了。老斯坦福的捐赠中最值钱的是8000多英亩的土地。当年加州属于“蛮夷之地”，土地值不了什么钱，但是现在斯坦福所处的帕洛阿图市是世界上土地最昂贵的地方之一，这些土地的地价从那时起到现在上涨了不止万倍。

第三，哈佛大学和美国所有的大学对捐助者从来都是热情甚至是非常殷勤的。坦率地讲，比中国的大学要殷勤得多，他们不会怠慢任何慈善家。这是美国大学能得到巨额捐助的重要原因之一。

关于斯坦福大学真实的故事是这样的。老里兰德·斯坦福夫妇把他们唯一的孩子小里兰德·斯坦福送到欧洲旅行，可孩子在欧洲不幸患病去世。斯坦福夫妇很伤心，后来决定用自己全部的财富（大约几千万美元，相当于今天的10亿美元），为全加州的孩子，而不是传说中的全美国的孩子或者全世界的孩子建立一所大学，以纪念他们自己的孩子。这所大学被命名为小里兰德·斯坦福大学，简称斯坦福大学。

1891年，斯坦福大学正式招收500名学生，当时只有15名教授，其中一半来自康奈尔大学。在这首批学生中，产生了一位后来的美国总统胡佛（就是那位被评为最差的、把美国带进1929—1933年大萧条的总统。但是斯坦福仍然很为他感到自豪，因而建立了著名的胡佛研究中心)。斯坦福虽然是一所私立大学，但是它在早期的时候不收学费，直到20世纪30年代经济大萧条时期学校财政上难以为继时才改变了这种做法。

斯坦福大学的创办过程非常不顺利。斯坦福开课的两年后，老斯坦福与世长辞了，整个经营和管理大学的任务就落到了他的遗孀简·斯坦福的身上。当时整个美国经济状况不好，斯坦福夫妇的财产被冻结了。校长乔丹和学校其他顾问建议简·斯坦福关掉斯坦福大学，至少等危机过去后再说。

这时，简·斯坦福才想到她丈夫生前买了一笔人寿保险，她可以从中每年获得1万美元的年金。这1万美元大抵相当于她以前贵族式生活一年的开销。简·斯坦福立即着手省吃俭用，将她家里原来的17个管家和仆人减少到3个，每年的开销减少到350美元，相当于一个普通大学教授一家一年的生活费。她将剩余的近万元全部交给了校长乔丹用于维持学校的运转。从斯坦福夫人身上我们看到一位真正慈善家的美德。慈善不是在富有以后拿出自己的闲钱来沽名钓誉，更不是以此来为自己做软广告，慈善是在自己哪怕也很困难的时候都在尽心竭力帮助社会的一种善行。

靠斯坦福夫人的年金补贴学校毕竟不能使学校长期维持下去。斯坦福夫人亲自动身去了首都华盛顿，向当时美国的总统克利夫兰寻求帮助。最终，美国最高法院解冻了斯坦福夫妇在他们铁路公司的资产。斯坦福夫人当即将这些资产卖掉，将全部的1100万美元交给了学校的董事会。斯坦福大学早期最艰难的6年终于熬过去了。

乔丹校长赞扬道："这段时期，整个学校的命运完全靠一位善良而伟大的女性的爱心来维系。"今天，不仅是几十万斯坦福校友，我们所有的人都应该感谢斯坦福夫人。她用她的爱心，靠她坚韧不拔的毅力开创出一所有重大影响的世界级的大学。

据说，斯坦福的校园被认为是美国3个最美的校园之一，另外两个是康奈尔和普林斯顿。斯坦福人从不掩饰对自己学校的自豪感，甚至从教授到学生经常拿其他名校开玩笑。

有一道斯坦福电机工程系教授出的真实的考试题说：某个公司希望设计一种符合A、B、C和D等条件的数字滤波器，他们找到了麻省理工学院，麻省理工学院的教师不会，你能帮助他们设计这样的滤波器吗?

大家想想看，麻省理工学院的人看了这个考题一定不会舒服。但斯坦福人骄傲自有他们骄傲的本钱，除了出了这么多的实业家，孵化了很多跨国公司，斯坦福大学的学术水平更是闻名于世。它有16位在职教授的诺贝尔奖获得者（其中一半是经济学奖）和几十位获得诺贝尔奖的斯坦福的毕业生。除此之外，它还有7位数学领域最高的终身成就奖沃尔夫奖得主，4位新闻最高奖普利策奖得主，有130多名美国科学院院士，80多名美国工程院院士。它的许多毕业生在全世界各行各业中执牛耳。

斯坦福大学与硅谷

在美国众多大学中，仅有100年历史的斯坦福大学历史谈不上悠久。在斯坦福大学诞生后的头50年里，它根本排不进美国一流大学的行列。到第二次世界大战后，斯坦福大学已经入不敷出，出现严重的财政危机了。

在美国私立大学完全靠自己筹款，政府并不提供一分钱，再好的私立大学如果经营不善，都可能面临办不下去的危险。著名的麻省理工学院在历史上就出现过非常严重的财政危机，最后是靠它无数事业有成而又关心母校的校友捐助才算渡过了难关。斯坦福大学当时还没有这么多富有的校友可以依靠，它最大的一笔财富就是斯坦福夫妇留下的8000英亩（32平方公里）的土地，而大学的中心校园占地不到其1/10。

第二次世界大战后，美国的电子工业发展很快，由于和亚洲的联系比第二次世界大战前紧密了很多，加州新兴的电子工业和航空工业成为了加州的经济支柱。很多公司有意从斯坦福大学购买土地，但是斯坦福夫妇的遗嘱规定学校永远不许出售土地。这样，斯坦福大学眼睁睁地看着自己的地荒着而无法发挥作用帮助学校渡过难关。

帮助斯坦福大学解决这道难题的是它的一位教授弗里德里克·特尔曼，他后来被称为硅谷之父。他仔细研究了斯坦福夫妇的遗嘱，发现里面没有限制大学出租土地，于是他兴奋地声称找到了解决问题的秘密武器——建立斯坦福科技园，科技园向外面的公司出租土地99年。

在这99年里租用土地的公司有彻底的使用权，按自己的意愿建筑自己的公司。消息一传出，马上有很多公司表示出极大的兴趣，并很快与斯坦福签署了租约。

1953年，第一批公司，包括大名鼎鼎的柯达公司、通用电气、夏克利晶体管公司（后来诞生出集成电路的先驱仙童公司）、洛克希德公司（美国最大的军火商）和惠普公司进驻了斯坦福科技园。对斯坦福而言，这件事的影响非常深远，它不仅解决了斯坦福的财政问题，并且成为斯坦福跨入世界一流大学的重大契机。对外界而言，它促成了硅谷的形成。

发展起来以后的斯坦福大学资金雄厚，经费充足，教学设备也极为充裕。图书馆藏书650万册。校内设有7000多部电脑供学生使用，还设有多个电脑室及电脑中心为学生提供服务。学生可利用网络与校内的师生联系。此外，校内的体育设施也很多，有能容纳8.5万人的体育馆，还有高尔夫球场和游泳池等。

斯坦福的腾飞，还得归功于斯坦福的“地大”。因为出租土地，斯坦福成为美国首家在校园内成立工业园区的大学，使自己置身于在美国科技发展的前沿：“工业园区内企业一家接一家地开张，不久就超出斯坦福能提供的土地范围，向外发展扩张，形成美国加州科技尖端、精英云集的‘硅谷’。斯坦福大学被科技集团与企业重重包围，与高科技、与商界、更与实用主义和开拓精神这些典型的‘美国精神’建立密切的联系。”

随着美国西海岸“高科技带”的兴起，各个电脑公司，包括微软公司纷纷在这里安营扎寨，斯坦福大学的地位越来越举足轻重。斯坦福大学的毕业生为人类文明、科学技术进步、世界政治经济和现代商业发展作出了极其卓越的贡献。他们中有美国总统胡佛、世界科技领袖和诺贝尔奖金获得者。斯坦福大学奠基并创建了著名的美国硅谷，孕育了享誉世界的现代科技文化。斯坦福大学的毕业生们创造了世界众多一流企业，包括惠普、思科、易趣、耐克、谷歌、雅虎等数以百计的美国知名上市公司。

斯坦福大学有着与众不同的大学学制。在校规中，把一年分成4个季度，学生们每段都要选不同的课。因此，斯坦福大学的学生比那些两学期制大学的学生学习的课程要多，压力也比其他大学学生要大。斯坦福的学生必须在9个领域完成必修课，其中包括文化与思想、自然科学、科技与实用科学、文学和艺术、哲学、社会科学和宗教思想。除此之外，学生的写作和外语必须达到一定标准。

斯坦福大学最近把非西方社会作家的作品加入它全年的教纲中时，引起了学术界的强烈关注。如果说，哈佛与耶鲁大学代表着美国传统的人文精神，那么，斯坦福大学则是21世纪科技精神的象征。

美国斯坦福大学是世界著名的高等学府，大学医学院在医疗、科研及教学等领域处于世界的领先地位。它同时也处于美国生物技术和信息技术中心的腹地，对临床及实验室的研究成果应用于医疗起了促进作用。今天，世界已公认了斯坦福大学医学院在心脏内外科上的领导地位。

斯坦福大学医学院在肿瘤方面的成就包括何杰金氏病的化疗及放疗技术的发展，显著提高患者的治疗效果。病人在斯坦福大学医学院可以得到最先进的抗癌治疗，包括最新的放疗方案、化疗药物、用单克隆抗体和手术治疗各种淋巴瘤的技术等。肿瘤特殊治疗中骨髓移植的技术，已得到全美承认。斯坦福大学医学院对神经疾病的内外科治疗也属领先，其放射诊断技术、核磁共振成像技术也是世界上最先进的。拥有这些医学创新，患者在斯坦福大学医学院可以受益于最先进的诊疗技术。

实际上，说到斯坦福大学就必然会联系斯坦福研究园区和“硅谷”。很多早期的帕洛·阿尔托的工程师都是斯坦福大学的毕业生。但1920年斯坦福大学还只是一所“乡村大学”，从1960年前后开始名列前茅，到1985年更被评为全美大学的第一名。是斯坦福大学的崛起为硅谷微电子工业创造了条件，硅谷成为世界最先进人才和最尖端技术的聚集地。硅谷取得的这些骄人业绩，离不开斯坦福大学这个孵化器，同时，硅谷的发展也帮助了斯坦福大学，使她得以有今天的成就。

开车的师傅有意放慢汽车的速度，让我们静静地感受硅谷的创新精神和环境氛围。导游为我们介绍园区内各个建筑的机构名称和风格，真不敢想象，自己已经幸运地进入了世界高科技象牙宝塔的塔尖之中。

斯坦福大学的楼房都是黄砖红瓦，四平八稳，一律是17世纪西班牙的传道堂式——没有哈佛、耶鲁大学那些年代不同、风格各异的楼房。进入大学，首先看到的是土黄色石墙环绕下的红屋顶建筑，拱廊相接，绿树成荫。中心广场是斯坦福的主要部分，在它的四周，商学院、地学院、教育学院、工学院、法学院、医学院等星罗棋布。

往外，就是斯坦福科学园区、植物园、高尔夫球场和若干个科学试验场。设计斯坦福校园的，正是著名设计家弗莱德里克·欧姆斯泰德。著名的艾姆赫斯特学院

斯坦福大学全景

也是他设计的，而他最为人称道的传世之作是纽约曼哈顿的中央公园和旧金山的金门公园。他的特色是自然森林式设计，加上自由曲线的道路。可是斯坦福却没有这样的特色，给人印象深刻的却是毫无自然意味、显示人工规模的好几公里的椰子树大道。

胡佛纪念塔，是斯坦福大学的地标性建筑。它是为庆祝斯坦福建校50周年而建，同时为了纪念时任美国总统胡佛对学校建设做出的巨大贡献。纪念塔下面特别设立了一个展室用来介绍胡佛总统的生平及业绩。

斯坦福纪念教堂兴建于1903年。20世纪，旧金山发生的两次大地震给教堂造成了严重损坏。虽然整体结构并未倒塌，但钟楼和外墙上精美的马赛克损毁严重。1989年大地震之后，教堂整整关闭了四年以后才进行修复，修复无疑是很成功的，现在在教堂内外均看不出地震破坏的痕迹了。纪念教堂只在工作日的白天向游人开放，不设门票。

一个世纪以来，斯坦福大学为几代年轻人提供了良好的生活条件和学习条件，产生了许多影响世界的著名科学家、学者，并出现了已经或可能改变世界的种种设想。回顾斯坦福大学的发展史，我们发现，她在学术——技术——生产力转化上的杰出作为、在办学理念上的高瞻远瞩，以及在学校管理上的独树一帜所产生在教学和科研上的成就，使她跻身于世界一流大学的行列。

首任校长乔丹在斯坦福大学1891年10月1日正式开课之时，向师生和来宾发表了激动人心的演说，他说："我们的大学虽然是最年轻的一所，但她是人类智慧的继承者。凭着这个继承权，就不愁没有迅猛而茁壮的成长。"他宣布："我们师生在这第一学年的任务，是为一所将与人类文明共存的学校奠定基础。这所学校绝不会因袭任何传统，无论任何人都无法挡住她的去路，她的路标全部是指向前方的。”

120多年过去了，斯坦福正是按照这个方向一直向前飞奔。

旧金山有个“恶魔岛”

我们早早地来到渔人码头，这是旧金山充满快乐的地方。到处充斥着旅馆、摊贩、海鲜餐厅、露天咖啡馆、纪念品商店及街头艺人。在这里，你可以品尝闻名遐迩的旧金山特色美食：螃蟹、酸面包和海鲜浓汤。参观蜡像馆、水底世界、欣赏街头艺人的精彩表演，或是逛商场购物，疲惫时再去喝上一杯香浓的爱尔兰咖啡。39号码头也称渔人码头是最吸引孩子们的地方，玩具店和速食小吃、旋转木马、机械玩具每天吸引着无数的儿童。

老杨童心未泯，蹲在马路上与正在散步的海鸥、鸬鹚玩耍，小鸟们蹦蹦跳跳，与老杨的手臂总是保持十几公分的距离，每每要摸到小鸟的时候，小鸟们随即转身蹦到别处去了。由于蹲的时间过久，导游招呼大家集合时，“老顽童”好一会儿站不起来。

旧金山码头风光

游览金门湾，需要在游船码头排队。

虽然，旧金山的天空阳光灿烂，但海面的风很大。在没有阳光的背阴地里排队等候上船，寒风钻进我的领口、袖口，立刻凉透全身。我不由地打了个冷战！本能地挪到有阳光的地方，宁可排在最后上船。老杨说这里太冷，到外面转转，我担心他又要耽误上船，却见他在很短的时间里带回一条长长的羊毛围巾，递到我的手中。围脖图案是淡黄色和咖啡色条纹相间，还挺好看的。好让人感动啊！关键时刻他还那么细心，小小围脖既挡住了寒风，又温暖了心房。

上了红白号游艇，在一层大厅里，我们依次领取了带有中文解说的耳机，爬上了二层的观光甲板。在围脖的温暖护佑下，我们一直兴致勃勃地挺立在甲板上，与几位欧洲的、非洲的、亚洲的游客相互打招呼问候。一对好像来自墨西哥的夫妇，问我们："China?"我们回答："Yes!"他们便主动热情地与我们合影、互相拍照。一位儒雅的欧洲男士还在我们的导演下，互换角色地作出各种造型拍照，然后，大家又互相欣赏拍摄的作品。尽管我们语言沟通不畅，但我们的笑脸和手势却可以穿越一切障碍从而创造一派和谐友好的氛围。我们明显地感觉到，中华人民共和国在世界上越来越被认可，中国人越来越受到友好的欢迎和礼遇。

奥克兰大桥为友谊作证

从游船上的中文解说中，我们对身临其境的一切感受变得更为具体。

我们身后显现出一条银灰色的大桥，在阳光照耀下熠熠生辉，这就是全长13公里的奥克兰海湾大桥。旧金山奥克兰海湾大桥，是一座位于美国旧金山湾区，连接旧金山、耶尔巴布埃纳岛及奥克兰的桥梁，是横跨全美国的80号州际公路的一部分，是旧金山到奥克兰的直接通路，每天约有27万辆次汽车从这座大桥的双层桥面通过。海湾大桥是世界上跨度最大的桥梁之一。

在旧金山和奥克兰之间建造一座收费桥梁的设想在淘金热时期已然出现，但直到1933年才开始动工。这座桥梁由查尔斯·H. 伯塞尔设计，美国桥梁公司建造，于

1936年11月完工通车，比旧金山另一著名桥梁金门大桥早6个月通车。

离海湾大桥不远处有一座小岛，当游艇驶近小岛时，耳机里传来了解说的声音，原来这就是旧金山著名的景点——“恶魔岛”。电影《勇闯夺命岛》和很多大片都是在这里拍摄的，难怪看到它会觉得似曾相识！

恶魔岛是一座方圆0.09平方公里、岩石丛生的小岛，由于曾是联邦监狱所在地，因而闻名于世。1934—1963年，它是美国联邦政府把守最森严的监狱，在这里曾经关押了近100名臭名昭著的重刑犯，囚禁过不少传奇式人物。包括芝加哥教父“卡邦”、冷血的“机关枪”杀手凯利、杀人如麻罪大恶极却又天赋异禀的“鸟人”罗伯特等。他们被送到这里监禁的原因，是因为这座岛屿四周有着冰冷汹涌的波涛和凶残嗜血的鲨鱼，逃狱活命绝无可能，而透过监狱的铁窗遥望，可依稀见到美丽而生机无限的旧金山，这对他们无疑是另一种残酷的刑罚。

1963年，联邦政府鉴于监狱运营成本太高而放弃了该岛，但恶魔岛的名声却广泛流传。实际上，除了设置监狱外，恶魔岛在历史上还有其他用途。因其守卫旧金山湾的战略价值，美军于1859年在该岛上修筑了碉堡。联邦监狱从这里撤离后，岛上一度无人居住，直到1971年才被纳入金门国家公园。

旧金山的恶魔岛

如今，岛上除了监狱残留外，还有博物馆、书店及一个封闭鸟园。此岛虽然有阴森的历史，但它也是一个野生动物的庇护所，岛上的悬崖和岩石间沐浴着阳光，吸引了黑鸬鹚、鹈鹕、夜苍鹭、西部海鸥和许多其他种类的鸟类在此栖息。令人想不到的是，罗伯特在恶魔岛上改造的过程中，完成了有关鸟类观察的学术巨著，被誉为岛上养鸟人，作品发表后在社会上引起巨大反响。罗伯特后来被狱方和媒体塑造成改过自新的典范，成了美国社会的英雄。不过，也有人说，罗伯特懂得心理学，擅长与媒体经营关系。

虽说是观光岛，但是整个岛尽可能保留了原来的风貌，当年毁于大火的残垣断壁也就任其留在原处，用栏杆等与游客隔离开来。建筑底下丛生的杂草和盘旋低回的成群海鸟，让人有些凄凉的感觉。成为观光区后的恶魔岛，最吸引游客的地方是联邦监狱旧址，幽暗的牢房、身着狱衣的囚犯、恐怖的音响和离奇的越狱现场，成为游客最热衷的体验。许多好莱坞电影也在岛上取景。近些年来，多部有关监狱题材的电影均在这里拍摄。

恶魔岛监狱的走廊被设计师命名为“百老汇”。图书室、理发部、厨房和餐厅沿着中央走廊一字排开，只有淋浴间设在另一层。语音导游器中的声音突然变得低沉起来：“我们走进了另一个世界……”

窄小的牢房一间接着一间，犯人就生活在这一道铁栏和三面墙中间。破坏了狱规的囚犯会被送进禁闭室，禁闭室酷似一口铁皮箱子，走进去，关上门，眼前就是漆黑一片。人们可以想象，只有亲身走进那个狭小的空间，才真正意识到自由是多么难能可贵。

据介绍，恶魔岛作为军事监狱期间，曾有80名犯人企图逃离此地，其中62人被抓回，一人被淹死，另外17人下落不明。成为联邦监狱后，这里先后共关押过1033个犯人，光记录在案的越狱事件就有36起，唯独3个人有可能成功越狱，以这3个人的越狱故事为原型改编的电影曾轰动一时。

很多人认为，那3个越狱者不是淹死、冻死，就是被鲨鱼吃掉了。也有一种说法是他们逃到了国外。今天，他们住过的牢房被恢复原状，逃跑时使用的道具还“睡”在床上，留给后人无尽的想象空间。

近代桥梁工程的奇迹

游艇前方的金门大桥越来越近，从甲板上举目远望，首先映入眼帘的就是大桥的巨型钢塔。钢塔矗立在大桥南北两侧，每座钢塔相当于一座七八十层楼房高的建筑物，钢缆两端伸延到岸上锚定于岩石中。金门大桥的北端连接北加利福尼亚，南端连接旧金山半岛。游艇驶到桥下，我们仰望巨龙，大桥好似浮于万顷碧波上的凌空彩虹，不由得让人感叹人类征服大自然的伟力。

旧金山的金门大桥

这座被誉为世界近代桥梁工程奇迹的著名大桥，坐落在金门海峡旧金山海湾入口处。大桥始建于1933年1月，共花费4年多时间才完成，设计者是约瑟夫·斯特劳斯。这座桥现在已不是世界上最长的悬索桥，但它却是世界上最著名、最漂亮、最宏大的单孔吊桥之一。橘红色的桥梁两端矗立着钢塔，用粗钢索相连，钢索中点下垂，几乎接近桥身，钢索和桥身用一根根钢绳连接。金门桥全长达2780米，巨大桥塔高227米，从海面到桥中心部的高度约为67.84米，即使涨潮时，大型船只也能畅通无阻。每根钢索重6412吨，由2.7万根钢丝绞成，耗资3550万美元。

整座金门桥显得简洁宏伟，1937年5月金门大桥建成首次通车。金门大桥落成当天，有20万人兴高采烈地走过大桥来庆祝这个日子。今天金门大桥是世界上最繁忙的桥梁之一，每天都约有10万辆汽车从桥上隆隆驶过。

“它的巨大入口宛如一扇力量之门，带你进入一个奇妙的世界。”金门大桥设计者——工程师斯特劳斯这样形容他的心血之作。

金门大桥是兴建于20世纪30年代的伟大工程，建成时跨度与高度在世界桥梁中独占鳌头，其施工难度也首屈一指。它不仅是一座城市的地标，更是人类工程史上的里程碑。一座史无前例的大桥动工了，所有的工程难题这才被提上案头。

修建金门大桥究竟有多困难——首先要在海中树立两个桥塔，其间的跨度需要达到前无古人的1280米，就连桥墩两侧到岸边的跨度也达343米，吊桥钢缆更是需要被拉到227米高的塔顶（要知道，当时身为世界最高建筑的纽约帝国大厦也不过300余米高）。由此，工人必须将钢缆穿过塔顶，再下拉固定在桥两侧6000吨重的陆地锚桩上，而垂挂于主缆上的悬索则用来提拉桥面。

与水面下的问题比起来，水面上的问题就不值一提了。尽管海峡水底岩层能够为桥墩提供支撑，但桥墩和塔身的修建仍然极端棘手：人类此前从未在离陆地这么远的地方建造桥墩；工地不得不搭建在波涛汹涌的海面上，工人们脚下平均水深30米，流速每小时13公里。施工过程中的状况也层出不穷，首先要在大海中凭空开辟出一块近乎干燥的工地来，工人们在桥墩的位置上筑起了一圈围堰，然后再将坝里的水抽空。

这项工程必须动用潜水员，他们只有在涨落潮之间的“平潮期”才能下水，而“平潮期”一天只有80分钟。围堰总算完工，为了装卸从陆地运来的施工材料，还修建了一座码头，但还没等开工，就先接待了一位不速之客——一艘货轮不慎撞上了工地码头，码头当场解体了。克服了无数困难，一南一北两座巨大的桥墩终于稳稳地固定在金门海峡的万顷波涛之中。接下来的工程相对就容易得多了，货船成群结队，满载着沉甸甸的钢材，经由巴拿马运河驶往旧金山。卷轮在高耸的桥塔顶部嘎嘎转动，牵引着数公里长的钢缆，使之成为悬挂整个桥面的一条“大吊绳”，这些钢缆的总长度足以绕地球赤道3圈。

1937年4月，主体工程完工，庞大的桥体终于展现在人们面前。它的橘红“外衣”，为它赢得了“世界最上镜的大桥”的美誉，也由此成为旧金山最出名的地标建筑。当年，约瑟夫·斯特劳斯的合作伙伴——建筑师艾尔文·莫罗为了让大桥在“雾都”旧金山的浓雾中醒目，颇费了一番苦心，最后决定将采用一种罕见的配色——高饱和度的“国际橘”油漆桥身。为了避免风化作用对桥体的腐蚀，需要给金门大桥桥身反复涂刷。巧合的是，油漆队为大桥完全涂刷一遍油漆需要365天。所以一年到头，你都能看到有人在桥上涂刷油漆。

1989年，一场罕见的大地震袭击了旧金山，包括奥克兰湾大桥在内的很多新建筑都倒塌了，但这座金门大桥居然屹立未倒。为了预防未来的自然灾难将旧金山的城市标志摧毁，人们开始启动一项艰苦卓绝的桥梁加固计划，以确保这座气势恢弘的大桥能够抵御地震。直到现在，这项漫长的工程还在进行之中。由于新颖的结构和超凡脱俗的外观，它被美国建筑工程师协会评为现代世界奇迹之一。

今天，金门大桥屹立在海峡之中，已经超过70年，这座经历千辛万苦完成的奇迹工程，履行着自己的建筑功能，更为整个城市增添了光彩。三面环海的旧金山，受到太平洋的湿气影响，夏季常常呈现大雾弥漫的天气，旧金山也由此被称为美国最著名的“雾都”，浓雾中金门大桥红色的钢索若隐若现，“雾锁金门”也成为整个城市最著名的景观之一。

遥望圆顶的科伊特消防塔及尖顶的泛美金字塔

在游艇上我们可看到，旧金山市区陡峭的街道，高低错落的楼群，满目翠绿的树木，山顶的高塔酷似消防队员的水枪。果然，在后面的解说中，我们听到了关于消防塔的介绍。这座消防塔名叫科伊特塔，是旧金山的重要地标之一。

旧金山风光

科伊特塔高约五六十米，是尼克博克第五消防公司著名女消防队员科伊特出资建造的，主要是为了纪念为保护民众的生命财产在大火中丧生的消防队员。因而，纪念塔的外观造型就仿造成消防水管喷嘴的圆柱形。该塔完成于1933年，虽然瞭望台不算高，但因建造在山丘上，所以在塔上眺望外景，与站在50层高楼上的视野一样辽阔，美丽风光尽收眼底。游客可以乘电梯到塔顶，欣赏旧金山的风光。

视线所及的前方，还有一座醒目的尖顶建筑，这就是著名的泛美金字塔。这座建筑是旧金山最高的摩天大楼，是城市天际线中最为主要的建筑之一，楼高260米，共48层。泛美金字塔的主要功能为商务写字楼，曾经是荷兰一家保险集团的总部。据说，每当国定假日、感恩节及美国独立日的时候，泛美金字塔的楼顶就会射出一道白光，纪念这些重要的时刻。

“设计者”沽名钓誉七十年

游船靠岸后，我们又乘车来到金门公园。远远望去，金门大桥宛如一条气贯长虹的海上巨龙，在海天一色的蔚蓝中连接南北，娇媚的阳光使橘红色的桥身格外耀眼，头上淡淡的白云，海中点点的船帆，远处山峦起伏，脚下满目苍翠，游人如织，风光无限。站在宏大的桥塔下，感觉水在流，人在漂，白色的海浪拍击岸边礁石，变成无数浪花散去。

金门大桥包括从钢塔两端延伸出去的部分，全长达2000多米，为此，又分别在两侧修建了两座辅助钢塔，使桥身更加稳固。大桥的桥面宽27.4米，有六条车行道和两条宽敞的人行道。零距离的感受，比我们在电视上和图片中看到的金门大桥更震撼，更壮美！

然而，导致这座大桥遐迩闻名的另一个原因则是它“自杀圣地”的称号。据统计，自大桥建成以来，共有1200多人从桥上一跃而下，诀别于世。

由于桥面到海面的距离高达67米，再加上人坠落时巨大的冲击力，自杀者基本上没有生还的可能性。仅2009年就有39人在这里跳桥身亡。居高不下的自杀人数，使旧金山相关部门头痛不已。其实，早在20世纪70年代就有人提议，在大桥上装置特定设施以阻止人们跳桥。当地桥梁管理部门于2008年10月10日投票决定在大桥上安装不锈钢网，这样，自杀者就不会直接坠落到海里了。

这项工程的造价约为400万～500万美元。当地的环保部门还要对工程进行进一步审查，确保其不会对环境造成破坏，也不会影响到金门大桥的美观。虽然给大桥围网的初衷是好的，但此计划还是招致了一些异议。批评人士指出，与其在大桥上一掷千金，还不如用这笔钱来帮助自寻短见者战胜心理疾病，提高他们的心理健康水平，从根本上解决问题。

“设计者”沽名钓誉70年

矗立桥畔的雕塑铜像，看上去形象生动，神情自若，这是大桥的设计者工程师约瑟夫·斯特劳斯。人们为纪念他对美国作出的贡献，把他的全身铜像安放在这里。老杨了解这位建筑师的事迹，兴致勃勃地向我介绍了这位工程师的感人故事。

但就在金门大桥70岁“生日”之时，却传出了这位设计者沽名钓誉的新闻。

2007年5月27日是金门大桥70岁“生日”，金门大桥行政区这一天发布一份正式的报告，给建桥之前一位名为艾里斯的主要工程师应有的荣誉。之前，金门大桥的功绩簿上都没有他的名字。

斯特劳斯作为该桥梁工程的首席工程师，长期以来被封为“金门大桥之父”，享有20世纪最伟大工程师之一的荣誉。1938年他逝世后，还在金门大桥尾端为他设立纪念雕像。

但是金门大桥的设计和成千上万个建桥所需要的重要数据的计算，其实是由那位名为艾里斯的工程师完成的。艾里斯却在金门大桥开工前被解雇，斯特劳斯抢了所有的功劳。艾里斯回到大学教书，于1949年逝世。

70年后，这位建桥功臣得到了迟来的肯定。

根据统计，每个月到此观光的游客约有100万，专门服务于金门大桥的工作人员就有200人，包括收过桥费、维修和油漆钢索等工作。金门大桥的颜色并不是正红，而是红、黄和黑混合的“国际橘”，油漆工必须在移动的鹰架上油漆，先用压力清洗，然后上3层油漆，另一位同事则绑在依附于钢索的蜘蛛网上，做油漆检查的工作。金门大桥以浓雾缭绕闻名，但雾和冬雨都是结构钢铁的最大敌人，严重的生锈，所有500条悬吊钢索分时分段都更新过。

旧金山的中国城

来到旧金山，我们最想一睹其风采的，还有那片极负盛名的“中国城”。

旧金山的中国城，是美国西海岸最具规模、最为热闹、最具东方神韵的一个，也是美国境内第二大中国城，而且中国华侨的人口占了旧金山总人口的近1/3。中国城位于旧金山市区的中心，当电缆车行经布什街和格兰街的交叉口，就可以看到中国城的入口绿瓦盖顶，盘旋着中国龙的大门牌楼，这里的唐人街已有120余年的历史。入口处还有一对石狮子，上书孙中山先生的手笔“天下为公”四个大字，这是唐人街的象征，也是中华文明的象征。

密集的商店、超市、餐馆，还有庙宇、博物馆及纪念品店等，极富中国特色。繁华街道上到处都是中英文对照的牌匾、广告，挤满了黄皮肤黑头发及金发碧眼的人流，熙熙攘攘生意兴隆，让我们来自祖国的游客感到非常熟悉和亲切。这里多以粤语和汉语交流，宝塔式的屋顶和装饰漂亮的阳台是中国城建筑的主要特色，街灯也是雕龙刻凤的。中国城的主要干道是格兰特大道，每年的中国春节和中秋节庆典盛会都在这里举行。

旧金山唐人街

历史上华人社区的发展与张扬，曾受到来自旧金山市政府的强大阻挠。1870年旧金山出台过一部旨在严格控制华人住房和工作的法案。1906年大地震引起的火灾烧毁了唐人街，市政府便策划把华人从这一地区驱赶出去以发展房地产，好在这一计划最终在全体华人团结一致的强烈抵制之下流产了。至今，唐人街仍安然无恙地存在于最繁华的金融区隔壁，但想继续横向发展却几乎不可能，于是只好向空中立体发展。在这里能见到很多造型独特的楼房，其实都不是同一个年代的建筑，如天后庙街的妈祖庙就建在了理发店和洗衣店的楼顶上。

旧金山居民民族构成复杂，其中非白种人约占总人口40%以上，以华人、黑人、日本人、菲律宾人居多。来自世界各地的移民分区而居，形成语言文化、风俗习惯和宗教礼仪迥异的社区。终身都居住在旧金山的居民并不多，只有35%的居民在加州出生，而有39%的居民在外国出生。

旧金山的包容是一种浑然天成的气质，在这里，除了美味新鲜富有创意的加州菜之外，你也可以吃到全美最棒的法国大餐、意大利菜、日本料理和中国美食；在这里，遍布全市的维多利亚式房屋让你赏心悦目，希腊罗马式的“艺术宫”、雕龙镂凤的唐人街城门、地道东洋味的日本城五重塔、北滩上漆着意大利彩画的餐馆同样让你目不暇接；在这里，世界级的芭蕾舞、高雅的古典音乐、百老汇的音乐剧、缠绵悱恻的爵士乐无分高下，共同融入旧金山城市的生活之中。正应验了美国作家威廉·萨洛扬所说的：“如果你还活着，旧金山不会使你厌倦；如果你已经死了，旧金山会让你起死回生。”

旧金山希腊罗马式的艺术宫

正是这种兼容并包的城市胸怀，孕育了33位诺贝尔奖获得者，创造了硅谷千千万万奇迹般的成功故事；也是这座城市，给了我们“垮掉的一代”“嬉皮士”革命、同性恋者的示威，还有那些让人没齿难忘的雅皮士。

旧金山遍街的咖啡屋总是坐满了人，他们习惯于把咖啡屋当做社区的中心，在那里交朋友、听诗歌、阅读另类刊物。诗朗诵和读报是咖啡文化的基本组成部分，特色咖啡是咖啡文化的精髓。人们对咖啡的钟爱近乎于疯狂，这里至少有40种制作咖啡的方法，大约有250余种咖啡的配方值得尝试。柠檬、香草等是受旧金山人喝咖啡时不错的调料。有人说，旧金山人倾向于用咖啡匙来度量生活。

旧金山市住宅区房屋密度很高，楼房依山而建，街道迂回曲折，坡度较大，比如“九道湾”弯道最陡处达20°～45°，因而使用独特的交通缆车，也成为旧金山一景。闻名天下的旧金山有轨缆车系统，是由苏格兰工程师于1873年设计的。缆车搭在持续前移的钢缆上，钢缆被放置在大街的中心线上，整个线路为环形，其动力由梅森大街上的有轨车为其提供。司机通过一根钳形杠杆来控制车的移动，平均运行速度为每小时30～40公里。

现在，旧金山的有轨缆车仍然有3条线在运营。最受欢迎的是鲍威尔—梅森线和鲍威尔—海德线，它们均使用单向行驶的车辆。虽然旧金山的有轨缆车有时会拥挤不堪，但人们仍然习惯于搭乘。有轨缆车提供了一种无法抗拒的魅力。

有情怀浪漫的人写道：“日落时分，跃上一辆老字号的木制缆车，就像拾到了一张造访100年前旧金山城市生活的车票。”

旧金山的有轨缆车

旧金山全年都适合旅游。冬季一般比较潮湿，夏季多雾并且一天中可能出现多次天气变化，市区比加利福尼亚的其他地区要凉快得多。

旧金山位于加州主要地震区。历史上最大的地震发生在1906年，之前在1851年、1858年、1865年和1868年也发生过大地震。1906年4月18日早上5时12分，旧金山发生了里氏8.25级大地震。由于煤气管爆裂，城里各处引发了多起大火，火灾使该城迅速变为一片火海，在80公里外还清晰可见刺眼的火光及冲天的浓烟。

大火整整烧了3天，旧金山成了一片废墟。在这次地震中，有3000多人丧生，25万多人无家可归，514条街道上的2.8万多幢建筑焚毁倒塌。但是，旧金山在经历了这样大的灾难后却如凤凰涅槃，以不到6年的时间重新建设了一座更新、更现代化的城市。

1915年的世界博览会在旧金山举行，标志着旧金山彻底从废墟中复活了！最近的一次地震是1989年，市中心的街道出现了近1米宽的裂口，其中包括海湾大桥的路线也遭到了严重损毁。

导游告诉我们，在旧金山穿衣服只能多穿几件比较薄的衣服，一旦气温升高，可以一层一层地往下减。不然穿得太厚，脱了冷，穿着又太热。

因为旧金山三面环水，是典型的凉夏型地中海式气候，四季如春。太平洋在这附近的潮流很冷，所以在夏天最高温度也很少达到30℃。9月是最暖和的月份。旧金山位于山口，冰冷的海风一直从这里吹入东部，所以每天温差很大，夏天半夜也可能下降到10℃以下。城内晴天并不很多，冬天经常下雨，而夏天则常常浓雾缭绕。

在旧金山很容易辨别谁是外地人，谁是本地人，走在街上不难看到，许多游客或是冻得发抖，也可能热得满头大汗，而聪明的当地人穿衣服则是多层薄服，隔一会儿加一层或减一层。

斜街是旧金山的一大特色。从浪巴街到利文街这一段是一个大下坡，市政当局为了防止交通事故，特意修筑花坛，车道两边的花坛里种满了玫瑰，街道两边家家户户也都在门口养花种草，花开时节，远远望去，犹如一幅斜挂着的绣品，“九曲花街”因此得名。车行至此，只能盘旋而下，时速不得超过5英里，这段街道因此有“世界上最弯曲的街道”之称。

在九曲花街坡下的拐弯处，有一个生物制品购物中心，因为在洛杉矶大多数旅客已经先购为主，但一看价格，大呼冤枉，这里的价格比洛杉矶的便宜许多，同样的120美元，在洛杉矶只能买3瓶保健品，而在旧金山却可以买到4瓶。而售货员明白

旧金山斜街

斜街上端的“九曲花街”

地告诉我们，“保健品产于旧金山，当然要便宜些，再说到洛杉矶还有运费呢！”为了平衡心理，我只好又买了8瓶葡萄籽。哈哈，这就叫做心理安慰或者心理平衡吧！

“热血铁胆”的巴顿将军

在一个丁字路口处，导游指着一排紧邻马路的白色小楼说：“瞧！这就是著名的美国将军——巴顿的军营。”没有围墙的军营，安全吗？我似乎有些不相信。

巴顿将军是我们中国人熟悉的美国名将，一部电影《巴顿将军》使巴顿在中国家喻户晓。

曾经的巴顿军营

美国陆军四星上将——乔治·巴顿，1885年出生于加利福尼亚的一个军人世家。1903年进入弗吉尼亚军校。1904年进入西点军校。在第一学年，巴顿因外语、数学成绩较差，留级一年。1909年，美国西点军校毕业后在骑兵部队服役。1917年，随美国远征军赴法，参加第一次世界大战，同年11月负责组建美军第一个装甲旅。1918年9月曾指挥该旅参加圣米耶勒战役。1919年，回国后在坦克训练中心工作。

1932年，美国陆军参谋学院毕业，1935年任夏威夷军区情报处长。1940年7月任装甲旅旅长，12月晋升少将，任第2装甲师师长。1942年，任第1装甲军军长，同年11月作为北非远征军西部特遣部队司令，率部参加北非登陆战役，占领法属摩洛哥。后负责组建美国第7集团军。

1943年，任美第2军军长，晋升中将后，指挥美第7集团军参加西西里岛登陆战役。1944年1月，在英国就任美国第3集团军司令，7月赴法国诺曼底，8月率部投入战斗，突入布列塔尼半岛和法国中部。后协同盟军其他部队在法莱斯战役中重创德军，并向洛林方向追击逃敌。

阿登战役中，奉命率部驰援被围困在巴斯托涅的美军，击退德军进攻。1945年，率军突破齐格菲防线，强渡莱茵河，突入德国腹地，占领捷克斯洛伐克西部，进抵捷奥边境。德国投降后，任巴伐利亚军事长官。同年10月转任第15集团军司令。

1945年12月，巴顿将军因车祸丧生。

巴顿作战一贯实施快速机动和远距离奔袭，重视现代化联合作战，善于发挥装甲兵优势，自信果敢，勇猛顽强，有着“热血铁胆”“血胆老将”之美誉。他讨厌政治，是一个战争狂人。第二次世界大战后，他的生活并不顺利。他说，我一生中最大的悲哀就是从最后一场战争中幸存下来。

巴顿虽然死去，但历史还是给予巴顿极高的评价，他成为美国最著名的军事将领之一。他所做的一项改革——随军牧师主日讲道时间不得超过15分钟，迄今仍影响着美军。

美国第50个州——夏威夷

由旧金山起飞，空中飞行5个多小时，便到了我们此行的最后一站——夏威夷。

下飞机时已经是下午两点，一位姓吴的华裔小姐接待了我们。吴小姐很热情，人长得很漂亮，看上去有30多岁的样子，这是美国之行我们遇到的第一位中国广西籍的导游。我们分别上了两辆大鼻子的中巴，前往下榻的酒店。

导游首先带我们去吃午餐。途中她向我们介绍了眼前的夏威夷。

夏威夷州位于太平洋中北部。由8个大岛及124个小岛组成，从西北到东南长约3840公里，是一个孤立的群岛之州。4世纪前后，一批波利尼西亚人乘独木舟来到这里并在此定居，为这片岛屿起名“夏威夷”，意为“原来的家”。整个群岛面积为16.7万平方公里，以面积大小排序，在美国50个州中列第47位，首府为檀香山（火奴鲁鲁）。

最早发现夏威夷的欧洲人是西班牙的胡安·盖塔诺，而真正使夏威夷为世人所知的是英国航海家库克船长，他于1778年登上夏威夷群岛。1795年，卡米哈米哈酋长征服了其他部落，建立夏威夷王国。1898年沦为美国的属地，1959年成为美国的第50个州。它东距美国旧金山3846公里，西距日本东京6200公里，是太平洋地区海空运输的枢纽。马克·吐温说，夏威夷是大洋中最美的岛屿，也是停泊在海洋中最可爱的“岛屿舰队”。

夏威夷风光

夏威夷主要有四个特征：其一，全州由火山岛组成一个新月形岛链，弯弯地镶嵌在太平洋中部水域，所以有“太平洋的十字路口”和“美国通往亚太的门户”之称。太平洋洋底有一破裂带，地壳下地幔层内岩浆向外迸流，构成洋面以下火山群岛，8个小岛是海底火山锥的顶部露出海面而成。岛上迄今尚有活火山，时常喷发。其二，全州属于热带气候。其三，夏威夷州凤梨产量居美国第一，产量占世界总产量的3/4。其四，此州是美国海空军基地，以保卫美国太平洋沿岸。

夏威夷8个大岛中最大的一个是夏威夷岛，面积为1万多平方公里，由五座火山组成，其中基拉韦厄火山为世界活火山之最。冒纳罗亚火山每隔若干年喷发一次，炽烈的熔岩从山隙中缓缓流出，成为夏威夷的一大奇观。

冒纳罗亚火山高出海面的高度有4170米，如果再加上从洋底到海面5998米的高度，其总高度可达1万多米，将远远超过珠穆朗玛峰的高度，成为世界最高的山峰。

夏威夷火山

瓦胡岛是第三大岛，是首府檀香山的所在

地，也是夏威夷的政治和文化中心，在夏威夷岛西北220公里处，全州80%的人口居住在瓦胡岛上。夏威夷群岛虽然地处热带，气候却温和宜人，无严寒天气，无干燥气候，生活非常便利。

夏威夷州气候温润，土质肥沃，2/3的土地种植甘蔗，每年约生产粗糖100万吨，相当于美国目前每年食糖总消费量的1/10，因而被称为美国的糖岛。

夏威夷旅游吸引游客的并非是名胜古迹，而是它得天独厚的美丽环境，以及夏威夷人传统的热情、友善和诚挚。每当观光轮船接近夏威夷外海时，便有一大群热情如火、纯朴好客的夏威夷女郎，驾着小舟靠近轮船，把一串串五颜六色的花环送给游客，且不断地说着“阿罗哈”（最真挚的欢迎）。所以，每个来到夏威夷的人很快便可学会这句话。夏威夷人把花环称为“蕾伊”，熟人相见，欢迎或欢送客人，都要送蕾伊，就好像见面握手一样。

大街上到处可以看到夏威夷人穿的花布衫。男人穿的叫阿罗哈衫，女性的花衫有长短之分，白天穿的略短，叫“慕”，晚上穿的长衫叫“慕慕”，以长短命名衣服是当地人的发明。好些游客来到夏威夷入乡随俗，也穿上了这样的岛服。

檀香山是州首府，之所以得名是因为从前盛产檀香木，当地居住的华侨因而称之为檀香山。这里的居民除了夏威夷人外，还有华人、日本人，以及菲律宾人、波多黎各人等。

瓦胡岛上的波利尼西亚文化中心，有7个村落——夏威夷、萨摩亚、斐济、汤加、塔西堤、马克萨斯和毛利村，代表了波利尼西亚7种不同的文化。各村落建筑均保持几百年前的传统风貌，从不同侧面反映了民族文化特色。

1985年5月，夏威夷州与中国的广东省缔结了友好关系。1992年6月，该州又与中国的海南省缔结了友好关系。

珍珠港的那场“噩梦”

午餐后，我们直接去参观为纪念珍珠港事件中殉难的美国官兵而修建的亚利桑那纪念堂。

亚利桑那纪念堂开放时间为上午8时至下午3时，但有人数限制，而且安检相当严格，规定随身只能带一只钱包大小的东西。那位男导游先把我们带到一张挂图前讲解珍珠港的地理位置，然后又把我们带到馆内院子中央，在一幅硕大的平面世界地图上，我们与导游之间进行互动式讲解。随着导游的解说和馆内的影片资料，我们一步步走进曾经在珍珠港发生的那场噩梦。

珍珠港地处瓦胡岛南岸的科劳山脉和怀阿奈山脉之间平原的最低处，与唯一的深水港火奴鲁鲁港相邻，是美国海军基地和造船基地，也是北太平洋岛屿中最大最好的安全停泊港口之一，一般的民用船舶及外国舰船不经美国海军部门的特殊许可是不得进入的。

珍珠港呈鸟足状展向内陆，介于西湾和中湾之间的怀皮奥半岛南端，有一座乳白色呈八角形的水塔，整个水塔高达55.8米，顶部还设有一盏红灯，是一个显著的进港导航标志，而且港口的岸上还设有一座金鹰信号塔也可以助航。港口的进口只有一个深为13.7米的疏浚水道。

地图下方鸟爪状地貌就是夏威夷瓦胡岛的珍珠港

珍珠港所在岛屿瓦胡岛，也是夏威夷工农业生产集中区。据说，此地从前盛产带珍珠的牡蛎，因而得名。夏威夷群岛位于太平洋的北部，原为王国，于1898年被美国从西班牙手中夺取，并在珍珠港修建了舰艇修理厂、干船坞、燃料供应站、码头和必要的海军设施。其后，又分别在1919年和1922年在那里设立了潜艇基地和航空站。

珍珠港跨海大桥

从岸边远望，蓝色的海面上跨海大桥宛如一条白色的巨龙，守卫在珍珠港的入海口。

20世纪30年代后，随着美日矛盾加深，珍珠港被美国视为太平洋的前沿基地，得到重视和建设。建成后的珍珠港是美国在太平洋最重要的海空军基地之一，水域面积32平方公里，平均水深约14米，最多可以停泊500艘舰船，还可以为航空母舰、核潜艇、巡洋舰等大型海军舰只提供维修、保养等服务。珍珠港中有一个岛屿，上面设有福特岛海军航空站。

日本皇家海军的飞机和微型潜艇偷袭珍珠港事件，发生在1941年12月7日清晨。这次袭击最终将美国卷入第二次世界大战，它是继19世纪中期美墨战争后，第一次从另一个国家对美国领土的攻击，这个事件也被称为偷袭珍珠港或珍珠港战役。

隔水遥望对岸的军港和亚利桑那纪念堂，再仰视晴空中的片片白云，整个珍珠港一派宁静，然而，在一顶白色的大帐篷里，20多分钟的历史纪录片《偷袭珍珠港》，再现了那场闪电般偷袭的滚滚浓烟。

夏威夷珍珠港

这是一场海上、水下、空中闪电式的立体袭击战，在短短的两个多小时里，日军共投掷鱼雷40枚，各型炸弹556枚，共计144吨。击沉、击伤美军各型舰船总计40余艘，其中击沉战列舰4艘、重巡洋舰2艘、轻巡洋舰2艘、驱逐舰2艘和油船1艘；重创战列舰3艘、巡洋舰2艘和驱逐舰2艘；击伤重巡洋舰1艘、轻巡洋舰4艘、驱逐舰1艘和辅助船5艘；击毁飞机265架。

美军伤亡惨重，仅亚利桑那号战列舰爆炸沉没时就有1177人死亡。总计2403人阵亡，1778人受伤。日军只有29架飞机被击落，70架被击伤，55名飞行员死亡，5艘袖珍潜艇被击毁，1艘袖珍潜艇被俘。

日本联合舰队司令官山本五十六赢得了这场赌博，这是他最为冒险、最为得意的一次赌博，这一赌局成功使他名震世界海战史。

亚利桑那号的“眼泪”

因为正逢军港维修日，游船不能进入，我们只能隔海远眺亚利桑那号纪念堂。

亚利桑那号纪念堂的外观形状非常别致，很像中国古代的巨型枕头，或者像一部躺着的比较早期的手提电话。

纪念堂是为了纪念在珍珠港事件中殉难的美国官兵而建造的。1962年5月，肯尼迪总统指定亚利桑那号沉没处为国家陵园，并在亚利桑那号沉没处的水上建立了亚利桑那战舰纪念堂，由美国政府和私人出资建造。

纪念堂搭建在战舰两端的码头上，呈拱桥状，长56米，为钢筋混凝土结构，整座纪念堂通体白色，横跨在亚利桑那号战舰水下舰体上方。是世界上唯一悬浮在水面上的纪念堂。纪念堂的一端是进口，联结着一个浮台，进入纪念堂，没有门扇的门后两边，是关于“珍珠港事件”的简介，中间是仪式厅，两边墙面插满旗帜。另一端是圣室。在纪念堂圣室白色大理石纪念墙上，镌刻着1941年12月7日在战舰上殉难的1177名海军将士的名字。

这艘在珍珠港事件中死难官兵人数最多的战舰成为最独特的陵墓，陵墓上方的纪念堂两侧中间部分各有7个没有窗户的窗口。亚利桑那号战舰在1941年沉没后，至今仍在海底，舰体的上层建筑和火炮均被拆除，舰体仍保留在原位水下的12米深处，水面上可见的残骸仅有舰体后部第三号主炮炮塔的圆形基座。站在纪念堂内特意留空的位置上，可以清晰地看到水底下亚利桑那号的残骸。

亚利桑那纪念堂及水底的亚利桑那号残骸

在纪念堂中部，矗立着一根非同寻常的旗杆。旗杆的下端并非连接在纪念堂的结构上，而是连接在沉睡海底的亚利桑那号主桅杆上。两头高耸的建筑造型象征着从胜利走向胜利。亚利桑那纪念堂是美国的爱国主义教育基地，免费参观，之所以限制人数，是因为纪念堂的最大空间一次只能容纳200位游客。

珍珠港亚利桑那纪念堂大厅

今天的珍珠港仍然是美国太平洋海军司令部总部所在地，纪念在珍珠港事件中殉难的美国官兵的亚利桑那纪念堂，就在司令部对面的海面上。

沉没的亚利桑那号，至今仍然不时有油污从沉船里漂上来，美国人把这些历史性的油污叫做黑色的眼泪。那些油污，是从沉在海底的亚利桑那号油库里渗漏出来的汽油。1941年12月7日清晨，亚利桑那号战舰被击沉之前，刚刚加满了所有油箱里的油。几十年来，在强大的海水压力下，船内的油星从锈蚀的钢板中一滴一滴外渗出来，如今已渗漏了70多年。

按照油库储存的油量计算，还将渗漏100年之久。由于沉舰每日冒出的油星并未对周围海域构成污染的威胁，战事纪念委员会不打算对海底的油库进行封闭处理，任由那些油星隔三岔五地浮到海面上，营造出逼真的环境气氛，成为美国“爱国主义”教育最生动的无言的活教材。

海面上停泊着1945年日本签署投降书的“密苏里”号战列舰

这座纪念堂于1980年落成，设计接待能力为每年75万人次。由于前往夏威夷珍珠港事件纪念堂参观的人数日益增多，这座著名的建筑物不堪重负，已经开始出现下沉。如今纪念堂年参观人次早已超过原设计的两倍，部分建筑物已下沉近76厘米。

离亚利桑那纪念堂不远的海面上，还停泊着1945年日本签署投降书的“密苏里”号战列舰。

1945年9月2日，日本投降签字仪式于停泊在东京湾的“密苏里”号上进行。当日上午8时起，美国太平洋舰队司令官尼米兹上将、太平洋盟军最高统帅麦克阿瑟上将等美方及战胜国代表陆续登舰。8时56分，日方代表重光葵外相、日军大本营代表梅津美治郎上将等登上了“密苏里”号。9时2分，签字仪式开始。此时，各国记者将“日本代表在‘密苏里’号军舰上签字投降，第二次世界大战以同盟国的胜利而告终”的消息发往世界各地。“密苏里”号战列舰从此名扬天下，永垂史册。

奥巴马的出生地

在前往夏威夷王宫的路上，我们看到了一座四四方方，周围都是水池的回廊式现代建筑。导游告诉我们，这是州议会所在地，是夏威夷政治权力的象征，建造费用耗资2450万美元，坐落在伊奥拉尼王宫的正后方。整个设计主要以火山海洋的渊源为主，支撑屋顶下方的圆柱代表棕榈树，四周的水池代表海洋，锥状天井般的大厅和屋顶则象征火山。

在州议会正门中间有一圆形州徽。广场中间最显眼处矗立着一尊铜像，这是为纪念将一生献给麻风病患者的戴明神父所塑。戴明神父手执拐杖，身着披风，头戴圆顶帽，表情相当坚毅。

夏威夷州议会大厦及戴明神父雕像

州议会对面是一座奶油色的二层楼房，曾经是丽丽乌库拉妮女王度过晚年的住所。目前是州长官邸，前面插着三面旗帜：美国国旗、夏威夷州州旗，还有一面大概是州长旗，表示州长是否在办公室，若州长不在，则此旗不挂。

议会大厦隔壁是著名的圣安德鲁大

教堂，建于1862年，是美国最古老的圣公会教堂之一，为夏威夷唯一的法国哥特式建筑，也是日本人钟爱的婚礼场所。

路过维多利亚女王医院时，导游小吴告诉我们，美国的现任总统奥巴马就是在这座医院里出生的。让她倍感荣耀的是，她的小女儿也出生于这座医院。

奥巴马是首位同时拥有黑白血统，并且童年在亚洲成长的美国总统。

他小时候是由他的白人外祖父外祖母抚养，童年随母亲与继父在印度尼西亚生活了四年。因为他与不同地方和不同文化背景的人共同生活过，因此，他的思维方式和美国白人或亚洲人比较接近。

奥巴马的父亲老奥巴马，是肯尼亚的黑人穆斯林，母亲苏托洛是美国一名白人女教师。老奥巴马出生在肯尼亚西部一个贫穷的小村庄，当过放牛娃，后来因为一个很偶然的机会去美国读书，与苏托洛相遇并结婚生下奥巴马，但两人的婚姻并没有维持多久。奥巴马的祖母和许多亲戚如今仍住在肯尼亚的那个小村庄，老奥巴马1982年因车祸去世后也埋在那里。

奥巴马当了总统后，有一次回夏威夷应邀到某学校演讲，他说："树是一定要浇水的，不然就会枯死，但如果过于关心，它就会老等着别人来浇灌；如果只是爱护，给它一点水，却由它自己去寻求活路，它就会把根扎得很深，自己成长得很好。"

奥巴马这次演讲不曾使用讲稿，他的这番话是有感而发，是他自己成长经验的总结。把奥巴马养育成人的，是他的外祖母（据说是夏威夷某大银行的总裁），外祖母培养他，送他进最好的贵族学校，但对他的要求很严格，要求他自己自立，不要依赖别人。并且告诫他，因为他的肤色问题，更要自强自立，不要做一棵天天盼望别人浇水的树，而要自己努力，把根深深扎到地下，自己想法养活自己，并且关心和帮助别人。

奥巴马的外祖母很有远见卓识，把一个黑白混血儿——而且是黑色素占上风的混血儿，培养成为一个美国总统，她的教育无疑是成功的。

美国本土上唯一的王宫

夏威夷王宫是美国本土上唯一的一座王宫，又称伊奥拉尼王宫，位于檀香山市中心，是夏威夷王朝的故宫。这座典雅的建筑是卡拉卡瓦国王在位时所建，当时耗资36万美金。

夏威夷王宫

伊奥拉尼宫是一座欧洲风格的王宫，由于国王对新科技的爱好，这座王宫是世界上第一个有自来水及电力的王宫，也是目前美国本土上仅存的王宫。这座王宫精致小巧，有许多家具、装饰乃至建材，都是卡拉卡瓦在游历欧洲时所定制的。伊奥拉尼王宫始建于1882年，夏威夷王朝的最后两个国王，即卡拉卡瓦国王和丽丽乌库拉妮女王曾经生活在这里。

卡拉卡瓦国王（1836—1891年）又被尊称为快乐的君主，是最后一位实际统治夏威夷王国的君主。他于1874年2月12日在夏威夷登基，1891年1月20日在加利福尼亚旧金山驾崩。

卡拉卡瓦国王不属于卡米哈米哈家族，是启帕阿启亚及启欧荷卡洛蕾的长子。夏威夷群岛的第一位国王卡米哈米哈一世，是一位勇猛的战士，又是一位卓越的外交家，更是一位伟大的领袖人物。他在1810年结束群岛多年混战的局面后，建立起统一的夏威夷王国。卡米哈米哈一世生来就注定拥有不凡的命运。夏威夷的传说中，当一道光束带着羽毛状的尾部划过天空，则预示着一位伟大的首领即将诞生。历史学家相信卡米哈米哈一世生于1758年，正是那一年哈雷彗星经过夏威夷上空。

未来的国王取名帕埃亚，出生后就被藏匿在怀皮欧山谷中躲避家族间的战争。当死亡威胁不在后，帕埃亚离开藏身之地，重新被取名为卡米哈米哈（意为“孤独者”）。卡米哈米哈后来被训练成了一位勇敢的战士。

此时，各岛屿首领之间的战事纷纷，此起彼伏。1788年，詹姆士·库克船长到达夏威夷，正好契合了卡米哈米哈的雄心壮志。有了库克船长作为顾问，再加上西式武器的帮助，卡米哈米哈赢得了茂宜岛伊欧峡谷和瓦胡岛大风口两场艰难的激战。在夏威夷大岛，建于1790年的帕吾可互拉神坛，曾经预言卡米哈米哈将赢得对夏威夷群岛的整体征服。1810年，当可爱岛的考木阿里国王终于同意成为卡米哈米哈的附庸国后，这一预言最终完全实现了。

卡米哈米哈统一夏威夷群岛的意义极其重大，不仅仅因为他的胜利似乎有些不可思议，更因为在各方势力的割据之下，夏威夷各岛曾为与西方势力抗衡而支离破碎。今天的美国，矗立着四座卡米哈米哈的塑像，对他的丰功伟绩表示敬意。每年7月11日被命名为卡米哈米哈日。那一天，每座塑像上都会挂满鲜花制成的花环，以纪念这位夏威夷王国最伟大的开国之君。

由于夏威夷国王卡米哈米哈四世，即卡米哈米哈王朝最后的一位君主，在1872年12月11日驾崩，并未指定王位继承之人。依照王国宪法，如果国王未指定继承人时，由国会指定新任的国王。

夏威夷王位由数名候选人竞逐。其中，竞争主要是集中在两位较高位阶的酋长及部落领导者身上：威廉·C. 路纳利罗及大卫·卡拉卡瓦。路纳利罗是两位之中较受大家欢迎的，部分原因是他的酋长位阶较卡拉卡瓦为高，而且他是已故君主卡米哈米哈四世的表亲。路纳利罗也是两位之中较为奉行自由主义的，他承诺在修正宪法中给予人民更多表达意见的机会。许多人认为政府会直接宣布由路纳利罗当选为国王，然而路纳利罗本人却拒绝这样的事情发生，他坚持王国内的每个人都应该参与国王的选举。

卡拉卡瓦当时印发了一份以夏威夷诗体所写的声明：

“我的人民喔！我古老的国人！

起来！就是这个声音！

嗬！各部落！嗬！我的古老人民！

建立及维护卡米哈米哈王国的人民啊！

起来！就是这个声音！

我的人民，让我领导你们，

别做违反王国法律及破坏王国和平的事。

别去也别投票。

别让外国人所领导，

他们没有参与我们建国时的苦难，别被他们错误的教训所误导。”

卡拉卡瓦相较于他的对手路纳利罗要保守许多。在此同时，外国人对夏威夷政府颇有支配力。卡拉卡瓦承诺让更多夏威夷人回到王国政府内工作，他也承诺要修改王国的宪法。1873年1月1日，夏威夷举行王位的普选。路纳利罗获得了压倒性的多数。翌日，国会确认普选投票有效并且无异议地选举路纳利罗为国王。

路纳利罗继承王位仅仅一年后，于1874年2月3日驾崩。同年2月4日，卡拉卡瓦宣布竞逐王位。他主要的对手是艾玛王后，即已故卡米哈米哈四世的遗孀。此次竞选，阿利伊（相当于夏威夷王国的王室及贵族）之中多数人都较支持卡拉卡瓦，其他议员亦同，卡拉卡瓦遂击败了艾玛王后。

夏威夷王国国会在1874年2月12日集会，选出下任君主；投票结果由卡拉卡瓦获得39票，艾玛王后获6票。当卡拉卡瓦赢得选举的消息传出，支持艾玛王后的党人旋即对促使法院公告卡拉卡瓦获胜的国会议员发动攻击。叛党以武力强行进入王国法院，并且野蛮地殴打数名议员。其中一名议员被丢出窗外后死亡。新当选的卡拉卡瓦国王要求美国的部队及英国战船协助平定乱党，当晚之前，秩序即已恢复。登基之后，卡拉卡瓦指定由他的弟弟威廉·彼特·里雷欧侯库作为他的王位继承人，终结夏威夷国王由选举产生的时期。

卡拉卡瓦以访问夏威夷各个岛屿的方式上任，这提高了他受欢迎的程度。在1874年10月，卡拉卡瓦派出代表赴美国协商，他希望能与美国签署互惠条约，以改善当时夏威夷的不景气情况。11月时，卡拉卡瓦自行旅行到华盛顿特区，面会美国总统尤里西斯·辛普森·格兰特。双方完成协商，便在1875年1月30日签署了互惠条约。互惠条约允许特定的夏威夷产品，主要是糖和大米，得以免课关税进入美国。

卡拉卡瓦统治的初期，他全力运用国王的权力指定及解散内阁。他相信阿利伊的祖传权力已经赋予他。卡拉卡瓦不断地解散旧内阁并且指定新内阁。此举招致来自激进派人民的批评，他们期待改革夏威夷政府，使夏威夷成为一个如同英国方式一般的君主立宪体制——君主对于政府拥有非常小的实权，但具有极高的地位并且是国家元首。该派人士并且相信应由立法机构决定内阁人事而非由国王指定。卡拉卡瓦在位期间，双方的对抗一直持续着。

1881年，卡拉卡瓦国王离开夏威夷，旅游考查世界各国的移民事务，并且增进同各国间的外交关系。他同时也想研究其他各国统治者如何治理国家。他不在国内期间，由他的妹妹及王位继承人丽丽乌库拉妮公主代理王位摄政（国王先前所指定的王位继承人里雷欧侯库已于1877年逝世)。

卡拉卡瓦先到旧金山，美国以王室规格款待他。随后他又到日本，面见日本天皇。他又前往中国、暹罗、缅甸、印度、埃及、意大利、比利时、德国、奥地利、法国、西班牙及葡萄牙等国，最后他借道美国返回夏威夷。他在这趟旅程中见到了许多国家的君主及元首，包括意大利国王及维多利亚女王，是世界上第一位进行环球旅行的国王。

据说，卡拉卡瓦国王曾有意要建立一个波利尼西亚帝国。1886年，立法机构拨给政府美金3万元，以建立一个波利尼西亚联盟。国王派出代表出使萨摩亚王国，两国结盟之议获得萨王马列托阿首肯。然而此一结盟时间却不长，因为卡拉卡瓦国王隔年即因“刺刀宪法”而失去权力，改革党人崛起获权后就终止了这个联盟关系。

从1887年开始，教会党已经对卡拉卡瓦国王非常失望。他们以国家债务的增长为由指责国王是一个挥霍无度之君。一些外国势力意图强逼卡拉卡瓦退位，由莉迪亚公主继任。然而也有人意图完全终结君主制，并由美国吞并夏威夷群岛，主张吞并派人士组成一个名为“夏威夷联盟”的团体。就在1887年内，该联盟成员即已完成武装集结。国王受到武装力量的惊吓，并被要求将其权力转移给代表美国、英国或是葡萄牙的外交部长。联盟成员后来要求国王签署一部新的宪法。

新的宪法因为是在对方武装力量的胁迫下签署的，因此又被称为“刺刀宪法”，该宪法大幅削弱国王的行政权力。宪法中规定，立法机构可以撤销国王所拥有的否决权，此外，国王所有行动前均须经内阁副署同意或批准。贵族院，即受国王所指定的立法机构，须采行选举方式被选出。这部宪法并且加入一个新的条款——允许非夏威夷公民投票。不过这个目标却没有实现。

还不到1890年，国王的健康状况就开始衰退。在国王的医师建议之下，国王赴旧金山治病，然而国王的病情却每况愈下，终至1891年1月20日病逝于旧金山。国王的遗体由美国巡洋舰查理斯顿号运回檀香山。国王的妹妹丽丽乌库拉妮继承夏威夷王位。

卡拉卡瓦国王赢得“快乐君主”的昵称，是因为他对于生命中欢乐、节日等元素的爱好。卡拉卡瓦统治期间，恢复了19世纪20年代被教会视为伤风败俗的呼拉舞传统。直到今天，夏威夷人为纪念和缅怀卡拉卡瓦国王，仍然举办呼拉舞节日——快乐君主节日；在观光客众多的夏威夷威基基区，海滩旁的主要道路也是以卡拉卡瓦的名字来命名。

丽丽乌库拉妮女王掌权后，不满外来势力对本土夏威夷民族的影响，和在当地已经生根扩张并发展资本主义经济的白人传道士（这些人当时大都成为大农场主）不时发生利益冲突。1893年，美国传教士约翰史蒂文斯命令当时在夏威夷访问的美国“波士顿号”海军，包围了夏威夷王宫。

传教士的这一狂妄举动，连当时的美国总统葛鲁夫克理夫兰都觉得不合法，然而，美国国会却没有将此当一回事。在美国商人和美国士兵的机关枪的胁迫下，丽丽乌库拉妮女王无可奈何，只得宣布退位。1895年夏威夷王朝的拥护者曾发起过一次政变但未成功，政变失败后，丽丽乌库拉妮女王被控颠覆政府罪，被罚款5000美元，并判被劳教5年。尽管，她最终并没有被劳教，但她一直被软禁在王宫之中。

最小面额的纸币发行量最大

夏威夷王国令人回肠荡气的历史，我们倾听得津津有味，毕竟我们这些非历史学者又从未专攻夏威夷历史，以往对夏威夷的历史只知一些零星片段，有的甚至闻所未闻。历史的魅力在于，现实的森林如此茂密，人们且要探究她怎样扎根于往昔的岁月中。感谢那位知晓夏威夷历史的导游，是她既让我们“身游”也让我们“神游”夏威夷。于是，我们且走且听。

王宫广场西南草坪处，有加冕典礼台。是为1883年2月12日国王卡拉卡瓦和王后卡比奥拉尼加冕仪式而建造的，后来被移到现在的位置。

王宫对面的卡米哈米哈一世的铜像于1878年建造，由旅居意大利的美国雕塑家托马斯·古尔德来雕塑。铜像装到一艘轮船上被运往巴黎进行扫金，可轮船在途中沉没。后用保险赔偿的钱建造了一座新的铜像，并于1883年运抵檀香山。可就在新的铜像将要到达的时候，原来丢失的铜像也被打捞出来并运抵檀香山。现在，原铜像矗立在离卡米哈米哈一世出生地不远的大岛上。卡米哈米哈一世的镀金铜像，听说并不是依卡米哈米哈的外貌所铸造的，因为卡米哈米哈国王长相并不好看，但是这座铜像却将卡米哈米哈的庄严气势表现得非常充分。

卡米哈米哈铜像正后方的建筑被称为“阿莱伊奥莱尼希勒”。卡米哈米哈四世原打算将此作为他的宫殿，可直到他去世后的1874年该建筑才完工。这座楼后来成为夏威夷政府总部以及立法议会和最高法院的所在地。正是在这里，临时政府于1893年正式推翻了夏威夷王国。现在是夏威夷最高法院和夏威夷州法律图书馆所在地，在一楼还有一个司法史研究中心。

卡米哈米哈铜像

夏威夷最高法院

最高法院大楼旁边是领土事务处办公大楼，也被称为科库安纳欧大楼，是以科丽库兰尼公主的父亲、卡米哈米哈国王的曾孙科库安纳欧的名字命名的。由建筑师阿瑟·夏威夷雷诺兹设计，于1926年完工。

这两座楼之间，有一片榕树。想不到，在太平洋的小岛上，竟也生长着这等气宇轩昂的大榕树。我们深入其中，仔细探究了一会儿，还是闹不清这片榕树是几株榕树的集合，还是独木成林？恍惚中，我甚至以为回到了祖国的边陲小城云南瑞丽。据说，这些大榕树是一位被国王招为驸马的中国商人——陈芳带到夏威夷，并经过千辛万苦才栽种成功的。

在返回酒店的路上，吴导曾自我介绍，有人说她像越南姑娘并称她为“越南美女”。她还考问我们，美元钞票上的总统及名人都是哪些人？

我们的回答都不够准确。

她告诉大家：1美元钞票上的人物肖像为美国第一任总统乔治·华盛顿；5美元

钞票上的人物肖像为美国第16任总统亚伯拉罕·林肯；10美元钞票上的人物肖像为美国开国政治家、第一任财政部长亚历山大·汉密尔顿；20美元钞票上的人物肖像为美国第七任总统安德鲁·杰克逊；50美元钞票上的人物肖像为美国第18任总统格兰特；100美元钞票上的人物肖像为美国开国元勋富兰克林。聪明的美国人，把开国之父的头像印刷在面额最小的纸币上，是因为最小面额的纸币发行量最大，流动量最大，就连美国的小朋友都认识1美元纸币上的华盛顿。

1 美元纸币印有华盛顿头像

晚饭后，导游极为热情，直接带我们去夏威夷最大的免税店DFS。DFS店的正门就在最热闹的卡拉卡瓦大街上。这里还有皇家夏威夷中心和国际商场，以及布满夏威夷的ABC平价商店等。你能感觉到，夏威夷真是名副其实的旅游城市，满街都是各国的游客，其中最多的是日本人。日本人到夏威夷购物、度假、旅游、结婚，日语几乎可以畅通无阻。

导游发给我们每人一个标志，再三嘱咐一定要用这个标志才能购物免税。接下来非常主动地为我们带路，我们都心照不宣，没好意思马上离开。在3层楼上，我们几个人勉强走了几个柜台，感到相当累了，想回酒店休息。还没找到电梯呢，就被导游发现。只好坦白，我们想回酒店休息！导游还算给面子，没有给脸色看。只是告诉我们，保留好标志，明天还可以用来购物。

夏威夷卡拉卡瓦大街一角

回到酒店，外面的景色很美，正好处于市中心的位置，我随手拍了几张以作纪念。之后，我便开始大洗，反正还有一天一夜的时间，洗什么都可以干透，后天就可以干干净净地回北京了！

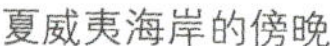
夏威夷海岸的傍晚

夏威夷街头雕塑

夏威夷王国的华人驸马

我们来到夏威夷王宫之前，没有谁会想到，这个远离大陆的岛国王宫里，竟然出现了一位华人“驸马”——陈芳。

这个故事十分传奇，陈芳纳夏威夷王室公主朱丽亚为妾，在那个华侨被称为猪猡的年代，他的王室之恋为当时社会地位极低的海外华人挣足了面子。

陈芳，字国芳，别号阿芳，又名国芬，清道光五年（1825年）生于下恭都杨梅斜村（今属珠海市前山镇梅溪村）。父陈仁昌，经商澳门，家境颇富，故陈芳自幼受过较好的教育，曾参加科举考试。陈芳14岁时，父亲去世，家道逐渐中落。1849年，陈芳随伯父到檀香山经商。

在入境登记时，陈芳被登记成“Chun Afong”。西人名在前，姓在后，这样，“阿芳”成了陈芳的姓名。通过辛勤的努力，陈芳在很短的时间里积累了部分资金和经验。他先在贝父街开设了一间店铺，销售他伯父回国时留下的部分货物。1854年，陈芳的经营范围进一步扩大，他与陈冬合伙开设一间新店铺，店铺的租金每月就达1600美元。1857年7月店铺因邻近剧院大火所延，产业付之一炬，一位职员拐带他的3万美元潜逃，陈芳因而亏损负债。但他并不气馁，向私人借贷利率达50%～100%的高利贷，回国购了一批新货物，重新开业，一年后扭亏为盈。1857年，他用1300美元买下一间新店铺，在富裕的白人区购置了一间房子和地皮，同年加入夏威夷土籍。

夏威夷岛的经济开发始于农业，重点是蔗糖。早在1789年，中国珠江三角洲的移民就在这里定居。带来了制糖生产技术，为夏威夷蔗糖业奠定了基础。19世纪50年代，英、美等国白人逐渐垄断了这个行业。经商致富后的陈芳决心在农业种植方面与白人比个高下，在60年代与程植合办了一家“芳植记”公司。他大胆摒弃了中国旧式人工制糖的工艺，引进西方的机械技术，经济效益迅速提高。1870年，“芳植记”名列夏威夷八大企业之一。

陈芳从事蔗糖业投资时，正值美国南北战争期间，南方产糖地切断了对北方蔗糖供给。陈芳抓住这个机会，对美国北部大陆大量倾销蔗糖，获得巨额利润。1880年前后，陈芳又收购了当地闻名的泼比可农场一半的股权。他把大学毕业的长子、次子均安排到农场协助管理。1881年，陈芳的资产已超过100万美元，在当地华侨中名列第一，被誉为“商界王子”。

陈芳是第一位将中国花木移植于夏威夷的华侨。1870年，陈芳委托运载货物的船工，将一棵中国荔枝树运来，移栽在他居屋的院子里。因为土质不适合，荔枝树死了。陈芳没有灰心，第二次运树时，他吩咐连同树苗生长的土壤一起运来，结果树木成活了。这棵荔枝树成为今天檀香山荔枝林的祖宗。其后，陈芳又成功地引进了榕树、木兰花、玫瑰花和鸡冠花。这些花木在岛上繁衍，被称做“中国情调”，为来岛观光的各方游客津津乐道。难怪我们在夏威夷最高法院楼房一侧看到了中国南方的大榕树。

夏威夷最高法院楼房一侧的榕树林

像孔雀开屏的中国热带植物

出入过中国科举考场的陈芳，明白社会政治地位对其商业经营的成败有着重大的关系。在初到檀香山的日子里，陈芳社会活动的第一步便是打听住所的四周有多少社会名流，并把当时的贵族、部长大臣、银行家、大律师、传教士等数十人的名字一个个记入脑中，寻找机会结识他们。为了社交需要，他很快就学会了交谊舞，并不断出入教堂和公共场所。在商业经营中崭露头角后，陈芳开始施展了他的社交才能。

陈芳认识到华人必须争取政治地位的改善，才能摆脱当时三等公民的不利地位。1856年，当时的夏威夷国王堪姆汉查四世新婚举办婚礼大典，皇宫新建了一座大楼。陈芳牵头联合了几位华商，在这座大楼里举办了一次夏威夷有史以来最豪华的婚礼舞会。陈芳将大楼大厅用中国式灯笼和工艺品装饰得富丽堂皇，自己拖着长辫子，穿着布满金饰的丝绸长袍，亲自迎接与会者。国王夫妇和各界社会名流均来参加舞会。当地报纸报道说婚礼舞会成为“压倒一系列事件的盛事”。

在舞会上陈芳与王室某成员的夫人翩翩起舞，成为檀香山华人中第一桩趣闻。舞会花去3700美元，大部分由陈芳支付。舞会举办的成功，为陈芳跻身高层社会打下了基础。1857年，陈芳与夏威夷王室公主朱丽亚结婚，进一步提升了陈芳的政治地位。

朱丽亚的外祖父辈是夏威夷王室成员，父亲是美国移民，当时在夏威夷办有榨糖厂。朱丽亚姐妹3人，她居长。1850年父母双亡，留下大笔财产，由王国大臣当监护人，朱丽亚被送到基加夫人家中抚养。此时，基加夫人同时抚养着另一位王室男孩，叫卡拉卡瓦，与朱丽亚姐弟相称。朱丽亚上学时，常从陈芳的居屋前走过。陈芳了解到她的出身，并被她的美貌所吸引，倾心娶她为妻。

1855年，朱丽亚15岁，已到当地结婚年龄，陈芳征得朱丽亚监护人、前王国大臣朱特博士同意，与朱丽亚订婚。陈芳花了两年时间，在奴瓦努为朱丽亚建造了一套中西合璧的花园式别墅，于1857年6月举行婚礼。当地报纸用醒目标题报道了他们结婚的消息。据史料记载，陈芳的新住所是当时夏威夷最漂亮的建筑物，当时在夏威夷旅游的客人，都要把“参观陈芳房子”列入旅游项目。1879年，陈芳从德国购进一套西洋乐器，组成一支乐队，专门为参观房子的客人和在这里举办的舞会演奏。

1874年，夏威夷国王堪姆汉查四世逝世。朱丽亚的义兄卡拉卡瓦被亲美派贵族推举为王位继承人。此举为亲英的王后艾玛所反对，展开了与卡拉卡瓦的王位竞争。陈芳与朱丽亚的另一妹夫戴维逊利用其强大的财力，为卡拉卡瓦举办了一系列的竞选活动，最后立法机关以39票对6票的绝对优势通过了卡拉卡瓦任新国王。这样陈芳作为国王的义姐夫，列名为王室贵族成员，被任命为枢密院顾问。由于与陈芳的关系，卡拉卡瓦国王对中国怀着友好的感情，曾于1881年起程访问中国，在旧金山受到华人的热烈迎送。

1880年3月，陈芳正式就任中国驻夏威夷华商首董，陈芳的居屋成为华商董事会驻地，中华帝国的龙旗第一次在这里升起。陈芳就任华商首董后，旋即辞去夏威夷枢密院顾问职务。1881年，“华董”升格为中国驻夏威夷领事馆。陈芳被任命为首任领事。在华商首董和领事任内，陈芳致力于议订一些规章，以保障中国人如何同大多数优惠国公民一样受尊重。如中国人可以自由进出夏威夷，可以自己购买土地和财产，选择职业自由，华人子女有权进入本地公立学校，劳工契纸的签订出于自愿等。这些规章和建议，在华人中产生了重大的影响。

19世纪80年代初，美国发生了排华运动，波及美国势力范围的夏威夷。卡拉卡瓦国王访问中国后，美国政府担心卡拉卡瓦与陈芳的关系会使夏威夷成为“中国的殖民地”，亲美派内阁对国王和陈芳不满之辞越来越多。1881年7月，美国夏威夷檀香山华侨商人陈芳受晚清大臣陈兰彬、容闳之托调查夏威夷虐待华工情况。陈芳把调查到的情况在香港报纸上披露，点了几位虐待华工的人的名字。夏威夷内阁出面否认，33名夏威夷商人联名攻击陈芳是“讹诈的人”，要求陈芳解释真相，街头贴满反对陈芳的标语。陈芳迫于压力，向陈兰彬提出辞呈，为陈兰彬拒绝。

1887年，夏威夷发生政变，白人反对派强行通过不准华人参与政治和亚洲移民没有选举权的新宪法（“刺刀宪法”）。国王卡拉卡瓦权力被架空，陈芳失去了政治靠山，在政治和经济上陷入困境。1879年，陈芳国内元配妻子所生的长子、最得陈芳宠爱的陈龙，在协助陈芳管理商务时急病逝世，对陈芳的精神更是一次重大打击。陈芳自忖已经65岁，应该叶落归根，于是做出决定：辞去领事职务，将泼比可农场股权的2/3变卖，得款60万美元，其他产业和泼比可农场剩下的1/3股权保留，交由朱丽亚及其子女。他将60万美元转移到香港和澳门，于1890年返杨梅斜老家定居，随同他一块儿返中国的，有长子陈龙的儿子陈永安和女儿陈妙颜，还有他与朱丽亚所生的儿子陈席儒。

陈芳返乡途经澳门，打算停留一晚。他到南湾一家当时澳门最豪华的酒店预备住下，可是却遭到酒店人员的冷眼。侍应员告诉他，这间酒店只收白人，不收华人。陈芳二话不说，就往经理室走去，两个小时后他在大堂上公布：从现在起他已是这家酒店的新主人。此事在澳门成为头号新闻。南湾酒店收购后，陈芳又在澳门引进了几头荷兰牛，澳门养殖荷兰牛就是从陈芳开始的。稍后，陈芳在港澳的生意业务均交儿子陈席儒、陈赓虞办理，自已在家乡安度晚年。他回乡所做的第一件事，是将分散于香山六个村庄的历代祖宗的尸骨迁回本乡安葬；接着是整治村容，开辟了两口池塘，种植椰子、槟榔树，在村周围种植了从夏威夷带回的无核菠萝，修筑了炮楼，建了一间学校和陈氏大宗祠；又从南溪引水过滤为自来水，供全村饮用。他还购置了两台柴油发电机，直到抗战前夕，还发电照明。

陈芳的善行受到村民的一致赞誉。陈芳一生究竟捐赠官府多少银两，史料没有记载。根据清朝典章制度："凡士民人等助赈荒歉，实于地方有裨益者……其捐银千两以上，请旨建坊，给'好善乐施'字样。"从清朝赐造的4个牌坊看，陈芳捐献官府用于慈善事业的款项起码达到4000两银子。该牌坊至今犹存，列为广东省文物保护单位。

1906年，陈芳在家乡逝世，享年81岁，身后留下巨额财富和一个庞大的家族。他国内元配妻子李氏生了两个儿子，夏威夷公主朱丽亚生有4子12女，一个儿子夭折。其中较为著名的为曾担任过广东省长的次子陈席儒与香港富商陈赓虞。

第一次体验潜水艇

早餐还是在昨晚用餐的豪嘉利餐厅，他们那里的木瓜和菠萝，味道极好，餐厅服务人员不停地穿梭于后厨餐厅之间，4大方盘的水果上来，转眼就被游客们取走。我们眼巴巴地等了好几次，都没有把木瓜"抢"到手，最后还是忍"馋"而走。也不能因为木瓜而耽误了乘潜水艇观赏夏威夷海底世界呀！

在指定的地点，我们上了一辆专门接送潜水游客的观光车，这种车很像老式有轨电车，只是不用轨道和电线。观光车跑了几家大酒店，接上满满一车客人，来到威基基海滩前的希尔顿酒店潜水码头，那里已经有许多各种肤色的游客在排队等候。

威基基海滩是世界上最有名的海滩之一，也是众多游人心目中最典型的夏威夷海滩。海滩区东起钻石山下的卡皮欧尼拉公园，西至阿拉威游艇码头，总长1.6公里，每日到这里的游客约达2.5万人。

这里海面开阔海水碧蓝，沙滩洁白椰树摇曳，楼房错落景致迷人。在这里可以看到，一顶顶色彩艳丽的遮阳伞，一家老小或一对对情侣围坐在伞下，有的读书，有的日光浴，有的窃窃私语，还有小朋友堆沙雕。海面上划船的、冲浪的、游泳的各显其能。还有那些情意绵绵的男女，手拉手地在洁净的沙滩上赤脚漫步，细细品味着世界上最美丽的海滩风光。

我们也孩子似地脱下鞋袜，亲自踩一踩这些从国外空运而来的优质细沙，甚至躺下身来闭上眼睛，感受和体验一下威基基银色沙滩的绵软和温润。

码头左侧的钻石山，标志性的剪影映衬着威基基的碧水蓝天。钻石山是象征夏威夷的州立自然保护区，是一座海拔228米的火山口，在不少绘画摄影作品中出现过。据说，发现夏威夷群岛的英国人库克船长，在夜晚看到整个山头冒出蓝光，像蓝宝石一样闪闪发亮，他就此把它称做钻石山，而当地的华人觉得它更像一条卧龙，似有意称其为卧龙山。攀登至钻石山顶可以眺望威基基和整个瓦胡岛东岸的美景。

专门接送潜水游客的观光车

夏威夷人家

夏威夷海滩名不虚传

夏威夷钻石山

我们依次登上快艇，看似风平浪静的海面，仍让我们站立不稳，大家赶快就近找个座位坐好。快艇客厅前面的舱门是使用特制帆布做成的拉链门，其独特质地及制作别有特色。一位年轻漂亮的女船工，熟练地将门拉得严丝合缝。这样的拉链门，既不容易让海风刮开，又不容易被大风刮破，我们深为这扇拉链门的创意所叹服。

快艇工作人员用日语和汉语、英语讲解，为游客简单介绍了安全知识后，通知大家：潜水艇上没有卫生间，请游客在快艇上处理好“方便”问题。到达位于威基基海滩外30.5米深的太平洋潜水艇下沉的地点，游客们都兴奋异常，争相一睹潜水艇的真容，毕竟大家几乎都是第一次体验潜水艇。

只见快艇外侧一艘潜水艇渐渐地上浮到水面，这艘名叫亚特兰蒂斯的潜水艇，是世界上最大的观光潜水艇，全长18.3米，宽4米，自重达60多吨。大家都忙着拍照摄像，我们虽然不是第一次看到潜水艇上浮，但却是第一次即将踏上潜水艇，心情

夏威夷的亚特兰蒂斯观光潜水艇

潜水艇的出入口

难免有些激动。工作人员指挥前一批观光游客从潜水艇里全部撤出后，方准许我们按照顺序登艇。说是登艇，其实是从潜水艇狭小的出入口倒退着下到潜水仓内。“拉开距离，小心碰头！”工作人员不时提醒游客。

不同于军用潜水艇的内部结构，这是一艘专门用于观光的潜水艇。中间两排背靠背的座椅，几乎把潜水艇内的空间全部占满。座椅前面全部是透明的观光玻璃窗，大概3人拥有两个窗口，足够观赏者有理想的观赏视野。

在观光窗口的右上方，挂着设有英语、汉语、韩语和日本语频道的耳机，让游客在观赏海底世界的同时，能听到详细的同步解说。随着船长的介绍，潜水艇不知不觉已经开始下沉，5米、10米、20米，透过玻璃窗我们看到了水底白色的沙滩、黑色的海礁、褐色的珊瑚礁、灰色的人工礁，以及彩色的鱼群。

潜水艇继续下潜，30米，40米，最深处达到45.7米，我们竟然头不痛，耳不胀，一点不适的感觉都没有。窗外的海底世界尽收眼底，但令人失望的是，原来想象的夏威夷海底是五彩斑斓的世界，而眼前却是色彩单一，水草稀疏。

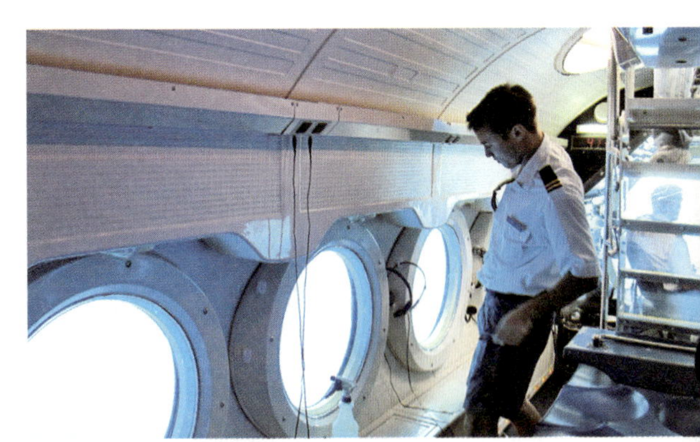

夏威夷观光潜水艇舱内圆形观景窗

据说，过去的100年中，威基基沿海的海洋环境不断被破坏，天然珊瑚不断消失，海洋生物数量减少。亚特兰蒂斯潜艇公司积极参与对海底的恢复与保护，创造性地提出“珊瑚礁行动”，在威基基潜水基地打造了大面积的人造礁石，其中包括两艘沉船，即美国海军战舰YO-257号、韩国渔船圣佩德罗号；还有日本设计的珊瑚礁结构，夏威夷大学海洋专款建成的6个混凝土结构制成的“金字塔”人造礁石。这些珊瑚礁成功地扭转了威基基海域的环境恶化，使得鱼类、珊瑚和其他海洋生物的

海底沉船人工珊瑚礁

海底金字塔人工珊瑚礁

数量大为增加。

这里海底的白沙也是人工铺垫的，和海洋的生物以及人工建造的礁石形成比较大的色差，尽管深入海底很深，视线依然不错。我们清楚地看到了沉船、战舰、飞机、“金字塔”，各种鱼类在这些人工礁石中，自由穿梭、嬉戏和休息；其中，黄色的小米粒蝴蝶鱼最为美丽和醒目；我们还见到了一只深绿色的海龟，在海底中摆动着短小的四肢舞蹈。大家见到它时不由得惊呼：海龟！海龟！我们亚洲不少国家的人都认为，海龟是一种长寿动物，看见它是吉祥的征兆！整个潜水观光过程持续一个半小时左右。比起我们以往在中国海南、泰国芭提雅及澳大利亚大堡礁曾经潜水时的那种紧张刺激，自我掌控的10米潜水深度来说，这次则是完全不同的放松的视觉和听觉的享受。

当我们一个个从潜水艇中爬出后，快艇又把我们送回到码头。这时的光线正适合拍照，大家纷纷以钻石山为背景摄影留念。据统计，这里辟为旅游景点以来，已经有超过1100万游客参加过潜艇潜水活动。

夏威夷的自然奇观

下午游览恐龙湾、海泉喷口和大风口。

导游小吴告诉大家，瓦胡岛东南的恐龙湾是有名的浅水浮潜海滩。为了保持原生态环境，恐龙湾限制游人数量，成规模的旅行社团队是不让下海的，散客需要购票才能下海游玩。而且每逢星期二要清理海滩，不接待游客。在这里游玩要先看影片介绍海滩的美丽风景及注意事项，不可触摸珊瑚和鱼类，不能给鱼喂食等，游玩中配有汉语、日语耳机讲解。这儿的海滩设施简洁宽敞，露天的冲淋龙头，隔成一间间的更衣室。山上草坪绿地，白鸽、野鸡与游人共处，人与自然和谐成趣，带给游客的是心绪的宁静和精神的闲适。

站在山势形成的自然看台上，凝视着瓦胡岛东南端环形的恐龙湾海岸，实在难以想象这美丽的海湾居然曾经是个火山口。今天，这座被不断袭来的海浪侵蚀的火山口，已经成为岛上最受欢迎的浮潜地。遥看海湾恰似一条横卧的恐龙，但讲究实惠的日本人，给了它一个更形象的名字——欧米伽，因为这个海湾的形状就是典型的瑞士名表欧米伽字母符号。

恐龙湾被日本人称做欧米伽

此处碧蓝的海水中有着姿色各异的生命，鲜活的珊瑚丛中隐藏着各色海洋生物。绿色海水浅滩下的珊瑚礁，隐约露出水面。很久以前，当地人就禁止在这里捕鱼，因此，这里就成了人鱼同乐的好场所。只需戴上潜水镜，向海里多走两步，把头埋进水中，就可以看到五光十色的热带鱼在珊瑚丛中嬉戏游弋。运气好的话，还可以看到憨态可掬的海龟。

海泉伴着哨音从黑礁石中喷出的水柱

沿着恐龙湾继续上行，路边有一处伸向海边的停车场，这里的海滩是黑色的，是由火山喷发后火山灰岩所形成。巨大的岩石中间时而喷出几米高的白色水雾。仔细观察，黑色的岩石中有一个经过长期海水侵蚀作用而穿孔的圆洞，当岩下海面大浪猛然向岸边礁石扑

黑礁石海滩与相接的白沙滩形成鲜明的反差

来时，海水涌入洞孔，向上反冲出一道水柱，有时竟达十几米高，然后像雾气一样散去。因为洞中伴有空气来不及跑出来，随着海水的喷射发出很响亮的鸣笛哨音——这便是夏威夷著名的天然“海泉”奇观。沿着海泉延伸出一条黑礁石海滩，与相接的白沙滩形成鲜明的反差。

世界上有许多著名的喷泉，比如美国的黄石公园就有一个闻名遐迩的“诚实泉”，但海中的喷泉恐怕只有夏威夷得以相见了吧！大家站在岸边护栏前驻足观看，不停地按动相机快门，为喷出来“海泉”的高扬的水柱而惊呼！

下午的最后一个景点就是“大风口”了。导游调侃地嘱咐我们把“假牙”和帽子保管好，不然到了“大风口”她可不负责帮助游客追回“假牙”和帽子。果真有这么大的风吗？不过我们还是整理了一下自己的行装，加上了外套和围脖。

果然，这里的风势不小，山中的植被都披上了云雾，山峰罩上白色的云帽，真是云雾山中绕啊！绕过山谷，前面的风势更猛，我们一个个“怒发冲冠”，但没有雾的山口，能见度非常清晰，远山近景历历在目。天空是湛蓝的，云层很低；海水是碧绿的，娇美如玉；植被茂密，好像是绣上去的；住房别致，好像是画上去的；说这里风光如画一点也不为过。

夏威夷大风口

夏威夷大风口风景区位于瓦胡岛的东南部，因为在山的敞口处，有来自东北方的猛烈强风，进入敞口后则是阴风狂吹，起码有8级以上的风力。有人说，这个“大风口”就像一个天然的军事要地，只要派几个人守住，多少兵也攻不下。山口醒目处一幅大型图画，画面中的山崖上挤满了挥舞兵器的战士，有人从山崖上坠入山谷。

小吴介绍说：近代这里发生过一场惊天动地的战斗，就是夏威夷国王进攻瓦胡岛酋长的守军。当年，瓦胡岛的酋长也是兵强马壮，又有“大风口”这个天然屏障，没有把夏威夷国王的军队放在眼里。可是，夏威夷国王智勇双全，又掌握了火药和指南针的应用技术。打到最后，瓦胡岛酋长实在守不住了，又不甘心当俘虏，于是，一跺脚从“大风口”跳了下去。剩下的四五百名土著士兵也宁死不屈，跟着酋长跳下深深的悬崖。

宁肯跳崖也不当俘虏

导游小吴手指远处的小城镇说，这里除了大风口和惊天动地的战斗之外， 还出现了一位黑人总统，这里就是奥巴马的家乡。

奥巴马在宣誓就职美国总统之前，回到他的家乡，和他的家人共同度过了2008年的圣诞节。在2009年他仍然租了同一幢房子来度假，并且有兴趣买下这座面朝大海的大房子。因此，也有人开始把这里称为“冬天的白宫”。不过，这里的地产可不便宜，奥巴马租下来的这间650平方米面积的房子， 在市场上的价格大概是890万美元。

奥巴马的家乡

奥巴马一家回到家乡过圣诞节的时候，所在的街区戒备森严，不许闲杂人等随便出入，但是还是有不少好奇的人们去到那里，希望能瞄上总统一眼。不过，当地的一些居民，大都是收入很高的人士比如医生之类，他们甚至抱怨奥巴马的到来，影响了他们的正常生活。

离开大风口，途经富人别墅区，导游告诉大家，从住宅的建筑就能看出户主是来自哪国。比如日本人都比较低调，喜欢把住房深藏在植物之中的院落里；而华人喜欢把自己的住宅院落装饰得与众不同；欧美人则喜欢无拘无束，很少有院墙的束缚。

日本人喜欢把住房深藏在植物之中的院落里

明天就要离开夏威夷了，大家都希望带些夏威夷的特产分送亲朋好友，导游带大家逛了两个购物中心，一家是珠宝店，另一家是当地土特产商店。在土特产店里大家的购买力很强，我吸取以往的教训，只买了两大袋蓝莓干和两大袋红莓干，这两种干果不仅口感好，主要都是清除体内自由基的好水果。

与夏威夷原住民的联欢晚宴

夏威夷的晚霞

夜幕降临之前，我们登上了“夏威夷爱之船”，在游船上欣赏落日晚霞，品尝自助大餐，观看夏威夷原住民的表演及联欢晚会。

我们上船比较早，找到更便于观看海上落日的位置坐下。渐渐地夕阳接近海平线，天空云卷云舒，若干层次的浮云，呈现出若干不同颜色，最上部白云缥缈，夕阳周边红云曼舞，远处海面上空几朵不规则的乌云，被镶上了金色、红色和橙黄色的边框，蔚蓝色的大海变成墨色，

联欢会漂亮的夏威夷原住民主持人

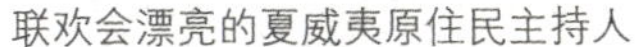

年轻的夏威夷原住民姑娘在舞蹈

几艘白色的快艇在夕阳的映照下格外醒目，一架飞机掠过天空，好像一只黑色的大蜻蜓。不等太阳完全沉入海底，一轮弯弯的上弦月已经迫不及待地露出了笑脸，月光虽然有些微弱，却更显温柔。

美食品尝暂告一个段落后，民族舞表演进入高潮。热烈奔放的竹签舞，耀眼夺目的草裙舞，互动联欢的民族舞，把所有游客的情绪都调动起来了，会跳的不会跳的都站起来，扭动着身躯和手臂。在两个当地导游的指挥下，游客们学着夏威夷原住民的语言、手势和动作互相比赛，歌声、乐曲声、欢笑声此起彼伏，一浪高过一浪。我们团的不少团友，包括五音不全、舞姿笨拙的老杨，都勇敢地挤进舞场中间，舞之蹈之，欢之乐之。

一位高大威猛的老外，被夏威夷原住民美少女请到游艇中央，为他胸前套上用小木碗做的假乳房，围上艳丽的草裙，挂上美丽的花环，然后手把手地教他几个草裙舞的动作，他便开始与少女同台对舞。另一个调皮的小姑娘，悄悄溜到投入草裙舞蹈的老外身后，悄悄地解开围在老外腰间草裙的带子，随着老外屁股的剧烈扭动，橙黄色的草裙突然滑落地面，老外想去抓住草裙，可是来不及了，逗得游客们捧腹大笑。歌声、叫好声，融成一片，响彻夏威夷美丽的夜空。整个游艇沸腾起来，大家跳呀、唱呀！我则不停地抓拍着各种精彩的瞬间，笑得眼泪都流出来了。

游客最喜欢参与的是草裙舞，这是夏威夷原住民专有的一直以来赞颂“火山女神”的舞蹈，又称“呼拉舞”。火山爆发曾多少次地给夏威夷原住民带来恐怖，令他

夏威夷游艇晚宴上的原住民草裙舞

老外橙黄色的草裙突然滑落到地面上

们心有余悸，于是在冥冥之中，认为他们的世界乃火山女神所掌管，于是编出热情似火的舞蹈，来赞颂“火山女神”的伟大。在疯狂的原始呼号中，一群脸上涂着浓重色彩的夏威夷原住民，围着熊熊的篝火，以手脚和腰部的动作狂舞。

这种草裙舞蹈还可用来交流感情，在月光如水之夜，凉风习习的椰林中，穿夏威夷衫的青年怀抱吉他，弹着优美的乐曲，用低沉的歌声倾诉心中的恋情。跳舞的女郎挂着蕾伊，穿着金色的草裙，配合音乐的旋律和节奏，展现出优美的身姿。纯洁的感情，如诗的气氛，如画的情调，令人陶醉，更让人流连忘返。

游艇上的小姑娘，为每位游客送上他们刚刚抓拍并制作成带有游客自己照片的小钥匙链，价格是每枚12美元，相当于人民币80多元。看人家这活干的，这么高价钱的钥匙链， 你不想要都不好意思！质朴的夏威夷原住民赚钱的手段也是如此高明啊！

第二天一大早，小吴导游要兑现昨天对我们的承诺，利用早饭后去机场前的一个小时，带我们去没有玩够的威基基海滩。我们多少有些不好意思，可小吴一脸的真诚。“去吧，我开自己的车送你们过去，少玩一会儿，我再开车过去接你们！”多令人感动啊！

这次来到威基基海滩靠近一座高级酒店的地段，离昨天浅水码头还有一段距离。

椰林树荫下有一圈被围起来的石堆，4块大小不等的石头，虽然外观很不起眼，然而在古老的传说中，这些石头乃是16世纪被4位魔法大师从大溪地搬来的，具有能够治愈百病的神功。这里海岸的人比较稠密，船只也比较多。一个学习冲浪的小姑娘，正跪在冲浪板上练习滑水。刚滑出没有几米远，便落入水中。好在水很浅，小姑娘站起来，摆好滑水板又跪了上去。

大概是一对来自欧洲的老夫妻，老先生只穿短裤背靠石头台阶正在日光浴，他的老伴好像准备下海游泳。见我们在拍照，便主动地要为我们拍照合影，我们也热情地邀请他们共同合影。

六十好几的老杨，像孩子一样兴奋，脱下鞋子，边往海里走，边自言自语："不能'（失）湿身'，总得湿湿脚吧！"他冲着太平洋大喊："夏威夷，你好呀！我们今天就要说再见啦！"

9点过了5分钟，小吴导游才赶过来，她说，"路上有点堵，加上走过了路口，多绕一圈。"我们商量好一车5个人，每人送小吴导游10美元的小费作为感谢，她还客气地说："不用，不用！只要你们满意就行！"我们都知道，导游没有基本工资，她们的收入全靠小费和回扣，所以，我们也不能让人家白辛苦呀！

到了酒店，我们赶紧回房间把行李箱折腾到楼下，等候上机场的大巴车。还好，不光没有迟到，离集合的9点40分时间还富余了20分钟。

10点钟在机场过农业安检时，我的行李似乎有什么疑问，被要求打开箱子检查。我心里很坦然，因为我没有买什么违禁的东西呀！一位中年男士翻开行李的上层，没有发现什么异常，可是好像不放心，再次翻动下层的衣物，我也帮他翻腾，还是没有发现什么。他点头示意可以过关了。

chapter 2

岸阔水远波浩渺

——加拿大散记

说起加拿大，我们既熟悉又陌生。说熟悉，是因为20世纪那个年代，人人熟读毛泽东的“老三篇”，其中那篇《纪念白求恩》，让我们知道了白求恩来自万里之遥的加拿大。我们于是以为自己知道了加拿大，但那是抽象的模糊的加拿大。其实说到底，我们终归陌生于加拿大，因为在此之前，我们从未踏上过加拿大的一城一地。这次前往加国，也只是到了加美交界的尼亚加拉大瀑布，只是到了加拿大的南部城市多伦多，以及沿途经过的安大略湖。一城一地一瀑布，能说明什么呢？好在我们想起了著名作家钱钟书，在其《宋诗选注》中的那句话：我们希望对大诗人能够选到“尝一滴水知大海味”的程度。——那么我们通过这极其有限的一城一地一瀑布，能否管窥加拿大的些许风情和风貌呢？

岸阔水远波浩渺。尼亚加拉大瀑布是水，夜幕下朦胧闪现的安大略湖也是水，而且似为天水相连的非湖若海的水。水远波渺，神秘深邃，几乎成了定格于我们脑际的加拿大，虽然我们明明知道加拿大尽管多湖多水，而一个“水”字，断断乎囊括不了整个加拿大，但这并不妨碍我们去联想和发挥。

★ 多伦多见闻

晚上7时多，我们一行到达加拿大边境，大家都被请下车来，带着自己的行李进

加拿大多伦多海关

行安全检查。

加拿大边防安检人员，看上去很年轻，一身黑色的警服，配上白嫩漂亮的脸庞，嘴里不停地嚼着口香糖，几个安检人员还在互相开玩笑聊天，一副漫不经心的样子，这与我们心目中加拿大人的形象大有不同。虽然我们没有接触过加拿大人，但在我们心目中，白求恩就是加拿大人的代表，毛泽东的那篇《纪念白求恩》中将白求恩描述为：一个对业务精益求精、对工作极端负责的人，一个高尚、纯粹、毫不利己专门利人的人。当然，由此对加拿大人的印象也就很好了。

我们在大厅里等候了近40分钟，只检查了一位旅客的箱子就让我们回到车上。车上的随身行李被翻得乱七八糟，拉链敞着口，包里的东西被散落在座位上。司机气愤地说："我最不愿来加拿大，这帮人一看是中国人开车，就到处翻。生怕带什么东西过来走私！"原来，我们进加拿大边防站等待检查的时间，安检人员正在大巴车上做整体检查，能拆能卸的地方都被打开了。

大概折腾了50分钟大家才过了关，大巴车终于驶出加拿大边防检查站。忽然，一位来自北京的大姐内急，要去卫生间。司机没好气地说："这要耽误赶路时间，你真给我出难题。刚才等了半天你不去，现在我上哪儿给你找卫生间去。憋会儿行吧！"也难怪司机有些情绪，从纽约出来，他已经开了整整12个小时的车，又遭加拿大边警不友好的检查，有点生气是可以理解的。

行不行的，人生地不熟，还不是司机说了算！大家也有些心烦，有人小声嘀咕："这不是捣乱嘛，时间都这么晚了，还得耽误大家的时间！何时能到住宿地呀！"车上没有一个人再说什么，一片寂静。导游打破了僵局，利用这段时间为大家介绍加拿大的概况。

加拿大位于北美洲北部（除阿拉斯加半岛和格陵兰岛外，整个北半部均为加拿大领土）。加拿大东北方和丹麦领地格陵兰相望，东部和法属圣彼埃尔及密克隆群岛相望，南方及西北方与美国接壤，边界长达8892公里，为全世界最长不设防疆界。加拿大由10个省和3个地区组成，首都为渥太华。国土面积为998多万平方公里，居世界第2位，其中陆地面积为世界第4，仅次于俄罗斯、中国和美国，但是人口密度非常低，每平方公里才3.41人（2012年估计数）。加拿大国旗有醒目的红枫叶，素有“枫叶之国”的美誉。

加拿大地域辽阔，森林和矿产资源丰富。矿产有60余种。镍、锌、石棉的产量居世界第2位。铜、铁、铅、钾、硫磺、钴、铬、钼及渔类等产量相当丰富。已探明的原油储量为80亿桶。森林覆盖面积达440万平方公里。全国有89万平方公里为淡水覆盖，淡水资源占世界总量的9%。

大巴车疾速行驶，导游坐在司机的旁边，背对着车厢滔滔不绝地介绍说，多伦多是加拿大的第一大城市，也是安大略省省会，位于北美五大湖之一的安大略湖西北岸，与美国纽约州的罗切斯特城隔湖相望。多伦多原为印第安人居住，“多伦多”一名来自印第安语，意为“富饶的土地”。它是加拿大的一个重要湖港，以文化名城而闻名于世。

18世纪中期，法国殖民者曾在这里建立贸易港和要塞。18世纪末期，英国人以1700英镑和一些布匹、斧头等商品，从印第安人手中购得这块土地，并以英国乔治三世之子约克公爵的名字命名为“约克城”。1834年恢复原名。1914年和1953年先后两次合并附近市镇，扩大了人口和城市范围。多伦多港建在市中心杨格大街的南端，向西可以通过水路联系五大湖区，向东经圣劳伦斯河水道进入大西洋。

从“泥泞约克”到国际大都市

一路沿着安大略湖畔行进，可惜夜幕漆黑，灯光稀疏，四周的景物无法分辨。在一片黑暗中，导游继续为大家讲解多伦多。

多伦多拥有超过250万的人口，是北美洲第五大城市。作为加拿大的经济中心，多伦多是一个国际化都市，也是全球重要的经济中心之一。多伦多拥有骄人的城市风景线，包括全世界当时最高的建筑、现代奇观之一的加拿大国家电视塔，美丽迷人的安大略湖，延绵几公里的湖滨走廊和众多世界著名的建筑设计师在多伦多留下的大手笔。

1720年前，塞尼卡印第安人还一直居住在多伦多地区，后来法国在今天多伦多市西面建立了一个皮货交易站，最后法国却要让位给英国。1793年，英国把多伦多作为加拿大的首都，并重新命名为“约克村”。由于这里的街道到处都是泥泞，多伦多还获得过“泥泞约克”的雅号。1812年英美战争期间，美国占领了约克并大肆抢掠，这使得英国非常恼怒。英军大举反攻，一路打到华盛顿，并放火烧了当时的“白宫”。战后，约克开始扩张，新上任的市长把约克改名为多伦多。

1824年前，多伦多并不平静。威廉·里昂·麦肯齐反抗多伦多最大权力家族的政治影响，引发了加拿大历史上一次短暂的叛乱。后来，麦肯齐被流放，而同党大多被处以绞刑。随后，乔治·布朗成了政治核心人物，他组建了开明的政党，并促成1867年加拿大联邦的成立。尽管多伦多仍然处于另一座城市蒙特利尔的影子下，但作为安大略省的首府，多伦多的地位越来越重要。19世纪后期的整个维多利亚时代，多伦多一直处于发展阶段，高大的建筑物一座座拔地而起，人口稳步增长，首批欧洲人也移民到了加拿大。

1904年，多伦多内城发生了一场严重的火灾，成百上千栋房屋被烧成废墟。但此后的时期，多伦多得到“多伦多最好”的赞誉，不论是城市秩序，还是所有市民的道德，都保持很高的水平，直到20世纪70年代才慢慢失去这个好名声。

多伦多市容

1920年前后，多伦多的工商业极度繁荣，但随着经济大萧条的到来，经济发展停滞了。反移民的浪潮逐渐高涨，一度还出现了反犹太人的暴乱、禁止所有中国移民进入，以及歧视黑人等事件。翻过多伦多灰暗的一页，第二次世界大战后新移民又开始进入多伦多，带来了新的文化。

20世纪80年代，多伦多经济持续高速增长，成了北美发展较快的城市之一。90年代初，经济出现了小幅衰退之后，多伦多逐步走出经济不景气的窘态，这一切有赖于移民的迁入。1998年，五个近郊地区被并入多伦多，使多伦多成了加拿大最大的城市、北美第五大城市。从尼加拉瓜河第二大城市“泥泞约克”到今天的国际大都市，多伦多成长的道路并不平坦。

原名“约克”的多伦多，其得名除了怀念英国的“约克郡”外，还表示希望建立一个比美国纽约即“新约克”还繁荣的城市。可是200多年来，“约克”不但占不到丝毫上风，最终连当初的名字也要放弃。

“泥泞约克”的绰号，“约克人”听了，心里不是滋味。最令“约克人”伤心的，是祖家的英国人总没法弄清楚“约克”在哪里？经常误将“约克”当做“纽约”。更有人叫“约克”为“小约克”，以示与纽约区别。这些带贬义的名称令“约克”不得不易名，而“约克”和“纽约”在名字上纠缠不清的关系也从此告终。

昔日的多伦多实施《主日法》，每逢星期天，除了教堂活动之外，一切文娱、体育和商业活动都在禁止之列。更有人建议禁止街车在星期天行驶，只是不获支持最后才作罢。那时期，食肆、酒吧、戏院、游乐场等都必须在星期天休业，报纸在星期天也不得出版，就连在公园踢球也属违法。由于星期天的市面一片死寂，市民除了上教堂外，无所事事，敢怒而不敢言，整天待坐家中。这些严格规定一直到20世纪60年代初期才被逐渐取消。

多伦多位于安大略湖西北岸，与纽约城只有 1 小时的飞行距离，是加拿大最南端的城市之一。事实上，其纬度几乎与北加州相当。因此，多伦多气候颇为温和，拥有加拿大最暖和的春季及夏季。

多伦多的得天独厚的地理条件、历史演化和经济原因，使它占据了独特的地位。多伦多四季分明。春天短暂；夏季湿热；秋天阳光普照，气候怡人，午间温度有时上升到夏天的水平；冬季寒冷，冬令季节一直延至次年4月中旬。

多伦多是世界上文化最多元的城市之一。2004年，联合国发展计划署在其最高比率外地出生人口的城市名单中，将多伦多排在第二位，仅次于美国的迈阿密，这一排名比其他多元文化城市或国家（如洛杉矶、温哥华、纽约和新加坡等）高，其中主要外来人口来源地包括中国大陆、中国台湾、中国香港、印度、日本和韩国等。

2001年加拿大人口普查显示，42.8%的多伦多人口是有色人种。大多数的多伦多人声称，他们的种族起源来自英国或爱尔兰。在这里，49%的居民是来自全球各国共100多个民族的移民，140多种语言汇集在这个北美大都市。其丰富多彩的族裔特色，令这座城市缤纷绚丽，绽放无穷魅力。由于这里的犯罪率极低，有怡人的环境，市民过着高质量的生活，多伦多被认为是全球最宜居的城市之一。

多伦多的华裔人口为加拿大全国之冠，其中来自中国大陆的移民过去几年来一直领先。华侨及华裔人口多达40万，约相当于加拿大全国人口的1%。除了加拿大的两种官方语言英语和法语之外，中国的粤语是加拿大的第三大语种。

导游滔滔不绝的讲解，驱散了大家的焦虑，除昏昏入睡的部分游客外，其他人都瞪大眼睛，洗耳静听。将近晚10时，我们入住了酒店。弯弯绕绕的走廊，经过的4道铁门都带着铁栏杆，不用门卡是打不开的。加拿大是世界上犯罪率最低的国家之一，这部分得益于文明且有效的防范之举吧。

多伦多新旧市政厅

理论上早餐时间是8时30分，但我们7时30分就已经吃完早餐。这里的早餐比纽约的简单多了，只有咖啡、冰奶、面包、果酱、奶油和燕麦片。

我们一干人到室外转了一圈，外面寒意袭人，只拍了几张照片，就感到冻手。还好，我们早备有羽绒之类的衣服，正好派上了用场。

上午游览市政厅、省议会、多伦多大学和电视塔。

市政厅是多伦多的行政机关。多伦多是一个市长议会制的自治市。《多伦多市法案》赋予多伦多这一加拿大最大城市在制定市政福利和征收新税等方面更大的权力及自由度，并确保市政府的运作更具问责性和透明度。

多伦多市长由民间直接选举产生，多伦多城市委员会是一个单院制立法机关，由来自全市不同地方的44名议员组成，市长和委员会的议员任期4年，可以连任。

多伦多市有两个市政厅，新市政厅虽然冠以“新”字，却已历经47个春秋，年近半百了。而年过110多岁的旧市政厅，也早于1965年改作他用，但人们仍然亲切地称它为旧市政厅。

多伦多新市政厅

建于1965年的新市政厅，位于加拿大安大略省多伦多市中心，是多伦多一个独特的地标性建筑，是多伦多市内最新颖别致而且极富特色的代表性建筑。建筑由3部分组成：两座高度不一的弧形薄片办公大楼相对而立，一座为25层楼，高68.6米；另一座31层，高88.4米。中间是一个被环抱的扁圆形的会议厅，远远看去，就像一个半开半合的蚌壳，内含一颗“夜明珠”。

相对而立弧形高楼的下部是一片3层高的裙房，其中布局着市政府所属各种对外机构，裙房之上就是两座圆弧形板片式高楼。两个弧形高层建筑，朝外的立面是带有竖线条的实墙，朝内的立面开着大片玻璃窗。整体建筑显得简洁淡雅、巧夺天工，代表着多伦多的历史和成长。在20世纪60年代，这座建筑物标志着多伦多跻身于世界建筑时尚城市之列。

新市政厅前面的内森菲利浦斯广场，有一个大水池，水面宛如镜面一般映照出大厦的倒影。广场上还有教宗诺望保罗所点明的光明灯和抽象派雕塑作品，是多伦多市民们喜爱的娱乐休闲场所，周六周日这里还举办露天市场。

据说，大厅一楼东侧有艺术家David Partridge设计的，以10万根钢钉组成九个面的超现代艺术作品。这个作品远看像是一幅画作，近看才发现它是以长短不同的钢钉，一根一根排列组合而成。

多伦多新市政厅于1961年11月7日动工，四年后即1965年9月13日落成。由当时的总督Georges Vanier揭幕。整个新市政厅工程耗资接近3100万加元，成为加拿大一个风格特殊的城市地标。可惜工程的总设计师Viljo Revell无缘目睹自己的伟大设计，他于市政厅落成前10个月因心脏病逝世，年仅54岁。多伦多市政府专门为他在大厅内设立了纪念柱。

旧市政厅坐落在皇后西街和卑街的交界处，建于1889年，与新市政厅只隔着内森

多伦多旧市政厅

菲利浦斯广场，呈理查森罗曼式设计，历时近10年才完工，耗资250万加元，远高于原来预算的60万加元。1899年9月，由当时的市长萧·约翰揭幕，是1899至1965年间多伦多市政府的总部所在，也是多伦多的第三代市政厅。1984年旧市政厅列入加拿大法定国家级古迹。

旧市政厅不仅是当时市内最大的建筑，也是北美最大的市政厅。设计者是多伦多本地建筑师爱德华·詹姆士·尼洛克斯，他的作品包括卡萨罗玛城堡和爱德华国王酒店。

进入于19世纪末叶，随着多伦多市政府规模日益扩大，旧有的市政厅已经不能满足市政的需求，市政府因此展开第三代市政厅的规划程序。然而，到了20世纪50年代，大楼的空间不敷应用，市政府再度计划兴建新市政厅。第四代市政厅（即现在的新市政厅）于1965年落成启用，而旧市政厅随即面临拆除。伊顿集团于20世纪60年代中期宣布计划兴建一组办公室大楼及商场（即现在的多伦多伊顿中心），早期计划包括拆除旧市政厅，遭到民众强烈的反对，因而整个计划于1967年搁置。1971年，集团重提计划，并在计划中保留旧市政厅。得以保留的旧市政厅大楼，后改成安大略省省级法庭，并维持至今。

我们是赶早过去的，光线不是很好，广场的阳光几乎都被周围的楼层遮住，正在施工的部分设有围栏，使得广场显得杂乱狭窄。导游建议大家四处走走，我们担心单独行动会不安全。导游摇头一笑，告诉我们说，多伦多是加拿大全国犯罪率最低的城市，享有“北美最安全城市之一”的美名。1999年，全市的凶杀案件比率为10万人中1.9个，比起北美其他城市要低许多。

省议会租地建大厦

安大略省议会大厦坐落于多伦多市区中心的女王公园。公园最初于1860年开放，是由当时的威尔士王子，后来的英王爱德华七世所建。其时英国的最高统治者乃是维多利亚女王，女王公园也因而得名。

省议会大厦古老庄严，是一座维多利亚式的建筑。由当时年仅25岁的英国的法兰西斯·拿顿贝利设计，于1893年动工，1897年10月完工。中央圆顶部分是乔治·温哥华的铜像，议会内部分为地下一层，地上四层。在其中一、二楼间挂着一幅极大的画，描绘的是卑诗省的历史故事。彩色玻璃是大厅的一大特色，议会大厦内有图书馆，陈列着许多历史文物与历史文献。大厦东西翼建筑风格各异，东翼是欧式建筑风格，而西翼的意大利云石和石柱上的恐龙化石更加引人注目。中庭在每天下午1点到5点钟之间，每隔20分钟接待一批游客。

最早，这个地区归属多伦多大学所有，被视为多伦多市的风水宝地。因此国会大厦想建造在这里，后来有人提出安大略湖区离美国太近，不甚安全，这才将国会北移至渥太华，渥太华这座原来不起眼的小镇，遂成为加拿大的首都。

后来的安大略省政府把这块宝地的地皮从多伦多大学手中租下，租约是999年，每年的租金为1加元。1897年，省议会大厦建成，共有5层，与大多数后来建起的加拿大各省议会大厦的一个圆顶式结构不同，这座议会大厦在正中的左右两边各有一座圆顶，而正中的屋顶则是类似棱台的形状，很有特色。

女王公园内有不少人物塑像，多为加拿大早期建国时有贡献的人。维多利亚女王的坐像也安放在省议会大厦门前的右侧，仿佛在提醒人们不要忘记，19世纪雄霸天下的是日不落帝国——大英帝国。

加拿大多伦多省议会大厦

维多利亚女王的坐像

女王公园里的秋韵

在绿草如茵的女王公园里，高大的树木呈现出金黄的叶片，在瓦蓝洁净的天空下，映衬着百年的省议会大厦，宛如一幅端庄静谧的秋韵图画。大厦前面的花园广场，是全市最美丽的庭园，大尾巴的小松鼠在艳丽的花丛中，毫无顾忌地蹦来蹦去，一派宁静祥和。

开国总理麦克唐纳

安大略省议会大厦门前最显眼处有一座黑色雕像，这就是加拿大第一位总理、开国之父——约翰·亚历山大·麦克唐纳爵士。

麦克唐纳于1811年1月15日出生在苏格兰一个很普通的家庭。他父亲经商，并不成功，像许多移民一样，为了寻找希望和梦想，父亲带着5岁的麦克唐纳移民加拿大，登陆地点在今天的安大略省的金斯敦。童年时麦克唐纳就喜欢读书，阅读了许多书籍，尽管书中的一些内容他并不太懂，但他的理想是想做一名文学家。

然而理想却像一场梦，麦克唐纳的父亲移民加拿大后经商还是不顺利，父亲希望麦克唐纳今后能成为一名律师，能挣钱帮他养家糊口。在麦克唐纳15岁时，结束了学业，乘蒸汽船来到多伦多开始他的律师生涯。经过几年的实习，1836年，他获得了律师资格，并开了自己的律师行，这个律师行极为成功，给他带来可观的收入。这时他的业务主要是公司法方面的民事案件。

也许是他的正义感让他做出了当辩护律师的决定。1837年，他放弃了获利丰厚的民事法业务，转当刑事案件的辩护律师。可是在一个强奸案辩护中，麦克唐纳没有成功，但他的辩护却为他赢得了能言善辩的美誉。当然，失败也孕育着成功，麦克唐纳在另一场法庭辩护中，以幽默和博学为一个“杀人犯”辩护而赢得了胜利，“杀人犯”无罪获释。

一次上加拿大和下加拿大起义爆发事件，成为他律师生涯的转折点。当时有8个起义者被指控叛国罪，他勇敢地站出来替他们辩护，并成功地使他们获得释放。在这个案件中，他不怕丢饭碗，不畏殖民当局，赢得了人们普遍的尊敬。

同年，他为监狱长阿史利辩护。阿史利因为帮助15名政治犯越狱而被逮捕和关押。阿史利控告登答士军事指挥官非法逮捕他。登答士是权倾一时的人物，而麦克唐纳不畏强权，成功地说服了陪审团判阿史利无罪，并赔偿阿史利的金钱损失。

当然，在他的律师生涯中，他也经历过很多风险。其中最大的一次就是替一些美国侵略者辩护。这些美国人试图来解放加拿大，以摆脱英国殖民统治的压迫。但他们没有成功，他们被俘虏了。最要命的是，这些俘虏还被指控企图毁坏一个加拿大中尉的尸体。当时，至少有两个律师拒绝了为这些人的辩护。但麦克唐纳却答应了。

按理说，这是个徒劳无益的辩护，明智之举就是躲为上策。可是，他却知难而上，并不考虑个人的前程。在他的眼里，这些俘虏此时都是弱者，应该得到人们的某种帮助。虽然，麦克唐纳的辩护是徒劳的，这些美国人毫无意外地被送上绞刑架，但他的善举却感动这些弱者。临刑时，那个临时的“将军”在他的遗嘱中留给麦克唐纳100美元。麦克唐纳拒绝了，可是这个故事却让他终生难忘。

1843年，麦克唐纳进入政界，开始了他的政治生涯。那一年他当选为金斯敦的议员。从此，他就一发而不可收，节节高升，屡屡担任加拿大省的重要职务。

当然，最让人们难以忘记的是，麦克唐纳在加拿大国家的建立时所发挥的举足轻重的作用。1864年，为了解决加拿大省频繁出现的法律僵局，由麦克唐纳领导的保守党，乔治·布朗领导的自由党前身和卡提尔领导的魁北克政党组成大联合。这个大联合致力于改革加拿大的政治体系，并为将来改革取得一致意见迈出了关键的一步。

1864—1867年，麦克唐纳着手立法工作，以使各殖民地联合成加拿大国家。当时的加拿大宪法BNA法案，基本上就是出自他一人之手。1864年9月，在夏洛特敦，他带领加拿大代表团组织沿海各殖民地会议，在会上，代表们讨论他们之间的联合，麦克唐纳也向他们阐述了自己的观点。同年10月，联邦代表再次聚会魁北克，72项决议（也就是“联邦计划”）出炉。1866年新布伦兹维克省、新斯科舍省和加拿大两省同意加入联邦，而纽芬兰和爱德华王子岛反对。1866年联邦创立前的最后会议在英国伦敦举行，联邦协议也在这里完成。当时的大西洋三省同安省魁省并无很多往来，相反同美国倒是交往密切。但英国并不想继续直接管理该地区，因为会花费很多精力，所以鼓励他们加入加拿大自治。另外来自美国的骚乱直接促成了这些省加入加拿大自治的决心。

1867年根据联邦协议，英国议会通过了“英国北美法案”，实施加拿大自治。加拿大自治领诞生之后，加拿大省分成了魁北克省和安大略省。当时加拿大第一任总督查理斯·摩克要求麦克唐纳组织第一届政府。随后，在1867年7月1日，他被授以爵位，他是唯一获此殊荣的殖民地领导人。

1867年8月，加拿大举行第一次大选，麦克唐纳领导的保守党获胜，他也成为加拿大的第一任总理，此后直到他去世的24年时间里，他有19年都在总理的位置上，是任期第二长的加拿大总理，也是加拿大当之无愧的国父。

在他任内，加拿大持续扩张。加拿大花了30万英镑从哈德逊公司手里购得鲁珀特的土地和西北自治区土地，这是一单历史上最大的土地交易，这些土地最后组成了西北自治区及加拿大中部的两个省份。1870年，为了对付路易斯·里尔的红河暴动，国会通过曼尼托巴法案，从西北自治区中分离并成立曼尼托巴省。1871年，卑诗省加入加拿大。自此加拿大横跨两大洋。

作为一个国家，最困难的就是维系一个国家的统一，尤其南面有一个10倍于加拿大人口的美国，文化上差异小，各个省同美国的贸易又非常密切。

麦克唐纳为了解决这个问题采取了3个主要措施：第一，建立连接东西两岸的太平洋铁路，这在当时绝对是非常大胆的计划，美国刚刚完成他们的铁路，而加拿大从财力和人力上都非常困难；第二，提高关税，鼓励国内贸易，加强省际的联系；第三，大量从国外移民，提供土地优惠。

其中最难的就是铁路计划，当时许多省份加入加拿大的重要条件就是对铁路建设有要求。虽然铁路建设过程中困难重重，但终于至1885年太平洋铁路得以最后完成，这要归功于麦克唐纳的不懈努力。在铁路修建期间，他力排众议用各种方法解决资金问题，他决定雇佣华人劳工修建铁路。华人劳工吃苦耐劳，积极肯干，费用又低。果然，华工没有辜负麦克唐纳的期望，很多华工为铁路的建设甚至献出了自己的生命。日后，麦克唐纳说“没有华工就没有铁路”。这就是对这些华工的最好肯定。1873—1879年贿赂丑闻导致他没能连任总理，而输给了自由党。但他很快又卷土重来，继续他的建国政策。

1891年，他又一次赢得大选，但此时，这位政治家开始感到力不从心，沮丧、酗酒还有疾病缠身。1891年，他得了严重的中风，无法说话，从此再也没有恢复。

一周后，他去世了，时年76岁。同年6月9日，加拿大政府为他举行国葬，几十万加拿大人参加了他的葬礼。他被安葬在他们家早年移民来加拿大时的登陆地——金斯敦。至今，仍然有很多人去瞻仰这位加拿大开国之父的安身之地。

加拿大的由来

导游为大家讲解加拿大历史的兴致不减，因为有几位对历史感兴趣的人中间不时插问，于是他干脆顺着大家的要求，将讲述带往加拿大历史的纵深。

早在16世纪时，法国人就梦想发现并统治更多的疆域，扩展他们的贸易范围，并让世界各国信奉他们的信仰。1535年，当时的法国国王弗朗索瓦一世命令航海家杰克斯·卡蒂埃尔去探寻“新世界”，以求找到一条通往印度的航道。

卡蒂埃尔首次探险来到了圣劳伦斯海湾。他希望这是大洋的一个分支，并是他通往远东征程的必经之路。于是他沿圣劳伦斯河逆流而上，然而他并没有到达所期盼的亚洲，却来到了魁北克。“加拿大”一词源于印第安语的“群落”或“村庄”。所以，卡蒂埃尔在向法国国王报告时，首次使用了“加拿大”。

加拿大原为印第安人与因纽特人居住地，16世纪沦为法、英殖民地，1756—1763年期间，英、法在加拿大爆发“七年战争”，法国战败，而1763年的巴黎和约使加拿大正式成为英属殖民地。1867年，英将加拿大省、新不伦瑞克省和诺瓦斯科舍省合并为一个联邦，成为英国最早的自治领。此后，其他省也陆续加入联邦。1926年，英国议会通过《威斯敏斯特法令》，承认加拿大的“平等地位”，加拿大始获外交独立权。1931年，成为英联邦成员国，其议会也获得了同英议会平等的立法权，但仍无修宪权。1982年，英国女王签署《加拿大宪法法案》，加拿大议会获得立宪、修宪的全部权力。

加拿大的13个联邦级行政区大致可以分为下面六个历史区域。

纽芬兰区域：1583年成为英国殖民地，1907年成为自治领，1932年政府破产，两年后重新沦为英国殖民地，1948年公民投票决定加入加拿大。拉布拉多长期和魁北克有争议，因此于2001年正式改州名为纽芬兰与拉布拉多。

上、下加拿大区域：1615年成为法国殖民地新法兰西的一部分，1663年新法兰西成为法国王室直属省，1763年法国将新法兰西与英国交换了瓜德罗普，英国在此建立魁北克殖民地（含安大略），1791年魁北克殖民地被分为法制的下加拿大（魁北克）和英制的上加拿大（安大略），自此，魁北克和安大略分道扬镳。

新苏格兰地区：包含今新斯科舍、爱德华王子岛两州，1769年圣约翰岛从新苏格兰分出，并于1799年更名为爱德华王子群岛。

阿卡迪亚地区：原为法属阿卡迪亚殖民地，涵盖新不伦瑞克和新英格兰等地，后归英国，美国独立战争期间，阿卡迪亚地区中反独立的人逐渐集中到新不伦瑞克，导致阿卡迪亚分裂，新英格兰等地独立，最后成为美国一部分；新不伦瑞克则选择继续留在英国管制下，1867年参与组建加拿大。

哥伦比亚地区：1849年温哥华岛，1858年新喀里多尼亚先后编组为殖民地，因哥伦比亚河流经，女皇为表示该地的英国属性，在殖民地名称前加英属字样，改名为英属哥伦比亚（不列颠哥伦比亚），华人称卑诗省。1866年温哥华并入英属哥伦比亚。英属哥伦比亚殖民地在未加入加拿大前，大量割让土地，并将俄勒冈领地（今美国华盛顿州）交美国共管，最后彻底丢失，终至殖民地不得不把首府迁往南部边界附近，以示不再割土。

西北领地：1859年英国宣布对其他未编组为殖民地的地方拥有主权，并命名为“西北领地”，它们位于英属哥伦比亚和北冰洋及阿拉斯加和鲁伯特之间，地域非常广大。1870年哈德逊湾公司放弃对鲁伯特地区的管理，该地区并入西北领地形成西北诸领地。1881年分设马尼托巴州；1898年分设育空领地；1905年分设艾伯塔州和萨斯喀彻温州；1912年割西北诸领地扩充马尼托巴、安大略和魁北克3州；1967年耶洛奈夫中央直辖区并入西北诸领地为首府；1999年分设努纳维特领地。

加拿大现在是一个独立的君主立宪制的国家，属于英联邦，但不属于英国。所谓“君主”，是指加拿大名义上的国家领袖依旧是英国女王——伊丽莎白二世。但是，英国女王并不常驻加拿大，所以，女王的权力由加拿大总督代表。所谓“立宪”是指加拿大拥有独立自主的国家主权。加拿大公民可以投票选举自己的国家总理，国家总理是加拿大最高领导人。英联邦只是一个互利互惠的松散组织，但表面上英国女王是国家元首。

从地图上看，美加边境线基本上是笔直的，这是因为加拿大和美国原来都是英国殖民地，后来美国爆发独立战争，忠于英国的人纷纷迁移到加拿大。美国独立后一度想吞并英属加拿大，与英国爆发了第二次英美战争，由于实力差距，这个目标没有达到，所以，美国与英国通过谈判，重新划分了美加分界线。

多伦多大学喜遇小老乡

上午的最后一站是参观多伦多大学和西恩塔。

多伦多大学简称多大，位于加拿大安大略省多伦多市，是加拿大规模最大且最有影响力的公立大学。多大建立于1827年，经过近200年的发展，到现在已有6万多名学生、14个院系、30多个图书馆，以及300多个专业课程。由于其规模、声望以及影响力，多伦多大学吸引了世界各地及加拿大国内的顶尖学生。

目前，多伦多大学已连续多年排在加拿大大学排行榜的榜首，被公认为加拿大综合实力数一数二的优秀大学，是北美大陆历史最悠久和最负盛名的大学之一，世界所有公立大学排名第九（据2006年《美国新闻周刊》）。多伦多大学图书馆的规模在北美名校中位居第三，略逊于哈佛大学和耶鲁大学。

多伦多大学有3个校园。一个是圣乔治学院，面积0.55平方公里，称为校本部。另两个是史卡勃卢校园和艾德尔校园，面积分别为1.21平方公里和0.84平方公里，它们位于多伦多大学的东、西两侧；各距圣乔治学院33公里。每天有班车来往其间，交通极其便利。

一般人所称许的多伦多大学通常指的是圣乔治校本部，位于多伦多市中心。一踏进校园，立即就会感受到一种古老而富有生机的大学氛围。维多利亚建筑的主教学楼和现代钢筋混凝土大楼鳞次栉比，交相掩映。整个校园雕塑棋布，绿树成荫，花坛遍地，草坪如毯。来来往往的年轻学生，或轻声低语，或高谈阔论，校园一侧篮球场上，龙腾虎跃，难分胜负。

多伦多大学历来以文理见长，自20世纪60年代起，应用科学的研究也急起直追。为了使大学研究成果尽快地应用到生产和社会实践中去，多伦多大学于1980年成立了“发明基金会”。它把学校的技术发明和创见介绍给社会，再从使用这些成果而获得开业许可证或营业执照的企业提取一定比例的分成，然后用这些分成资助学校的

多伦多大学教学主楼广场

科研。仅1981—1982年，这项收入就高达7300万加元，资助了2091个研究项目。

多伦多大学目前有20多所主要从事边缘学科研究和发展的跨学科研究所或研究中心。它们不仅从设备到人员全面配套、自成系统，在课题选择、人员聘用和经费使用上也有自主权。学校鼓励老专业在加强传统优势的同时，不断开创新领域，研究新学科。

多伦多大学每个短学期的前几周为试课期。试课期内学生可以广泛试听，然后，按教学计划选择、登记自己的学习课程。只有经过本人专门登记、学院核准的课程才计算学分。一门课程的最终分数以百分制计，由期末考试、平时作业和测验三部分成绩组成。期末成绩通常只占25%～35%。这样，要想取得好的成绩，从选课之日起就得全力以赴，做好每一次作业，应对好每一次测验才行。

为了评定学生成绩的“质”，多伦多大学将“100”分为A、B、C、D、E、F6个分数级。D（50）以下即为不及格，不及格课程必须重修，无补考机会。但是，评定一个学生成绩的优劣及能否获得学位，不仅要看他是否学满教学计划规定的课程，还要看其综合成绩。多伦多大学有两类评定学生综合成绩的方法：一类是叫绩点制；另一类叫复合制。两类方法在做法上虽略有不同，但目的是共同的——培养学有所长的学生。学生不必为应付升学而平均使用力量，可以在自己感兴趣的课程或领域中多花工夫，学深学透，获取高分，对一般的课程只求拿到学分即可。

多伦多大学典雅的圆顶建筑

我们漫步于枝繁叶茂的多伦多大学校园，穿行于历经百年的古老建筑间，欣赏着校园内多姿的建筑，倾听着多伦多大学百年辉煌的述说，感受着多伦多大学在教学上的巨大成功。一座很有艺术殿堂感觉的圆顶大厅，让我们驻足观看。

多伦多大学校园一角

忽然间，有一个甜美的声音传来："阿姨，您好！是北京来的吧？"一个留着披肩发，身穿灰格外套的姑娘，在亲切地向我打招呼。实在是意外，我们竟在多大校园的草坪旁，遇到一位来自北京的中国留学生。她和她的几个外国同学，正要去图书馆查阅资料。分秒飞逝，脚步匆匆，我们没有来得及与这位女孩子多说几句话，但异国他乡能遇到一个家乡人，总会勾起对祖国亲人的思念吧！我后悔身上没有带点北京的小吃之类送给这位可爱的小姑娘，但大家都祝愿她在加拿大，在这座世界名校里快乐成长！

毛主席写了《纪念白求恩》

在白求恩的母校——多伦多大学，我们深怀感激之心缅怀这位伟大的国际主义战士。

白求恩（1890—1939年）是加拿大共产党员，著名胸外科医师，为支援中国的抗日战争献出了自己宝贵的生命，毛泽东主席为此写了《纪念白求恩》一文。

白求恩的全名为诺尔曼·白求恩，1890年3月3日生于加拿大安大略省格雷文赫斯特镇一个牧师家庭。青年时代，白求恩当过轮船侍者、伐木工、小学教员、记者。1916年毕业于多伦多大学医学院，获学士学位。曾在欧美一些国家观摩、实习，在英国和加拿大担任过上尉军医、外科主任。1922年被录取为英国皇家外科医学会会员。1933年被聘为加拿大联邦和地方政府卫生部门的顾问。1935年被选为美国胸外科学会会员、理事。他的胸外科医术在加拿大、英国和美国医学界享有盛名。

1935年11月白求恩加入加拿大共产党。德、意法西斯支持F. 佛朗哥发动西班牙内战，他于1936年冬志愿去西班牙参加反法西斯斗争。中国抗日战争爆发后，他受加拿大共产党和美国共产党派遣，于1938年3月率领一支由加拿大人和美国人组成的医疗队来到中国陕北延安，并担任八路军晋察冀军区卫生顾问。他致力于改进部队的医疗工作和战地救治，降低伤员的死亡率和致残率。把军区后方医院建设成模范医院，组织制作各种医疗器材，给医务人员传授知识，编写医疗图解手册。还倡议成立了特种外科医院，举办医务干部实习周，加速训练卫生干部，组织战地流动医疗队出入火线救死扶伤。为减少伤员的痛苦和伤残，他把手术台设在离火线最近的地方。并且率医疗队到山西雁北进行战地救治，两昼夜连续做了71次手术。

1939年2月，白求恩率18人的“东征医疗队”到冀中前线救治伤员，不顾日军炮火威胁，连续工作69小时，给115名伤员做了手术。有一次，当一位伤员急需输血时，他主动献血300毫升。在他的倡议下成立了志愿输血队，他自己率先报名参加。

“输血”在当时是一个比较新鲜的名词和技术，在中国的大城市里也只有少数几家医院才能施行。野战医疗条件下的输血，是人们连想也不敢想的事情。1938年6月，白求恩在五台县松岩口军区后方医院讲授输血知识，并亲自示范采血操作、标准血型制作、血型鉴定、配血试验、储存、运输、保管等基本技术。当场，32岁的卫生部部长叶青山第一个挽起袖子，为一名胸部外伤的伤员献血。

验过血型，白求恩大夫让叶青山和伤员头脚相反躺在床上，拿出简易输血器。带着针头的皮管连接在他们靠紧的左右两臂静脉上，皮管中间一个3通阀门，阀门上联着注射器。白求恩把阀门通向叶部长，抽拉针栓，殷红的鲜血便流入注射器，再转动阀门，血液便流入伤员体内。

战地输血在我军野战外科史上第一次取得成功，大家报以热烈的掌声。紧接着第二个伤员推来，白求恩主动躺在了他的身旁，请参加听课学习的医务人员练习操作，他不容置辩地说：“我是O型血，抽我的。”

消息传开，边区的农会、武委会、妇救会纷纷响应，上千人报名献血，很快组成了一支150人的献血预备队。白求恩高兴地称之为“群众血库”。

有些伤员分散在游击区老百姓家里，他和医疗队冒着危险深入游击区为伤员们做手术。4个月里，行程1500余里，做手术315次，建立手术室和包扎所13处，救治伤员1000多名。为了适应战争环境，方便战地救治，白求恩组成流动医院，组织制作了药驮子，可配备100次手术、500次换药和500个处方所用的全部医疗器械和药品，被称为“卢沟桥药驮子”；他制作的换药篮被称为“白求恩换药篮”。7月初，白求恩回到冀西山地参加军区卫生机关的组织领导工作，他提议开办卫生材料厂，解决药品不足的问题；创办卫生学校，培养了大批医务干部；编写了《游击战争中师野战医院的组织和技术》《战地救护须知》《战场治疗技术》《模范医院组织法》等多种战地医疗教材。还将自己的X光机、显微镜、一套手术器械和一批药品捐赠给军区卫生学校。

白求恩在前线，曾多次给毛泽东写信，汇报他的工作情况，对医疗工作提出不少建设性意见。毛泽东非常关心白求恩的工作和生活。在给晋察冀边区聂荣臻司令员的电报中指示："请每月付白求恩100元。白求恩报告所需松岩口医院建设款，请令该院照其计划执行。同意任白求恩为军区卫生顾问。对其意见、能力完全信任。一切请视伤员需要斟酌办理。"白求恩很感谢毛泽东对他的关心，他在复电中说："我自己不需要钱，因为衣食等一切均已供给。该款若系由加拿大或美国汇给我私人的，请留作烟草费，专供伤员购买烟叶及纸烟之用……"

1939年10月下旬，在涞源县摩天岭战斗中，白求恩在抢救伤员时左手中指被手术刀割破，后来在给一个外科传染病伤员做手术时受到感染。他仍不顾伤痛和别人的劝阻，坚决随医疗队到了前线，继续坚持战地救护。他说："你们不要拿我当古董，要拿我当一挺机关枪使用。"他带病坚持工作，最后终因病情恶化，手指感染转为败血症，医治无效，于11月12日凌晨在河北省唐县黄石口村逝世。

他在生命的最后时刻，仍怀着崇敬的心情，想念着毛泽东。他握着周围同志的手说："请转告毛主席，感谢他和中国共产党给我的帮助。我相信，在毛主席的领导下，中国人民一定会获得解放。"

1939年11月17日，晋察冀边区党、政、军领导机关和驻地群众为诺尔曼·白求恩举行了隆重的葬礼。1939年12月1日，延安各界举行追悼大会，毛泽东题了挽词，12月21日，毛泽东为八路军政治部、卫生部于1940年出版的《诺尔曼·白求恩纪念册》撰写《学习白求恩》一文（建国后编入《毛泽东选集》第二卷时，题目改为《纪念白求恩》），高度赞扬了白求恩的共产主义、国际主义精神，号召每一个共产党员向他学习，毛泽东在文章中庄重地指出："一个外国人，毫无利己的动机，把中国人民的解放事业当做他自己的事业，这是什么精神？这是国际主义的精神，这是共产主义的精神，每一个中国共产党党员都要学习这种精神。"

“白求恩同志毫不利己专门利人的精神，表现在他对工作的极端的负责任，对同志对人民的极端的热忱。”

“我们大家要学习他毫无自私自利之心的精神。从这点出发，就可以变为大有利于人民的人。一个人能力有大小，但只要有这点精神，就是一个高尚的人，一个纯粹的人，一个有道德的人，一个脱离了低级趣味的人，一个有益于人民的人。”

1940年4月，在河北省唐县军城南关修建了白求恩陵墓。晋察冀军区决定将军区卫生学校和模范医院分别命名为白求恩卫生学校和白求恩国际和平医院；1952年，白求恩的灵柩迁入石家庄烈士陵园。

1972年，白求恩的故国加拿大政府追认白求恩为“具有国际影响力的英雄”。

2009年10月，在由中国国际广播电台、中国人民对外友好协会、中国国家外国专家局共同主办，由国际在线网站承办的“中国缘·十大国际友人”网络评选中，白求恩当选为百年来对中国贡献最大、最受中国人民爱戴或与中国缘分最深的“十大国际友人”。5600多万网友参加了投票评选，白求恩永远活在中国人民心中。

四个“世界之最”的西恩塔

在古老的教学楼对面，我们可以遥望到加拿大最著名的国家电视塔（简称西恩塔）。

西恩塔位于多伦多市中心北部的安大略湖畔，是多伦多最著名的城市标志之一。塔高553.33米，是当时具有4个“世界之最”——“世界最高的建筑”“世界最高的自立构造”“世界上最高的金属阶梯”“世界最高的观景台”，同时也是多伦多的通信和旅游娱乐中心。

导游告诉我们：“你们的行程安排来不及登塔，只能是外观西恩塔啦！”

这可是个不小的遗憾，本来我们还想挑战一下自己的勇气，登上距离地面342米的玻璃地板和露天观景台，体验一下曾获奖项的360度旋转餐厅，一边享用美食，一边饱览多伦多全景的美妙感觉。不能登塔也就罢了，但逆光拍照，连张清晰的照片都没能留下，照片上只能看到西恩塔的剪影，实在遗憾！

但老天有眼，在我们离开多伦多大学的途中，竟然在大巴车上捕捉到电视塔的真容。

西恩塔最初只是被设计为传送广播电视信号的天线，305米高度处有用于传送预告信号的微波接收器，而广播天线位于塔的最顶端。电视塔内建有高447米的金属阶梯，共1776级，是世界上最高的金属阶梯。这些阶梯用于紧急用途以及举办特殊活动。每年秋季这里都会举办爬楼梯比赛，为慈善机构筹募基金。

多伦多国家电视塔

1995年，加拿大国家电视塔被美国土木工程协会收入现代世界七大奇迹，同时为世界名塔联盟的成员。第二年，吉尼斯世界纪录将加拿大国家电视塔的分类更改为“世界最高的建筑”（现在的世界最高建筑是阿联酋的哈利法塔，即迪拜塔）和“世界最高的自立构造”。电视塔由基座、观景台、“天空之盖”和天线塔四部分组成。塔的地面层设有餐厅、商店，塔内335～360米处，有一个外形像横卧的轮胎状的空中楼阁，内有仪器房、旋转餐厅、电视广播台等。塔内446米高处是个专为游人观景而设置的塔楼，称“太空甲板”，是世界最高的观景台，塔内设有透明升降机，以便于游客观光。

电视塔最独特之处是在观景台所建的玻璃地面，这块呈扇形的玻璃地面让几乎每个站在上面的游客都心惊胆战，饱受刺激。观景台上的旋转餐厅，每小时自动旋转一周，凭窗远眺，全城风光尽收眼底。

从观景台还可以再上一层到“天空之盖”，也就是电视塔中白色“针”的基座，除了可以眺望多伦多全景，据说天气好的时候，甚至看得到大瀑布和美国纽约州的曼彻斯特。

加拿大国家电视塔由加拿大国家铁路公司于1973年2月开始建造，1537名工人每天24小时轮班工作，到了1974年的2月22日，浇铸混凝土的工作全部完成，建筑世界第一高塔的工程进入安装巨型广播天线的“攻坚”阶段。这些天线由44块巨大的金属块组成，其中最重的一块重达8吨。这些天线不仅将发射电波，它们还决定了西恩塔将成为世界第一高塔。

为了安装这些巨大的金属天线，载重量达10吨的巨型起重直升机“奥嘎”专程飞到多伦多大显身手。奥嘎将一块块巨大的金属运到半空，再由高空作业的工人进行安装、焊接，组成广播天线。这项工程进行了3周半，至1975年3月31日，西恩塔的高度终于突破了世界纪录，正式成为第一高塔。天空之盖顶端的电视发射天线，全高102米，从地上望去，天线塔银光闪闪，宛如一把利剑，直刺蓝天。

今天，西恩塔仍为30多个国家的电视台、电台、移动通信及传呼台等发射信号。2007年，加拿大国家电视塔和塔内的360度旋转餐厅共荣获12个奖项，其中包括在《国家地理》杂志的《人生之旅：全球500条最佳旅游路线》中，加拿大国家电视塔的“电梯之旅”在世界十大电梯之旅中名列第一。

社区里的“卫生院”

中午，我们来到多伦多尼亚加拉大瀑布所在的尼亚加拉市，这是邻近大瀑布美加两国边城共同拥有的城市名字。我们就在这座小城的中国餐厅——玉园酒楼吃自助餐，自助餐品种丰富，味道可口，水果齐全。老板及员工服务周到热情，主动挨桌把我们随身携带的水杯一一灌满。

饭后，许多人钻进了玉园对面的小礼品店，我们几个人则走进了附近的小城社区。

这个小区的房舍与美国的小木屋没有多大区别，色彩柔和的小二层楼四周都长有树木，高大的银杏、枫树，还有叫不上名字却红得似火的灌木，门前台阶或阳台上摆满了万圣节留下的稻草人和南瓜灯。

多伦多尼亚加拉瀑布市社区里的红叶似火

中午时分的社区内很安静，几乎看不到什么行人，不少人家大门上挂着锁头。社区中央地段有一个挂有红十字牌匾的社区医院，只有几个人在医院门口出入，几辆小车停靠在马路旁边。

在加拿大，医疗保健和医院服务是由各省级政府管理的。根据联邦健康法案，各省负责为本省居民提供医疗保险计划和医疗保健服务。政府医保是全民保险，所有居民都

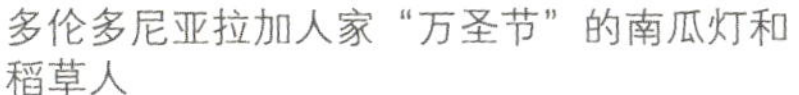
多伦多尼亚拉加人家“万圣节”的南瓜灯和稻草人

多伦多尼亚拉加宁静的住宅小区

必须加入，对低收入的家庭，保费有20%～100%的补助。加入政府医保是参加其他商业健康保险，包括牙医保险、大病医疗保险和长期护理保险的前提条件。在政府保险计划范畴内提供的医疗保健服务是完全免费的，这些服务包括：疾病的诊断和治疗；外科手术及麻醉；孕、产期的检查和接生；化验、X光及其他诊断程序；预防、免疫注射，每年例行体检；经家庭医生推荐的专科医生服务；在普通病房的床位和餐饮；医院提供的护士服务；所有在医院所用的药物和治疗；手术室和麻醉设施的使用；常规手术和麻醉用品；放射设备的使用；医院其他人员提供的相关服务。

加拿大的医疗服务分为两个级别，患者病情处于不同阶段，接受的服务内容不同。

初级医疗保健：一般来讲，如果加拿大人不是在急症情况下，应首先寻求初级医疗机构行医的专业医务人员的救助，这些专业医务人员大多数是独立开业行医、具有全科医学知识的家庭医生；有些家庭医生则在社区的医疗中心、医院、初级医疗保健或医院附属的门诊工作；还有的则是在个人诊所、医院、社区中心等不同地点分时间工作。他们构成了加拿大的初级医疗保健系统的基础。

总的来说，加拿大的初级保健担负着双重功能。首先，它为患者提供了初次医疗保健的直接服务，从而缓减了患者对医院的压力；其次，它协调着患者的医疗保健服务的持续性并使患者获得更专业化服务的平稳过渡。初级保健服务所包括的内容有常见疾病和伤害的预防与治疗、基本的急诊服务、推荐患者进行更进一步治疗的转诊介绍和协调，如医院、专家治疗、初级心理保健、舒缓治疗以及临终护理、保健宣传、健康儿童的发展、初级孕妇的护理以及康复服务。

二级医疗服务：除非患者病情紧急而可以直接获得医院的紧急救助外，一般只有初级医疗对患者病情无法诊治的情况下，家庭医生才会将患者推荐到专科医生那里接受进一步治疗。没有初级专业医务人员的推荐，患者无法直接获得专科医生的服务。

在加拿大正常看病都是要提前预约的。加拿大人一般都有家庭医生，所谓的家庭医生，不像中国人理解的那种可以去家里看病的医生，就连你有紧急情况想打个电话咨询一下也是很难的。家庭医生就是最初级的社区医生，不管你有什么病，都要先去你的家庭医生那里预约，一般要等候一两个星期到一个月的时间。

家庭医生看完病，如果需要做进一步的检查，便给你推荐到其他专门的医院，还要重新预约，还要等上一两个月。如果是核磁共振，可能就得等上1年左右。当然，一般的常规检查（验血，验尿），直接去社区医疗中心就行了。如果是急诊，医院也不敢延误抢救和治疗。所以，有人给加拿大的医疗体系总结了一句话，就是“救死不扶伤”。

衡量一个国家健康指数的重要标志是公民的平均预期寿命和新生婴儿死亡率。根据世界年鉴的估计，2006年，加拿大的平均期望寿命为80.22岁，处于全球226个国家和地区中的第12位，而美国的人均预期寿命以77.85岁排在第48位，中国则排在了第107位（平均72.58岁）；加拿大的生活质量和健康指数都优于其他发达国家，这不仅说明加拿大具有良好的社会、经济和生存环境，也与其健全的全民医保制度有着密切的联系。

社区街头汽车站的广告座椅

虽然，加拿大的医疗体制举世瞩目，但生活在加拿大的居民，也无时不受着加拿大步履维艰的医疗服务的困扰，看病难、手术难的问题，已经成为加拿大人在选举中表现出来最期待解决的头等问题。

出了社区路口便有公共汽车站，站牌下有供人休息的长椅，长椅上画满了五颜六色的英文字母，感觉好像是广告。这倒是个好创意，把实用和广告集于一身，使乘车的人

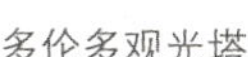
多伦多观光塔

俯瞰多伦多马蹄瀑布

们在候车和小憩中接受了广告的宣传。

不远处，可见高高的瀑布观光塔和闪烁光芒的摩天大楼，交通主干道上来往的车辆不多，各种肤色的行人稀稀落落，都市和乡村交融的情景，现代与古典并存的城市，会使每一位驻足多伦多的游客惊叹，五彩斑斓的国际大都市竟会如此幽静。

一个瀑布带出美加两座同名城市

在19世纪20年代时，尼亚加拉瀑布城就已成为旅游胜地。美加两国政府都非常重视尼亚加拉瀑布的旅游开发。1888年，尼亚加拉瀑布公园正式对外开放。除了美加两国分别建立一个尼亚加拉瀑布市之外，还在瀑布附近建立了旅游区和公园，两侧同名姐妹城尼亚加拉瀑布城成为旅游中心。加拿大一侧划为维多利亚女王公园，美国一侧划为尼亚加拉公园。

早在1885年，加拿大建国之初，政府就建立起尼亚加拉公园管理委员会，负责保护这一地区的自然、人文遗迹，规划景区的建设，安大略省政府还把尼亚加拉瀑布附近的3000英亩土地收归国有，用来建设旅游设施。

尽管，尼亚加拉大瀑布按其宽度远不如世界排名第一的4000米之宽的伊瓜苏瀑布和排名第二的1700米宽的维多利亚瀑布，位居第三，但以其观光人气最旺，每年至此观光的人数达1300万以上，名列世界之最。美、加两国均已在瀑布附近河段上建大型水电站，装机容量400万千瓦，所发电力供两岸需要并输送外地。

历史上，为了争夺这块宝地，美、加（当时分属英国）两国曾于1812—1814年间进行过激烈的战争，战争结束后，两国签定了“根特协定”，规定尼亚加拉河为两国共有，主航道中心线为两国边界。从那时起，两国在瀑布两侧各建一个叫做尼亚加拉瀑布城的姊妹城，一个隶属于加拿大的安大略省，一个隶属于美国的纽约州，两城隔河相望，由彩虹桥连接，桥中央飘扬着美国、加拿大和联合国的旗帜，星条旗在南，枫叶旗在北，联合国旗居中。两国在此不设一兵一卒，人民自由往来，无须办理过境手续。

尼亚加拉瀑布是跨越美国纽约州、加拿大安大略省边界两个国家的旅游景点，加拿大尼亚加拉瀑布城位于安大略省南部金马蹄地区尼亚加拉河西岸，与美国尼亚加拉瀑布城隔河相望。游客来多伦多，一般都是为观赏尼亚加拉大瀑布的全景。游客还可以乘直升机或游艇，或登专设的观光塔或观景台，也可以站在跨越瀑布峡谷长约300米的彩虹桥上观看这一世界奇景。

瀑布位于加拿大和美国相邻的尼亚加拉河中段，从美国的伊利湖流入安大略湖的河水在此突遇河床断崖，洪水下泄，轰然跌落，形成举世罕见的壮观景象。河道被山羊岛分隔成两部分，加上中间的岛屿，尼亚加拉大瀑布总宽度为1240米左右，平均落差50多米。美国一方的瀑布，宽约305米，宽阔平缓，飘逸下落。靠近加拿大的部分呈马蹄状，宽约793米，水声震耳欲聋，水势浩瀚奔腾，水花四射飞溅，水雾袅袅升空，在灿烂的阳光下不时闪现出七彩飞虹，好不壮观！被称为世界七大奇景之一，当之无愧！

尼亚加拉大瀑布

当我们亲临其境——来到这在电视屏幕上不知看过多少次的尼亚加拉大瀑布面前时，我们仍然无比激动。我们感叹！我们震撼！恨不能投入大瀑布的怀抱之中。我们几次变换地点，跑到距离马蹄瀑布近些，再近些的地方，去亲近、去抚摸、去体验尼亚加拉大瀑布的壮美。

为了拍到比较立体的大瀑布画

面，我们扶着电线杆爬上水泥护栏，战战兢兢地拍下河对岸的大瀑布水幕。看到自己比较满意的照片，心中充满胜利的喜悦。

尼亚加拉瀑布实际上是由3个瀑布组成：马蹄瀑布在加拿大境内，美国瀑布和新娘面纱瀑布在美国境内。在美国瀑布旁边有一个很小的鲁纳岛，水流又被其一分为二，分出了一条宽80米、落差50米的小瀑布，因其水流较小，飞落化雾如同一位带着面纱的新娘，故称“新娘面纱瀑布”。从加拿大尼亚加拉瀑布城可以一览无遗同时观看到马蹄瀑布、美国瀑布和相邻的新娘面纱瀑布，而从美国尼亚加拉瀑布城反而只能看到美国瀑布的侧面以及半个马蹄瀑布。

除了瀑布，加拿大尼亚加拉瀑布城还于1996年开设了第一所赌场——尼亚加拉赌场，因为在加拿大赌博所得不必缴纳所得税，尼亚加拉赌场每年为这个地区招揽大量旅客，原有旅馆人满为患，于是美国喜来登集团等纷纷过境，来到加拿大到尼亚加拉瀑布城建造新的宾馆，越发促进尼亚加拉地区的经济。2004年一所更豪华的瀑布景观赌场在邻近马蹄形大瀑布的山丘上落成。

登上加拿大境内的观景塔，俯视尼亚加拉河及瀑布，景色尤其壮观，据说，夜晚登塔，瀑布在灯光的照射下幻化出多种色彩，朦胧而美丽。

突然间，我们发现，身边的团友们都不知去向。

赶紧回到下车的地方，找到乘坐的大巴车，幸好导游还在。他给我们肩上贴了一个白色的号码，指着加拿大边检站附近的一座平房说：“到里面看看需要点什么，这是此行加拿大唯一的购物中心。”原来我们的团员都跑到那里去购物，什么加拿大冰酒，还有香烟、巧克力、化妆品等，有位团友竟买了十几瓶冰酒。

下午3时30分左右，大家都回到了车上。这回加拿大边境不做任何检查，我们连车都不用下，顺利驶过美加彩虹桥，回到美国的尼亚加拉瀑布市。导游又把我们带到了美国一方的尼亚加拉大瀑布公园。

我们真是幸运，站在加拿大一侧观看大

连接美加两国的彩虹桥

在加拿大一侧看美国大瀑布观景台

两座同名城市同时挂出两国的国旗

瀑布时就在想，如果能上美国一边大瀑布观景台上感受一下大瀑布就好了。真是心想事成，万圣节，果然万胜！这下我们就可以从两个国家、两座城市、两个侧面，以不同的角度来观赏尼亚加拉大瀑布的雄姿了！

瀑布公园的色彩格外鲜艳，树叶的颜色大多是鲜红鲜红的，夹杂橙、褐、黄、绿，草坪上灰色的小松鼠旁若无人地玩耍嬉闹，游人很少，高高的观景台上只有我们一个旅游团的游客。从观景台上望去，伊利湖水跳跃奔腾，不时溅起层层水花，红色、黄色的植物在不深的湖水中挺立，顽强地扎根于湖底乱石之中。酷似九寨沟的旖旎风光，有所区别的是水的流速和色彩，远不如九寨沟的平缓宁静和斑斓。

跟着导游，我们乘坐观景台的电梯直下几十米，到达瀑布脚下的平台近距离观看瀑布，还有另一出口可到瀑布后面的水帘洞。如果我们能稍微早来几天，便有机

站在美国一侧观景台感受尼亚加拉大瀑布

会乘“雾中少女号”游艇迎面接近大瀑布，在飞瀑激起的雨雾中，领略尼亚加拉大瀑布的磅礴气势。

对岸加拿大一侧岸边谷底码头平台上，停放着几艘游船，这也许就是人们常说的“雾中少女号”了吧？遗憾的是我们来晚了几天，因天气转冷，冬季有强风，“雾中少女号”已经停游。据说，夏日时光坐“雾中少女号”游览瀑布，也是最受游客喜爱的一项活动，已经有150多年的历史。乘船游览时必须穿上雨衣，不管你怎样小心，湿身总是难免的，靠近瀑布时，有一种置身暴风骤雨的感觉。

停放在大瀑布谷底的“雾中少女号”

关于游船为什么取名“雾中少女号”，有一个动人心魄的传说。300多年前，居住在当地的印第安人震慑于自然的威力，每年收获季节要选一吉祥日，集合全村少女，酋长站立中央，引弓对天放箭，箭尖下落，离哪位少女最近，这一少女即被选为代表，被送上独木舟，舟中装满谷物水果，从上游顺着激流冲下，坠入飞瀑中，似乎化作雾气，消失在人们的视线里，于是人们都说尼亚加拉瀑布的雾气，便是少女的化身。

美国境内尼亚加拉瀑布公园色彩斑斓

沿着美国瀑布的边缘，我们折回上行向山羊岛前进，漫步于彩色的林间小路，伴着伊利湖水的欢声，我们跨桥登上让伊利湖水变成两股瀑布的山羊岛，仿佛置身于原始森林一般，高大茂密的树木，暂时遮挡住一部分湖水的喧嚣。在瀑布公园的中央地带，有一座牧羊人雕像，很像隐于山水之间的智慧老人。

牧羊人雕像

相传，印第安人曾把山羊岛视为圣地，将已

故首领安葬在岛上，以求升入天堂，称其为“快活岛”。后来，欧洲殖民者入侵这里，“快活岛”也难逃厄运，墓地被盗掘一空，印第安人惨遭杀戮，只有一群山羊留在岛上。严冬到来时，大群山羊被冻死，唯有一只公羊活到了第二年春天。因此这个岛屿的名字就改成了“山羊岛”。

尼亚加拉大瀑布公园游览图

导游告诉我们，尼亚加拉河横跨美国纽约州与加拿大安大略省的边界，是连接伊利湖和安大略湖的一条水道，河流蜿蜒而曲折，南起美国纽约州的布法罗，北至加拿大安大略省的杨格镇，全长54公里。上游河段河面很宽，宽度大约3000多米，水流较为平缓，水面落差仅15米，从距伊利湖北岸32公里起河道变窄，水流加速，在一个90° 急转弯处，河道上横亘了一道石灰岩构成的断崖，水量丰富的尼亚加拉河水经此骤然跌落，水势汹涌，如雷贯耳，形成了举世壮观的尼亚加拉大瀑布。

美国一侧看马蹄瀑布浪花飞射遮天蔽日

离马蹄瀑布越来越近了，瀑布的轰鸣越来越响， 瀑布溅起的浪花飞射，高达七八十米的水雾不断升腾，几乎遮住了太阳的光芒，水势犹如千军万马奔腾不息，水雾扑朔迷离如临仙境，涛声惊心动魄、震耳欲聋。我们伸手感受澎湃汹涌的水花，零距离触摸悬挂前川的大瀑布，疑是九天银河倾泻，真正体会到什么是振聋发聩，什么叫激浪拍岸，心情亢奋无比。

环顾四周，北有瀑布，南有彩虹桥，西有加拿大高高矗立的景观塔，东有美国的瀑布公园，上有蓝天白云水鸟翱翔，下有碧水倾泻白浪翻滚，好一幅壮美磅礴的立体画卷展现眼前。我们被大瀑布的壮观景象所吸引、所震撼！呼吸着空气中弥漫的负氧离子，感受着大自然的鬼斧神工，世上最温柔的水花，汇聚起来的力量也是人类无法抗衡的，任何不讲科学规律的强行玩弄，将被最温柔的撞击拍得粉身碎骨！

在哥伦布发现新大陆之前，尼亚加拉大瀑布一直不为西方人所知。1625年，欧洲探险者雷勒门特第一个写下了这条大河与瀑布的名字，称其为尼亚加拉。直到1678年，一位叫亨尼平的法国传教士来到这里传教时，才发现了这一天然奇迹，禁不住为它赞叹，并细心地记下了自己的见闻，对这绝妙的人间仙境做了传神的描述，把这一胜景介绍给了欧洲人。

但让尼亚加拉大瀑布真正声名鹊起的是法国皇帝拿破仑的兄弟吉罗姆。当时吉罗姆带着他的新娘不远万里，从新奥尔良搭乘马车来到尼亚加拉大瀑布度蜜月，不禁大开眼界，回到欧洲后在皇族中大肆宣扬这里的美景，于是，欧洲兴起了到尼亚加拉度蜜月的风气。时至今日，到这里度蜜月仍是一种时尚。

“珍惜每一天，享受每一天”的人生格言，在这里你会体验得更强烈、更深刻。

chapter 3

“洗出此山万丈青”未必是种夸张

多伦多游览后，我们又返回美国继续游览了美国西部的几个城市，最后从夏威夷经东京返回北京。

回顾中美关系，1949年以前，美国帮助蒋介石反共，打内战，直到中华人民共和国成立23年之后的1972年，美国总统尼克松访华，中美双方在上海发表《中美联合公报》，两国关系开始走向正常化。1978年《中华人民共和国和美利坚合众国关于建立外交关系公报》，美国承认中华人民共和国政府是中国的唯一合法政府，台湾是中国的一个省。1979年1月中美正式建立外交关系。

中美断交23年，中美纠结“最惠国待遇”近20年，中美文化深度交往无以言说，多少年，总之由此生发的种种精神迷雾，常常迷蒙了我们对美国的了解、认识和思考——半个月的美加之旅，虽然匆匆而过，却也实实在在，当亲见现实美国和亲探历史美国，这两者如同电流一般贯通之后，迷蒙在美国这组巍巍群山周遭的迷雾，确实被洗去了不少，所以“洗出此山万丈青”也未必是一种夸张。美利坚合众国，以及美国各族人民创造的美国文化、美国科技和美国历史，在中美之间的相互交流、相互了解和相互认同中，美国形象被辨析得越来越清晰，越来越深入……

美国之旅，跑了十几个城市和地区，可谓成片；加拿大之行，只到了多伦多，可谓一点；尽管点片所限，却也窥斑见豹。见之愈多，联想愈深：人类的生存史和发展史，创造了太多的文明史和文化史。放眼历史长河，几乎每一个种族，都在生存中发展；每一个民族，都在发展中生存；每一个国家，都在血雨中争战；每一个国度，都在腥风中捍卫；每一种文化，都在历史中创造；每一种文明，都在历史中演进；任何一种灿烂，都可能在任何民族中催生；任何一种辉煌，都可能在任何一个族群中衍生。所谓落后，在任何一个民族都可能存在；所谓先进，在任何一个国家都可能发生……不管过去多么残酷，不管历史多么残忍，人类总是将文明向前推进。野蛮史已成为过去，荒蛮史已成为既往，综观当今世界，虽然局部时有战争，总体仍有纷争，但当代理念和当代科技，已把地球村民们全都推到了一个新的文明起始点上——如果起初是少数人，继而是多数人，再而是所有人，大家都开阔了眼界，拓展了视界，模糊了边界，明朗了心界，到那个时候，你再体味人类先知先觉者们的话语——“大同世界”“人之生来平等”“四海之内皆兄弟”等祈语和预言时，你的眼前所展现的，将是一个全新的视野，将是一个全新的世界！

认识一种人生

——为丽黎《最美的风景在路上》感言

近年来，我常常生出这样的感慨，虽然我已过了知天命之年，但人生的许多认识才刚刚开始。感受很深的一点便是透彻地认识一个人是多么不容易，即使是亲人，即使是身边的亲人，即使是身边共同生活了几十年的亲人！我对妻子于丽黎的认识就让我有良多感触。

丽黎出生在军人家庭，父母亲都是早年参加八路军的老军人。她的父亲较早就因病离休在干休所生活了，虽然职务不高，但受人尊敬。丽黎也有点儿优越感，因为她是革命军人的后代。丽黎是听着父辈的战斗故事长大的。她16岁当兵，有过22年的激情军旅岁月。我心想，这样的家庭和经历，她的内心一定是非常纯正、非常理想化的。她从军队医疗工作岗位转业到地方时，我就担心，她能否承受不熟悉的、比军营复杂得多的地方工作环境？能否承受工资水平的骤然下降？能否承受由军到民身份的变化？我的担心一个也没有发生。后来她调入中国人口报社工作，先是当编辑，她采写的一些大大小小的报道连连引起关注和好评，屡屡获奖。后来她负责通联工作，年年参与全国发行会议组织工作，奔波各地，紧张忙碌，文章还是照写不误，工作兴奋度始终很高。其实，我看得清楚，她的岗位环境没有一个比得上她在军队医院当军医舒适，而且军医有稳定的发展前景。但她似乎对环境适应没有什么困难，也没有纠结什么级别高低。若干年后，她被评为第二届全国百佳新闻工作者，这是一个很高的荣誉，证明她的转行获得了很大成功。有一天，我看到她厚厚的文集《心心初旅》出版了，里面收入了她写的工作通讯、人物专访、言论，还有散文、小说。她竟然有了那么多文字积累，这让我着实惊讶。惊讶之余，我想起一件往事。多年前，我们楼上的住户搞钢琴家教，两架钢琴弹奏，楼房质量差，楼板不隔音，耳边灌满了琴声，我不胜其烦，常常躲出去思考问题，她却安然于桌前写作。许久，我从外面回来，看到她竟如没有听到琴声一样仍然专心写作，这需要多么平静的心境，而保持这种心境又需要多强大的人生定力啊！我不由得想到她对级别高低，待遇多少，工作和生活环境好坏，以及到医院看病的种种不便，似乎也从不怎么在意，听不到什么抱怨。看了她的书，我渐渐明白了，这种人生定力是她从沉醉的理想世界——旅游经历、异国探秘、拓宽文化视野中获得的。在那里，她有着足以抵御诱惑的心灵去遨游天地。又过若干年，她退休了。退休前，获评副高级职称。以她的工作时间长度、勤奋和取得的成绩，若在军队医疗岗位退休，至少是个专业技术正师级待遇。在地方退休，与当时军队工资水平比，落差不小。但我仍然没有听到她有什么意见，更没有抱怨。有的单位听说她退下来了，赶紧来聘请她兼职，她一再推辞。是啊，退休了，有更多时间了，不是可以更好地掌握自己后半生生命理想的风帆了吗？

丽黎在工作期间曾有机会出国，每次回来总是兴致盎然，讲这讲那。后来，我发现她退休后特别爱看电视上的旅游节目，还常常欣喜地指点介绍着她在国外彼时彼地的见闻。我没出过国门，不大了解她的感受，但我觉得她对各种各样的大自然景色、世界文化采风、各国风土人情等有一种天性般的爱好。跟着看得多了，我对屏幕上的旅游生活也渐渐有了些兴趣，发现了很多过去不大注意的人文内容，就觉得，人确实不能太闭塞了。退休后，她出国更频繁了，当然都是自费。每次出去前，她总要反复阅读要去的国家的有关书刊，回来后不但兴奋于她的所见所闻，还长时间埋头阅读西方文化史书籍，不时向我询问几个问题，又仔细翻看世界地图册，不时上网查找些什么，然后埋头整理她的游记。她是一个不大注重生活细节的人，但对到过的旅游地点的历史背景、文化背景、重要人物事件和许多细节特别用心。又是若干年过去，一天，她面前又有了厚厚一叠待出版的文稿，是她写的近40个国家的游记。我翻阅书中篇章，浏览着那一篇篇凝结了她心力的文字，检视着那一幅幅异域风光照片和照片上的她，看到平日那个有些急性子的她在旅游天地中舒缓惬意的样子，看到平日经常受腰痛、腿痛折磨的她在大自然风光中那般欣喜开心的状态，不由想到，她长空飞行，异国他乡，且不无险情，这样走过一个又一个国家，看过一片又一片山河，赏过一处又一处古迹、景观，会是什么样的感受？什么样的心境？她到底收获了什么？为了获得这些，她又放弃了什么？渐渐地，从她的旅游人生中，我读出了她将自己交给大自然获得的全身心放松和畅怀，读出了她对生活的强烈热爱，读出了她天性中的浪漫。这一次次出游，极大地满足了她对世界的好奇心，让她的浪漫情怀一次次自由飞翔，是她人生理想的实现，更是她人生态度的展现。

我们“50后”这代人从小受的教育是：我们的生命是用来奋斗的，新中国是无数先烈奋斗得来的，奋斗是人生的不朽使命。我们这代人如此熟悉苏联英雄保尔·柯察金的这段名言：“人生最宝贵的是生命，生命属于人只有一次。一个人的生命应当这样度过，当他回忆往事的时候，不会因虚度年华而悔恨，也不会因碌碌无为而羞愧；在临死的时候，他能够说我的整个生命和全部精力，都已献给了世界上最壮丽的事业——为人类的解放而斗争。”这段话曾被我们这一代人奉为人生最高境界。今天，我偶然知道，这段话后面紧接着还有这样一句：“人应该赶紧地、充分地生活，因为意外的疾病或悲惨的事故随时都可以突然结束他的生命！”（李准：《最美丽的垂钓——李准谈电视剧创作及其他》，重庆出版社，2008年，第26页）这让我沉思良久。我以为保尔的话恰恰反映了人性互相联系着的两个方面：人生来有享受幸福生活的权利，但为了更多的人能够享受幸福生活而牺牲自己的幸福，正是人性的崇高。保尔从身处的那种无比艰苦的革命年代说出有如此远大理想的肺腑之言，他这后面的一句，表达了作为一名真正的无产阶级革命家的完整人生观，也是对人生要有更完整生命意义的贴心忠告。我还想到无数革命先烈、志士先贤抛家舍业干革命、吃苦受难、奉献牺牲，不正是与为最大多数人获得幸福生活的目标相联系的吗？他们因此值得后人敬仰，我们也就更应该珍惜美好的今天！我有时议论起自己的际遇，不无懊丧处，丽黎就对我说：“你作为教师，凭着自己的努力得到现在的待遇和人际评价，生活对你是公正的。”近年来，我有时为疾病加身而消沉，耳边又响起丽黎常说的一句话：“生命是一个过程，要珍惜每一天的生活质量！”她自己也以这样的心态待己待人，在工作岗位就踏实工作，退休了就好好享受退休生活，决不为过往的事患得患失。突然，我从她的旅游人生有悟：从大自然的无限浩瀚来看人，人显得渺小、短促；从人对大自然的征服过程来看，人显得那般伟大、有力量；从人能够将大自然作为欣赏客体来看，人是真正的宇宙精灵，这或许就是旅游能够带给人的一种超越的人生观：人，不管以什么方式活在世界上，能够活在自己热爱的生活里，有幸福感地活着，就不算白活。生活的乐趣就将是无限的。

今天，国家大力提倡以人为本，关爱人生，正是对人的生命尊严和生命质量的尊重，对作为个体的人追求幸福权利的尊重！这是一个时代的福音！丽黎如此热爱旅游，赶上了好时代。她不就是在以旅游这种方式在有限的生命里追求无限的生命之光吗？这种追求让她收获的是有限人生的扩大和快乐，对文化天空的陶醉和迷恋，对未知世界的多种兴味探索，对浩渺星空的自由想象，同时也就能轻而易举地抛弃生活的许多烦恼和对世俗细节的纠结。丽黎问我，这本书的书名叫什么好？我就想到，既然她的第一部文集《心心初旅》，无论是对工作的经验总结，还是各种生活感悟，都是以心投入之集成，书名恰如其分，那对这部走出国门、游历五洲、放飞心灵的旅游记行，书名就叫作《心心出旅》吧。(出版社建议改为《最美的风景在路上》)

再过若干年，当我们的双腿走不动路的时候，还会有“旅”吗？有啊！只要我们一天不放弃对生活的热爱，对生命的热爱，答案就是如此肯定。生命尚存，旅行不止，那就是心心之旅。金色的阳光下，我们那不再灵动的躯体，以躺着或坐着或其他什么姿势，支撑着思维的头脑，回眸一生的流金岁月，任心灵驰骋于过去、现在和将来，那该是多么甜美的享受！那将是我们暮年生活中最灿烂的一段心之旅！

边国立

2014年5月